有爱的青春陪伴者

成双

cheng
shuang

越沫/著

江苏凤凰文艺出版社
JIANGSU PHOENIX LITERATURE AND
ART PUBLISHING

图书在版编目（CIP）数据

成双 / 越六关著. -- 南京：江苏凤凰文艺出版社，
2025.5. -- ISBN 978-7-5594-9524-2
Ⅰ.I247.5
中国国家版本馆CIP数据核字第20255AC360号

成双

越六关 著

责任编辑	王昕宁
特约编辑	周丽萍
出版发行	江苏凤凰文艺出版社
	南京市中央路165号，邮编：210009
网　　址	http://www.jswenyi.com
印　　刷	长沙鸿发印务实业有限公司
开　　本	880mm×1230mm 1/32
印　　张	9.5
字　　数	302千字
版　　次	2025年5月第1版
印　　次	2025年5月第1次印刷
书　　号	ISBN 978-7-5594-9524-2
定　　价	42.80元

江苏凤凰文艺版图书凡印刷、装订错误，可向出版社调换，联系电话025-83280257

目 录

第 一 章	桃花眼 /001
第 二 章	左撇子 /019
第 三 章	选修课 /033
第 四 章	八百米 /055
第 五 章	监管人 /069
第 六 章	初相见 /082
第 七 章	栀子花 /095
第 八 章	女朋友 /110
第 九 章	心上人 /128

目 录

第 十 章　　她在乎 /144

第 十 一 章　　月亭亭 /168

第 十 二 章　　录音笔 /189

第 十 三 章　　两个月 /203

第 十 四 章　　倒计时 /216

第 十 五 章　　坦白局 /239

第 十 六 章　　祛疤术 /252

第 十 七 章　　我愿意 /272

黎肆行高中视角番外　　梦与爱 /290

第 一 章 ♥♥♥
- 桃 花 眼 -

元双大一下学期那年,春天来得格外早。

淅淅沥沥的春雨从开学就开始下,持续到周五,未见歇势。

整个宁陵大学浸在散不尽的水汽中,学生失去欣赏烟雨江南的兴致,转而发愁衣服要怎样晾干。

一楼大阶梯教室里,大学英语课上,元双坐在后排盯着黑板,眼神失焦。

潮气比烈日更令人打蔫儿,照本宣科的 PPT 授课更是催生睡意。

老师讲课的声音进入元双的耳朵被自动过滤掉,她留神捕捉着窗外雨触万物的动静。

她并不喜欢下雨,只是心事没解决,所以出神。

这种无聊又无法打破的时空,正适合她发散少女情思。

坐在她旁边的卫冉忽然拿胳膊撞她,小声又急促地说:"双双,老师叫你呢!"

几乎是瞬间,元双条件反射地起立,对上老师的怒目,她心虚地推了推鼻梁上的眼镜。

她虽然不喜欢这个老师的讲课方式,但是骨子里还是怕老师的。

元双是标准的好学生气质,老师容忍度高了些,耐着性子重复了一遍自己的问题,让她理一下文章大意。

刚刚老师给了时间通读文章,元双只顾着出神根本没在意,卫冉在一旁笔走龙蛇、连画带写,字母连在一起根本看不清。

元双稳住心神,开始动脑子。

课本上第一篇文章是讲环保的,篇幅不长,难度也不高。

她大致扫了一眼,很快说出自己的理解。

/ 001

大学英语课是全英文授课，元双回答问题也是讲英文。

元双答完了才注意到卫冉给她的提示："不是这篇，B篇，B！"

元双瞬间心凉了半截，亡羊补牢，结果补错了地方，简直是罪加一等。

她抬起头等待老师的发落。

老师紧皱的眉头慢慢舒展，表情从一开始的"你是来上课的还是来玩的"，变成了"居然是个可造之材"。

能考上宁陵大学，英语成绩都不会差，但口语表达能力就千差万别了。

元双一分钟内现场发挥的内容远远超出老师的预期，几乎达到了母语的水平，如果她在外国语学院，好好培养绝对是当翻译的好苗子。

老师保持着严厉的神情，却有一份爱才之心："以后好好听课，别浪费自己的天赋。"

这时候积极认错、聆听教诲就行，元双郑重地点头，表示绝不会再犯。

坐下后，她向卫冉寻求安慰："吓死我了。"

卫冉给她比了个大拇指："厉害啊双双，老师都被你惊呆了。"

时针慢慢悠悠，从"11"向"12"跋涉。

离下课还剩秒针转最后一圈时，卫冉在桌底下扒拉着元双的手指，比跨年倒计时还要认真。意外之喜，数到"十"的时候铃声欢快作响。

老师准点宣布下课，教室里的学生哗然而散。

元双和卫冉没什么干饭的积极性，落在人群最后，边走边思考"中午吃什么"这个世纪难题。

元双："要不我们抓阄吧，抓到什么吃什么。"

卫冉："现在哪有阄抓？"

元双："回去搞个程序，食堂编号、窗口编号，生成随机数得了。"

卫冉得到了启发，想起曾经看过的一个短视频——"吃饭不决，跟上同学"。

"前面这么多人，我们选一个跟着去吃，不管吃什么都认命了，就跟开盲盒一样。"

元双称赞这是个好主意，接下来的问题就是选哪位同学。

雨势仍旧，往下看是被雨水溅湿的各色裤脚，往上则是挨挨挤挤的花式伞面。

元双往四周一望，轻易被一把独特的伞吸引："就那个吧，伞上印的π，估计是我们学院的,第一顿先杀熟。"

于是,两人手挽手,撑着元双那把深蓝色的长柄伞,跟上前面那把很具数学科学学院气质的 π 伞。

黑色的伞面被伞骨均匀分成十份,每份上面都有一个由数字排列成的同心圆,圆心处印着数字所代表的 π。走得近些,元双看清,甚至能数着背上几十位。

有关于圆周率的种种浪漫解读早在课上就听说过。元双在圆周率中找过自己的生日,找过别人的生日,计算它们相差的位数,甚至试图为其赋予特殊的意义。

那些不见光的心思并未蒙尘,却也不敢轻易示人。

数字的浪漫博大在宇宙,又乐善好施地分出一点,照拂元双这样微不足道的个体。

食堂门口,π 伞收起,伞主人转身和同伴说了一句"鬼天气",他的侧颜和声音一齐进入元双的感官,大脑处理后,她得到同一个有效信息:黎肆行。

伞面是云,黎肆行是太阳,拨云见日,顺带驱散了下在元双心里的雨。

他回来了。

元双从未想过阴沉的午间会有一束光打下来,只照向她。

她盯着他手上的伞,折痕处拼起来也是一圈 π,设计妙得很。

元双心中泛起不为人知的蜜意,滋养出大胆的想法——她和他的这次相遇,是不是也当得起冥冥中的一个"妙"字。

她又生出心有余悸的懊恼,怎么会没有认出他来呢?差一点,差一点又要错过。

"跟的还是个长腿帅哥。"卫冉把伞收好,瞥见黎肆行的侧脸后不吝夸赞。

思绪纷飞,元双的心中掀起一场小型风暴,在为人知晓前又天赋异禀地转瞬收拾妥帖。

她接上卫冉的话:"是很帅的。"

黎肆行高中时,单凭那张脸不知勾起了多少蠢蠢欲动的恋慕心思,甚至逼得教导主任在国旗下训诫:"等你们长大了就知道,光看脸是不行的……"

/ 003

意有所指的那张"脸",就是黎肆行的。

这时,操场上就有小声的抗议声:"可是他学习成绩也很好啊。"

元双和卫冉跟着黎肆行上了电梯往二楼去,他很快就选好要吃什么。

排骨煲,两人也都挺喜欢,世纪难题暂时被解决,第一顿算是没翻车。

元双和卫冉端着餐盘去找座位,坐在黎肆行的右前方,卫冉这时一抬头就看清了他的正脸,惊奇道:"他不是我们学院的吧?这么帅不可能没见过也没听过。"

"应该是的吧,大二的。"

心里笃定的答案被嘴加工得模棱两可,元双又给这答案找出处:"有学长学姐的朋友圈发过,他应该就是出国交换的那位,估计才回来。"

卫冉开始回忆:"就老吴口中那神乎其神的天才?"

老吴是他们数学分析课的老师,对着他们表演恨铁不成钢的时候,总爱拿他最得意的弟子来拉踩:"人家怎么不用听就懂?人家怎么就能拿那么多奖?人家怎么就能被 S 大邀请去交流?"

元双点点头,算是给黎肆行的身份盖章确认。

卫冉啃完一块排骨,愤愤不平道:"怪不得老吴从来不划重点,他根本就不知道什么是重点。我还以为天才是英年早秃的 geek(怪胎),没想到是这么一张神颜。天才,对不起我曾经'嘴'过你,要怪就怪老吴。"

卫冉老神在在,好像江湖术士捋着胡须预言某种天下大乱:"天才这一回来,不知要扰乱多少芳心。"

元双在心中叹气,甚至算不出自己排在第几位。

傍晚,这场雨终于有停的趋势。

糟糕的天气牵连了周末的欢乐气氛,出校过周末的学生人数大打折扣,校园路上零星几个人,都扛着风裹着冷气疾行。

暗红色方砖铺就的人行道上,元双抱着一大袋狗粮,无从躲避冷风四面八方的物理攻击。裸露在外的手指冻得通红,她的斗志节节败退。

唉,其实明天送去也行的,做好人好事也犯不上找罪受。

但是走快点也就七八分钟,而且真的好久没和黄阿昏见面了。

退堂鼓和一鼓作气对垒,赢的是后者。

元双的坚持在接下来的十分钟里得到了奖赏。

几道高亢的男声带着热乎劲儿，突破冷风的挟制，传到了元双的耳朵里。

"黎四，今儿晚上你可逃不了，非把你喝趴下不可。"

"待会儿吴新月不会杀过来吧？黎四，她可是一直对你念念不忘的。"

....

七嘴八舌的声音叠在一起，隔得远，提取不出什么有效信息。

但话题的中心人物"黎四"对上了元双心里的"黎肆行"，轻易抓取了她的注意力。

他正在她身后，或许不足十米远。

这个认知指使元双变成一个反向跟踪的 stalker（跟踪者、盯梢者），脚步越来越慢，离目标越来越近。

她心无旁骛，企图策划一场擦肩而过，连冷风叫嚣着的怒吼和威慑也被无视。

直到一声"学妹"从右后方传来，她偏过头，第一眼看到的不是声音的来源，而是人群中自成焦点的黎肆行。

他穿着黑色的大衣，不是中午那件，想来跟她一样，溅了雨水换掉了。

他额前的碎发被冷风吹动，张扬着，符合他的个性——冷不丁难以让人联想到数学天才，倒沾点纨绔气质。

连多看一眼都怕是贪心过甚，确认他真的在，元双的视线平滑地扫过，显得对所有人一视同仁。

七八个人，除了黎肆行，元双认识的只有两三个，比较熟的就是喊她的那个了，叫傅云北，是大二的学长。

傅云北起头叫住了她，自然不能让她尴尬。

"嘻，这些，一个个的都不是什么好人，能不搭理就别搭理。"

"老傅，怎么说话呢？学妹不认识我们，我们认识学妹啊。"

几个人七手八脚地冲傅云北招呼，气氛并未在风中冷掉。

也不是客套，漂亮又拔尖的女生，很容易成为男生宿舍夜谈会的话题。

刚入学参加军训那三周，所有新生统一着装，校报军训特辑，登出来一张元双所在方阵站军姿的集体照，元双凭美貌演示了一把什么叫脱颖而出。

照片里，元双只有侧脸，从额头到下巴的线条，宛如大手子画家起稿的第一笔，一起一伏浑然天成，一点改动都恐减损美感。

原本平平无奇、无人问津的校报竟然变得一张难求，负责人一拍板，下一期甚至给了元双一个特写。

那时，高年级学生总爱到新生军训的地方溜达，乘着树荫、喝着冷饮，不当好人。那三周，元双拒绝了这辈子最多的冰镇西瓜和冷饮。

"手上是什么？我帮你拿吧。"

连推辞的机会都没有，元双感觉手上一轻，狗粮落在了傅云北手里。

"学妹要去哪儿啊？"

"校门外的采青面馆。"女声轻细柔软，在一群硬汉中显出独特。

"巧了吗这不是，我们就去隔壁，正好帮你拿过去。"

元双清楚地知道他这是"醉翁之意不在酒"。

"那个……你怎么一个人啊？你室友卫冉呢，怎么没跟你一起？"

卫冉和傅云北光明正大地暧昧，元双看在眼里，她懂点拉扯，答道："她有约，出去玩了。"

傅云北立刻急了："有约？跟谁？男的女的？"

"好像是……"元双笑里带着些许调皮，故意拖延，"高中同学，女同学。"

傅云北明显松了口气。

像个合格的情报员，元双稍后还要一五一十地将傅云北的表现传达给卫冉。

青春年少的男生对兄弟追求女生这事永远充满好奇，"哦"的起哄声绕成了圈，把傅云北困得招架不住。

"干吗呢，干吗呢？没看到我们学妹的手都冻红了。"傅云北转移话题没有章法，眼睛扫了一圈，锁定好祸害的对象，"黎四，赶紧的，就你戴了围巾，摘下来给我们学妹暖暖手。"

两个男生土匪抢劫似的把黎肆行的围巾薅下来，递给元双的时候又是绅士作风："别嫌弃。黎四这人骚气得很，估计上头还喷了香水。"

"滚蛋。"黎肆行笑骂，对围巾的去向不发表意见。

柔软的羊毛围巾，一端用金线绣了一个端正的"肆"字，横竖笔画中藏着讲究和珍重。

冰冷的手指慢慢变暖，围巾在手上绕了几圈，属于黎肆行的余温以燎原之势入侵元双的四肢百骸。

她试图将其归功于围巾的物理功能，可是败给了自己耳后浮现的红晕。

"学妹，就他，别看长得白，跟小白脸似的，心黑得很，离他越远越好。"

"少跟这儿败坏我的名声！"黎肆行抬腿作势踹人，"以后少拿我的东西借花献佛，小心我把你的事儿搅黄喽。"

"看见了吧，学妹，这人就是个浑蛋！"傅云北灵活地躲避黎肆行的攻击，"待会儿围巾不要还他，你回去后给卫冉，让卫冉给我。"

众人被傅云北的骚操作逗笑："老傅，你还真能干这种脱裤子放屁的事儿！"

黎肆行闻言来劲了，故意跟傅云北作对。

黎肆行走到元双身旁，头一低问她："大一的学妹是吧，叫什么名儿？"懒懒的调子，词尾还要吞字，说成搭讪都显得随意过头了。

元双没想过"擦肩而过"以外的事情。

在她少女怀春的设想里，他们会在一个正式的场合正式认识。

但现实远比她想象的迷人。

"我叫元双。"她抬起头，光明正大地看他，又不放心地补充，"一元复始的元，好事成双的双。"

"我叫黎肆行，待会儿去大群里加你，你想什么时候还直接找我。"他拽住围巾垂下的一端指着傅云北："但是从这个人手里还回来的我不认，到时候就算你欠我一条。"好看的桃花眼一敛，就有了威胁之态，"欠人东西是不好的，对吧学妹。"

元双配合地点点头，水灵灵的大眼睛一眨，似乎当真被吓住了。

"起开！把人吓坏了！"傅云北气急，"你小子等着，你今天不横着出来我跟你姓。"

原本凄风苦雨的独行变成了众乐乐，一行男生笑笑闹闹，几乎围成一个圈护着元双走。

到了地方，傅云北帮元双把狗粮放下，他们就去了隔壁聚餐。

受天气影响，面馆里没几桌客人。元双既然来了也不用再纠结晚上吃什么，直接要了一份面打包回去，等待的时候先去喂了黄阿昏。

黄阿昏是面馆老板娘养的一只白色的拉布拉多犬，跟着老板娘在店里，

/ 007

听话又懂事，有时还能帮忙迎个客。

元双家里不让养狗养猫，自从大一上学期在面馆里遇到黄阿昏，元双就时常带着狗粮来看它，一来二去，和老板娘也熟络起来。

寒假一个多月没见，黄阿昏热情地扑上来，绕着元双来回蹭。

店里外卖的单子多，老板娘说还要等一会儿，提议元双带黄阿昏去外面遛遛。

校门外这几家餐馆前有一个小广场，元双陪着黄阿昏撒欢。

狗越跑精力越旺盛，人先累了。

在角落的长凳上歇一会儿，黄阿昏后腿站起来，和坐着的元双一般高。

元双亲昵地抱着它，想象着什么时候自己能养一只狗。

小广场上不知何时聚起了人，元双探头往人群中央看一眼，未干的地面上散落着许多枚闪亮的小地灯。

一个女生蹲着调整地灯的排列，最后摆成了一个心形，看架势是要公开表白。

女生起身的时候，元双认出了她，是吴新月。

于是，元双顺便知道了她要表白的人是——黎肆行。

宁陵大学校园论坛上有数个活跃多年的热帖，盘点历届才子佳人广为人知的情情爱爱。

悲剧、喜剧、闹剧，种类齐全，情节跌宕，任意一个单拎出来都够改编成电影的。

元双以"黎肆行"为跟帖内容关键字进行搜索，得到的结果多关联另一个名字——吴新月。

吴新月追黎肆行，可用轰轰烈烈来形容。

黎肆行大一上学期参加校运会，男子一千米跑了第一，吴新月在广播里报完成绩，没有按流程讲些恭喜祝贺的话，而是在大庭广众之下大胆示爱。

"黎肆行，我是吴新月，我喜欢你，你愿不愿意跟我在一起？"

现场图被贴了几十层，连环画似的拼凑出黎肆行完整的回应——直接离开。

看客评价有褒有贬，有说他狠心无情，或赞他不拖泥带水，也有中庸派两边调和：都有道理、都有道理。

黎肆行态度鲜明地拒绝在日后起到杀一儆百的作用，多少女生喜欢他，想表白也要掂量掂量自己的资本，如果比不上吴新月，也省得去现眼。

拜这个帖子所赐，元双对从没见过的吴新月印象深刻，以至于一眼就认出了小广场上的人是她。

黎肆行出国做交换生这一年，吴新月并没有本事大到追去国外，她鸣金收兵，待黎肆行一回来，就如抓住机会复出的明星，第一时间卷土重来。

吴新月站在心形地灯里，拿出手机打了个电话。

餐厅二楼某个包厢的窗户被打开，窗边围着的是方才和元双同行的那群男生。

男主角很快登场。

黎肆行从餐厅出来，走路时衣摆带风。

围观的群众感叹，虽然男生脸色臭了点，但架不住确实帅，果然有令女生当众表白的资本。

黎肆行没有走进那个圈里，隔着两三米对着吴新月。

桃花眼天生含情，此刻经过眼周肌肉调动，竟也可以变得无情。

"你先不要说话。"吴新月在他开口前抢先道，"黎肆行，我今天是第几次跟你表白来着？我都记不清了，你还记得吗？"

黎肆行没说话，或许是不知道，或许是觉得没必要。

"好吧，不重要。"她像个不服输的战士，越挫越勇，"我今天再跟你说一次，我喜欢你，很久很久以前就开始喜欢你了，你愿不愿意跟我在一起？"

围观群众乐见姻缘促成，况且还是女生对男生示爱，已经有人在喊"答应她""在一起"之类的口号。

元双觑一眼站在一旁的黎肆行的朋友们，他们没有像之前调侃傅云北那样起哄，而是和黎肆行一样，面上没什么笑。

不被喜欢时，执着就是负担。

黎肆行盯着地上的一排灯，开口的话足够委婉尊重，但本质上依旧是拒绝："吴新月，不要再干画地为牢这种事儿。"

元双不禁胆战心惊地代入一下吴新月，如果哪天自己鼓起勇气跟他说一句喜欢，会不会也是这样的结果？

"你怎么知道是'牢'呢？"吴新月跨出心形地灯，"你想在哪儿，我就陪你在哪儿。"

她手一伸想碰黎肆行的衣袖，被他拂开。

"言尽于此，这是我最后一次听你说这些话。再做类似的蠢事，你见到的就是警察和精神科医生。"

黎肆行原本无意下来，吴新月干这种事不是一次两次了，他把人晾着就是直白的态度。

傅云北劝他，麻烦总该解决，你不困扰，你以后的女朋友总会困扰。

倒也不是为虚无缥缈的女朋友。

今天这顿是为他接风，酒是要喝的。他酒量不好，跟这些朋友过虚招子，能糊弄就糊弄。

那时心躁，他打眼往窗外一瞧，看到了小广场上好几样属于他的东西。

那条灰色的围巾。

那只叫黄昏的狗。

拿着围巾牵着狗的女孩儿，叫"一元复始的元，好事成双的双"。

哦，不是他的。

吴新月电话一打，老傅一顿劝，黎肆行看到"好事成双"往那俗气的地灯跟前凑，老傅那些正确的废话忽然就起了作用。

或许是被"最后一次"刺激到，吴新月陡然生出蛮力拉住黎肆行的大衣衣襟，踮起脚凑近他的脸，明显是要亲上去。

凛冽风中，渲染出孤注一掷的壮烈感。

下一秒，或许是浪漫爱情故事的开头，又或许是爱而不得的结局。

有人在赌他会因为女生这个举动而心软，有人毫不担心他作为一个有体力优势的男生会被强吻。

但现场还有一只狗。

"黄昏，你干什么？回来！"

白色的拉布拉多犬冲入现场的时候，黎肆行扣住吴新月的手腕刚刚准备拉开。

顺着狗狗脖子上的牵引绳，还能看到差点被拽倒的遛狗的人——元双。

狗狗仰头冲着吴新月叫了两声，大有保护黎肆行的架势。

黄昏咬住黎肆行的大衣下摆，一个劲儿地往外拉他。而另一头，元双恨不得钻入地底的同时，还要把黄昏往回拉："黄昏，松口，赶紧过来！"

爱情故事陡然成了一场闹剧。

吴新月似乎是怕狗的，下意识后退几步，慌乱间踢到几枚地灯，毁了原本规整的形状。

但她不怕人。

"你怎么牵的狗？你……"吴新月的视线落到元双缠在手臂上的围巾上——拽狗和道歉时还要分神不让围巾扫到地面。

一端绣着的"肆"字明明那么好看，可拿在别的女生手上就是碍眼。

厉喝变成不甘心的质问，吴新月看着黎肆行："因为她？"

黎肆行："跟旁人没有关系。"

"那你为什么一次又一次地拒绝我？"吴新月这时终于崩溃，"为什么？为什么？"

"车轱辘话不想来回说了，吴新月，学校的心理咨询挺有用的。"

吴新月身后的朋友看不下去，上前来半拉半劝地带她走了。

大戏落幕，观众散场，女主角谢幕前最后的台词是——

"黎肆行，迟早有一天，你会后悔的！"

似乎预示还有下一回。

黎肆行弯腰摸着黄阿昏的脑袋安抚，它果然松了口。

元双拽了拽牵引绳，黄阿昏依然没有要跟她走的意思。

狗难道还懂欣赏男色吗？但黄阿昏本来就是公的啊！元双在冷风中额上冒汗。

黎肆行招呼他身后的兄弟先进去，然后带着黄阿昏朝元双走去。

元双认真考虑了一秒自己现在逃跑还来不来得及。

"对不起，我应该看好它的。"元双低着头。不管怎么样，狗是她牵着的时候脱手的，她要负责任。

"没关系，黄阿昏野起来，你一个女生未必拉得住。"

熟稔的口吻，加上黄阿昏方才的举动，元双大胆猜测："你和黄阿昏认识？"

黎肆行朗朗一笑："真新鲜，它的名儿还是我起的。"

这美食广场后巷有一窝狗，狗妈妈的腿受伤了，大一开学不久，被黎肆行几人偶然发现。最后，狗妈妈被送去宠物医院医治，几只小狗也都被人领养了。面馆老板娘养的这只离学校最近，黎肆行出国前还常常来喂它。

　　黎肆行忽然有兴致在风中跟一个刚认识的女孩儿讲这些往事。

　　"本来要叫'黄昏'，那天的晚霞特别漂亮，但看它的气质配不上这个雅名儿，中间缀个'阿'，显得笨一点。"

　　说着，他又笑："看来也不笨，一年不见还认得我，还知道冲上来保护我。"

　　元双这时相信"善缘结善果"。

　　她手指无意识地摩挲胳膊上的围巾，视线只在黄阿昏身上，小心翼翼地藏起跟他单独相处的无措。

　　"围巾不好？"

　　"嗯？"

　　元双猛地抬头，话题无预兆地跳跃，她怕他就此要回属于自己的东西。毕竟当时是给她暖手用的，现在用不到，似乎也该物归原主了。

　　她没有将其据为己有这样逾矩的心思，但要等一等，等到他说的"我去大群里加你"。

　　"怎么不围着？"

　　从窗户向外望时，他就觉得奇怪，她宁愿用手拿着围巾，也不往脖子上挂。

　　真嫌弃他？

　　"不是，要围的。"

　　不是不好，围巾要围。至于刚才怎么不围，她确实没考虑过。

　　元双先前近乎刻板地认为，暖手就是暖手，围在脖子上有种冒犯的亲密意味。

　　但这话不好跟黎肆行讲。

　　她把围巾从胳膊上取下来，内心那点不得体的别扭被他两句不经意的话扫除。

　　她将围巾往脖子上挂时看到他空空如也的脖颈，动作又停住了，小声问他："你冷不冷？"

　　少女心思弯弯绕绕，黎肆行辨不出她问这个问题希望得到什么答案。

　　朦胧中理出一个线头：她约莫是怕他冷，想把围巾给他，又似乎不太想给。

"围着吧,我不冷。"

牵着黄阿昏回面馆后,黎肆行最后跟她说:"记得还我。"

周末两天,太阳满勤,盎然春意在宁陵大学催发生机,新枝抽芽,风送花香。

周一的早八课要命,宿舍里其他人还没起来,元双作息规律,七点一出宿舍楼大门,就被春风照拂,心情都好了几分。

经她两天试验,随机跟随一名同学可以部分解决"今天吃什么"这个问题。

人和人的口味不同,撞到黑名单上的食物,元双也不会死脑筋地跟自己过不去。

朝气蓬勃,令人想到新生的绿意,元双被前方一位女生的青绿色毛衣吸引。

她决定早饭跟着那女生开盲盒。

食堂离宿舍有段距离,元双边走边没着落地想些小事。

拐了个弯,女生的步子忽然快了许多,似乎也在追着别人。

元双跟上瞧清楚,预感毛衣链接八成要泡汤。

女生从包里取出一样东西,满怀期待地交给她前面的男生,男生冷淡拒收,女生落寞离开,方向不再是食堂。

整个过程不到两分钟,或许摧毁了女生一天的好心情,但男生不会上心,路人也不在意。

只是路人不包括元双,因为男生是黎肆行。

元双十分清醒地想,黎肆行不仅招桃花,杀桃花的本事也是一流。

吴新月、绿毛衣女生,大概都觉得自己是特殊的一个,拿满腔心意去撞他的南墙,流血也不回头。

元双在南墙外,甚至没撞上就感同身受。

黎肆行步幅大,不比周五有风雨和人流阻碍,元双此时跟上他,要提气快走。

她自然是要跟上他的。

她的目标人物是因为他才半路离场的,账算在他身上顺理成章。

进了食堂,未多盘桓,黎肆行径直去了一楼最右边的窗口,点了一碗鲜肉小馄饨。

元双和他只隔了四个人，清楚地听到他讲自己的忌口："阿姨，不要葱，也不要香菜。"

阿姨忙碌了一早上，舀汤时五官都在用力，动作麻利废话不讲一句，却对黎肆行格外热心，给他盛的那一碗明显量多，还笑着叮嘱："小心端好，吃好下次再来。"

大概是爱美之心人皆有之。

元双点了小份的馄饨，她不吃葱，但不排斥香菜增味，汤上缀着点绿色，看起来也更有食欲。

此时不是用餐高峰期，食堂座位显见稀疏，元双选了一个离黎肆行有些远的斜向的位置，边吃边拿眼瞧他。

他今天戴了眼镜，看起来挺斯文的，修长的手指捏着勺子，搅汤的动作也被赋上了仿佛运笔作画的艺术感。

滚烫的汤腾出热气，在镜片上遇冷凝成水雾遮挡视线，他又把眼镜取下来揣进大衣口袋里。

元双这时胆子大了些。

不戴眼镜的近视眼，五米之外人畜难分，她自己深有体会。

眼镜好像封印，拿掉后他整个人的气质也变了。

镜片削弱了他眉骨的锐利感，势收则显温和斯文。

现在遮挡撤去，眉骨高挺，他整个人便是昂扬拔起的。

似乎他要向上，万物都甘心让路。

两人差不多同时吃完，收拾餐盘时，元双刻意走慢一步。

只跟着他吃了两顿饭，样本数据实在不足，元双违背数学原则强行归纳出结论：他和她的口味近似。

于是，她把结论应用到实际：为了避免踩雷，她是不是可以常常跟着他去吃饭？

出了食堂，本以为该各走各的路，可黎肆行拐的弯、上的楼、进的教室却和元双别无二致。

她站在黎肆行刚刚进去的教室外，拿出手机确认自己的课表：双周周一上午三节《几何学》，教二206。

她没有错啊。

可黎肆行怎么会来上他们大一的课？

元双从后门进去找了个座位坐下，现在七点半不到，教室里学生不多，但老师已经来了，讲台上的保温杯盖子打开，正冒着热气。

黎肆行并没有坐着，而是在窗户前跟老师说些什么。

清晨的阳光明亮轻盈，照在通透之人身上，是彼此增辉。

他又戴上了眼镜，看上去就是老师最喜欢的那种轻松取得第一名的好学生。

元双摸出口袋里的手机，将镜头对准他，她不懂构图和光影，但有些画面已经足够完美。

镜头里的人忽然看过来。

元双慌忙把手机一扣，低头假装整理桌面，心跳加速，带动她全身血液快速流动，两颊生热，温度要挑战人类生理极限。

做贼心虚，诚不我欺。

一室的窃窃私语中响起一道高亮的声音："好事成双……学妹。"

元双被"好事成双"击中，是在喊她？

她抬头对上黎肆行的眼神，指指自己。黎肆行点头，一招手她就趋步走进他的光影。

他笑着开口，明媚春光也要逊色三分："郭老师问我认不认识你们班的人，怎么办，我只认识你。"

元双要为他这句话心塌了。

他说怎么办，好像遇到了天大的难事。

他说我只认识你，好像天地苍穹间，他孤身浪迹，终遇可靠之人给他解决这天大的难事。

可靠之人是她。

刀山火海她也愿意走一遭的。

元双顿时不敢看他，只问老师："老师，是有什么事吗？"

答的是黎肆行，好听的声音简单讲了一遍来龙去脉。

他在国外交换的一年，多数课程的学分都能和本院课程等价认定，但大一下学期开设的这门《几何学》是专业核心课，只认本校本院的课程，他必须修一遍才能拿到学分，因此排了这节课和元双他们班一起上。

郭老师了解他的情况，也不要求他的出勤率，只是需要提交留档的作业他还是得做，所以让他找一个认识的人，以便作业内容能及时通知到他。

"既然你有认识的人就好办，这个同学你以后就负责通知他。"

不是天大的难事，是天大的好事。

元双满口应"没问题"。

"可是……我要怎么通知你？"

他们认识，又不完全认识。

网络一线牵，他们没牵上。

数学科学学院的QQ大群里，四个年级八百多号人都在，平时并不热闹，但因为吴新月的表白事件引起了一番讨论。

托黄昏的福，元双也短暂地被纳入讨论。

元双反复确认自己在群里的昵称，缀在级数和籍贯后的，是准确无误的、没有重名的"元双"。

999+的消息，没有一句来自黎肆行，在群成员列表里找到他，右侧的"加好友"标签明晃晃地判他食言。

黎肆行说"我去大群里加你"，还能是哪个大群呢？

元双那时蒙在被子里看手机，手指悬在"加好友"上，呼出的二氧化碳快要让她窒息。

围巾还没还他，这个理由够不够她光明正大地勇敢一次？

她忽然翻身下床去找硬币，丁零当啷惊着正在做瑜伽的室友。

"东西丢了？找什么？"

"天意。"

正面，加他；反面，不加。

最后她抛出反面。

那就人定胜天。

于是，她删删写写，严谨程度堪比外交谈判，唯恐一个用词不当毁了两方关系。

她用时半个小时才落定验证消息：*我是大一的元双。围巾。*

九个字，两个标点符号，在互联网世界走失，至今未有归期。

果然天意不可违。

难受两天，算她自找。

元双纠结了一个周末的问题在此刻迎来了彻底解决的机遇。

黎肆行大概忘了自己说过要去大群里加她的话，只说："老傅有你的微信吧？我让他推一下。"

先是大群，再是老傅，元双这一次不愿意再被动等待，她想把握一回天意。

于是，她看向他的眼睛时，勇气拔地而起："我可不可以直接加你？"

他说"好"，元双回座位拿手机的身影都带着柳暗花明的雀跃。

手机解锁后，屏幕还停留在拍照界面，取景框黑了一瞬后识别出镜头下的画面，左下角的照片预览明明白白是她刚才拍的他。

缩略图真的很小，她也是真的心虚，慌慌张张滑走打开微信。

天哪，加人是怎么加来着？她的二维码到底在哪里呀？什么 App 啊，为什么搞这么复杂的功能？

她一顿操作，终于打开了二维码，递到黎肆行面前。

元双发誓，她听到了黎肆行的叹气声。

他没直接扫码，骨节分明的右手食指伸出，在她的手机上点了几下，白底黑色的方形收款码变成了黄底棕色猫头形状的微信二维码，正中间是她的头像，黄阿昏的照片。

尴尬透顶，元双埋下头。黄阿昏都干不出这样的蠢事吧，为什么没有地缝给她钻？

黎肆行扫了二维码，终于添加成功。

黎肆行第一节课就是来跟老师说明情况的，应个卯就走了。

元双回到座位，脑袋压得很低，一只手在前面挡着。明明还没开始上课，她却摆出一副偷摸玩手机的姿势。

列表顶端，新鲜的头像和昵称属于黎肆行。

她不敢将其设为置顶，只能反复点进他的头像和朋友圈。

朋友圈仅三天可见，只有一条，是周五那天他跟朋友聚餐的照片。

元双的指尖悬在点赞键上，迟迟没按下去。

从来都是远远地看着他，距离乍一拉近，她反倒不安，担心自己一个微小的举动都会露出破绽。

手机"嗡"地振动一下,指尖和屏幕亲密接触,替她做完了选择。

她的头像出现在黎肆行朋友圈的点赞列表。

元双心虚得几乎要立刻取消,却又难以拒绝自己跟黎肆行以这种方式同框。

她立刻说服自己,点赞而已,同学朋友之间太正常了。

她返回去查看消息,是卫冉让她帮忙占座。

元双的情绪短暂地抽离,过了一会儿还是没忍住,再次点进黎肆行的朋友圈,可展示在她眼前的动态忽然变了。

从上到下,照片、文案,内容丰富不一,左侧的日期一直延伸到数年以前。

她差点以为自己点进了别人的朋友圈,可照片里的人明明白白就是黎肆行。

手指在屏幕上快速地滑动,又回到顶端。

元双定睛确定。

黎肆行的朋友圈,"仅三天可见"的提示消失了。

手机又振动了一下,她收到黎肆行那头一条拍拍消息:

"肆"拍了拍我的脑袋。

第 二 章
- 左 撇 子 -

三月中旬，宁陵市的气温踩着油门从十摄氏度一下飙到了二十五摄氏度。周五最后一节课结束，元双陪卫冉学骑自行车。

卫冉是山城人，从小到大没有遇到过需要使用自行车的场景，因此不会骑。

宁陵大学校园面积广阔，从宿舍去实验楼或图书馆步行都得十来分钟。

上学期，元双经常骑车载卫冉，但两人的出行需要未必完全重合，于是卫冉下定决心一定要学会骑这两个轮子的玩意儿。

操场后面开阔的空地上，一群运动打扮的男生拍着篮球从路的另一边走来，清爽又热闹的声音吸引了各个方向的视线。

最前面一个看起来是头头的人回身，朝落在队尾的人喊道："黎四，干吗呢！动作能不能快点儿！"

一道懒洋洋的声音响起："我把你打趴下的时候绝对快。"

这个下午是从元双听到"黎四"这个称呼时开始失控的。

长空中划过的一声"黎四"突破各种阻碍传到元双的耳朵里时，她心里专门探测黎肆行的雷达就响了。

加上联系方式后，他们也没怎么说过话。

《几何学》的课暂时没什么大作业要做，她没理由找他。

至于围巾，他似乎忘了要，她私心想留着，也不主动提。

她只能寄希望于各种偶遇，可无缘的时候，老天爷连一丝运气都不愿施舍。

她尝试每天早上七点出门，但再也没遇到在那个时间段吃早饭的黎肆行。

守株待兔，贬义成语，她彻底领教。

色、友兼顾不了，元双心神落在黎肆行身上，忘了此刻卫冉还需要她。

卫冉刚觉得自己骑得有点起色，回头一看元双居然撒了手。

心一慌什么技术都忘了，卫冉先是失去了对车把的掌控，再是自己的重心，最后是自己的声音。

惊恐的"啊啊啊"声被自行车挟持，冲过石阶撞向合抱粗的道旁树。

倒地前，卫冉意识到自己是长了腿的，急中生智，踉跄着弃车，总算人没摔着。

元双回过神，心道完了完了，急急忙忙跑过去时，已经有人先她一步。

傅云北扶卫冉时心疼的表情不要太明显。

人群中有人关心，有人失笑，毕竟骑车撞树这种社死行为属实自带搞笑效果。

几乎都是数学院的同学，卫冉嚷嚷着谁敢说出去她就灭口。

确认卫冉没受伤，元双急忙去关爱自己的自行车。

车子已经被人扶起来了，元双开口道谢，心想因这场意外留下来的不仅有笑料，还有一点她好心教卫冉骑车的好报。

扶车的人是黎肆行。

墨绿色的车身和他额上的运动发带颜色相同，显出相得益彰的缘分感。

黎肆行单手掌着车把，修长匀称的手指将她的车衬得贵气了几分，似乎连车把上的划痕都在配合他演绎别具一格。

他问元双："你的车？"

元双点头。

"车龙头撞歪了，"黎肆行简单检查了一下，嗓音带着笑意，"这骑车技术可真厉害，咱们学校的树恐怕不够撞的。"

"黎四，你给我闭嘴。"傅云北怒喊。

元双终于光明正大地笑出来，不过还是为自己的"徒弟"说话："她刚学嘛，我小时候学也摔过。"

黎肆行没来由地好奇："也撞过树？"

"那倒没有。"

卫冉深觉一世英名被毁，气呼呼地赶人："都走走走！打你们的球去！"

傅云北趁机邀请："你们俩要不要一起，反正这车也不能骑了？"

卫冉有点心动，可刚刚出过丑，面皮薄了几分，她看向元双，试图寻找一个适当的台阶。

在元双的脑海中，黎肆行和篮球是两个冲突的概念，一喜一恶，量级差距过大。

她对篮球的阴影来自高三体育课的三步上篮。

先哪只脚后哪只脚，她听的时候明明白白，往篮圈底下运球就不会了。

她就跟个提线木偶似的，老师告诉她怎么动她才会动，还得动一下停一下，否则大脑处理不来，只能僵在那儿。

元双当时决定这辈子连篮球场都不再踏进一步。

这个决定太草率。

她接收到卫冉的眼神，自欺欺人，说："你想去，我陪你。"

天朗气清，风拂树动，元双和卫冉坐在篮球场边缘的椅子上正舒适。

说是看他们打球，但两人都不太懂，也就看个热闹和美色。

打球的男生们动起来很快就出汗了，挥汗如雨的同时又畅快淋漓。

中场休息，男生们讨论下半场的战术，傅云北心思不在，老往卫冉她们那边看。

"你到底能不能行？不能打赶紧歇着去。"

"打打打，好好打。"傅云北十分敷衍。

黎肆行顺着他的视线看过去，卫冉隔空给傅云北比了个加油的手势，"好事成双"在那边坐着，好像万事万物都没放在心上。

黎肆行拿球砸傅云北唤回他的注意力，突兀地转了话题："学校哪儿有修车的地方？"

"问这个干什么？"傅云北问完反应过来，"修撞树那车？你什么时候爱操这种闲心了？"

"你到底知不知道？"

傅云北顺手拿矿泉水瓶定位了几个地点："这儿，东园食堂，往青教公寓那条道儿上，靠近化学实验楼背后有个大爷在那儿有个摊儿，什么毛病都能给你修好。"

他比画完，问道："你是不是对小元学妹有意思啊？"

"哪什么的意思？"黎肆行抡着手上的瓶装水玩，漫不经心。

/ 021

"围巾也没见你去要，白白浪费我一个机会，搞什么你？我跟你说，喜欢她的人可不少。"

傅云北话音刚落，就有人现身说法。

球场上一个男生跑到元双身边，脸上的红分不清是运动后的热还是青春少年的羞涩，掏出手机大概是要联系方式。

"好事成双"扫了对方的二维码。

轻细短促的"叮"声竟然盖过篮球场的喧闹，长了腿似的往黎肆行耳朵里钻。

黎肆行怀疑自己在幻听。

他没说话，水瓶抛得越来越高，砸在手里的分量越来越重。

再一次抛起落下时，一个篮球高速擦过，水瓶的运动轨迹被打乱，没回到他手里，"砰"地掉到了地上。

黎肆行转过身，眼皮一抬。

"喂！你——敢不敢跟我比一场？"

男生等他迎战的时候，下巴高高地仰起，不时分神看向旁边某个女生，如果黎肆行没记错的话，那女生刚才给自己送过水。

敢情是拿他当情敌了。

无所谓，反正他现在精力充沛。

黎肆行抄起球：" 来啊。"

场上突然围了好多人，一些本来在打球的也被吸引来观战。

元双和卫冉的视线被挡，还有些不明所以，起身挤到前面去看，从周围的八卦议论声中搞清楚了事情的始末。

挑战黎肆行的是机械学院的大一学生，单恋给黎肆行送水的那位女生早已不是秘密，他在宿舍楼下大张旗鼓地表白还上过新闻。

吃瓜群众脑补一出两男争一女的大戏，甚至开始下注。

一开始还是两帮人对抗，打着打着，就变成黎肆行和那男生一对一单挑。

元双对篮球的认知仅限于投篮进球得分，以至于其他观众时不时的喝彩对她来说更像一惊一乍。

但不影响她对黎肆行的运动状态俗套地评价一句"少年自在如风"。

她掏出手机，像专业的站姐给偶像录直拍一样，镜头牢牢地锁住黎肆行快速运动的身影。

在满场胳膊高举拍照录视频的人中,她并不显得突兀。

又一个球投进,全场惊呼,黎肆行表现得意兴阑珊,对方真不够格跟他打的。

他下巴一抬,并不轻佻,反而是意气风发的自信,仿佛他天生该赢。

这一幕和元双脑子里的画面重合。

在她还没受篮球暴击以前,高二上学期,她在附中,或光明正大或偷偷摸摸去球场看他比赛,他总是这样,遇上再难缠的对手,举手投足间皆是胸有成竹的稳赢气势。

就算偶尔输两个球,都让人相信他有力挽狂澜的本事。

黎肆行拍着球,问道:"还来吗?"

对方骑虎难下,他认清自己的实力不如对手,但要认输更不可能,只能继续逞强:"早着呢。"

挑战者展现了好勇斗狠的架势,为了不在女神面前丢脸,恶意的犯规动作都使上了。

元双看不懂,但清楚地感受到黎肆行的情绪变得激动了。

黎肆行把球猛地朝对方一扔,厉声道:"脏动作还打什么!"

对方狡辩:"正常的身体对抗罢了。"

元双对篮球的第二重阴影来自黎肆行。

这场决斗到最后,不知怎么演变成了一球定胜负。

球权在黎肆行这儿,他有意尽早结束,腾空扣篮的时候也攒着怒气,力道半分不收。

球猛烈地撞上篮板,快速弹开的同时,玻璃板应声碎裂。

黎肆行扣完就顺势跃步闪开,而篮板下准备防守的对手被玻璃碎碴结结实实地浇了一身。

比赛戛然而止,全场为黎肆行扣碎篮板这一行为震声高呼,甚至有男生激动得表现出返祖行为。

元双来不及理解为什么男生会觉得这种危险的行为是荣誉巅峰,因为她自顾不暇。

高速弹开的球以势不可挡的力量朝元双所在的位置砸来,她本能地伸出手去挡,手指触碰到球的瞬间便麻了,冲击力使她失去平衡往后倒,手机也甩了出去。

大男主爽剧氛围中，元双成了唯一的喜剧元素。

好在身旁的卫冉及时扶了一下，没让她成为彻头彻尾的丑角。

手指的疼痛剧烈又清晰，元双忍不住抖了一下，咬着牙还是"啊"出了声。

罪魁祸首下一秒来跟她道歉。

黎肆行脸上是运动过后健康的红色，呼吸间还带着轻微的喘，顺手把发带扯下来的那一瞬间，整个人的气质都野了起来。

他说话时，又换了副模样，像个恭谨端正的可靠人士。

"抱歉，去医院吧，我负责。"

元双一瞬间有点慌乱，明明发脾气骂他一句也不过分，却瑟缩得好像自己是过错方。

"没事，你不用管我，你们还打吗？"

仿佛她问出的是个傻瓜问题，他笑出了声。

他捏着她的手腕轻微转动了一下，她就受不了了。

"戳伤了，得赶紧去看下。"

无须多言，元双没有勇气拒绝他第二遍。

他虚虚地揽着她的肩膀，护着她从人数众多的篮球场往外走。

有人帮她把手机捡了起来，交还的时候直接递到了黎肆行手里，他接过，边走边检查手机。

手机是裸机，看样子新得很。玻璃后屏碎了，尚不影响其他功能正常运行，正在进行的是拍摄视频功能，最上面的红色时间条还在跳动，显示她已经录了二十多分钟。

"还要录吗？"

元双回答"不要"。

他点击停止录制，视频收进左下角的相册，缩略图是拍摄的第一帧，很清楚，是他的背影，4号球衣。

他将手机锁屏，装到自己的裤子口袋里。

"全是玻璃碴，赔你新的。"

元双从未想过和黎肆行单独相处的时机来得如此之快。

黎肆行说负责，就真的处处周到。

他带她去了校外的医院，很近，步行也不过十分钟。一路上，他拿着冰水，让她将手搭在上面，暂时起个冰敷镇痛的作用。

打篮球时手指戳伤是常事，糙点儿的男生连肌贴都不包就又上场了。

但以元双手指的娇嫩程度显然不适用于这种方法，元双拍了片确定没有骨折或者肌腱损伤，接下来的步骤他就轻车熟路了。

从医院出来，黎肆行问她晚上有没有事。

元双不善于撒谎。

她妈妈说，她每次撒谎，耳朵尖都是红的，想让人不识破都难。

她今天晚上要回家吃饭，早就跟家里说好的。

她现在说"没有"，稍后就要编一套说辞骗她妈妈。

用不着鬼使神差，面对的人是黎肆行，她坚定得很。

她抬手整理了下头发，令耳朵掩于发下，扬着声："没有。"

"那带你去买手机。"

回宿舍洗了澡换了衣服后，元双在校门口等他，手里拿着他的手机。

"押你这儿，密码四个4，不用怕我跑了。"他去开车前，逗小孩儿似的跟她这么说。

宁陵大学地处郊区，每天都有大批学生进城放风。

校门口人来人往，很多人在等网约车。元双身处其中，却与其他人面向相反的方向。

学校的清洁工作十分到位，门卫室外贴的黑色瓷砖都擦得光可鉴人。

元双看着瓷砖上的影像，反复确认自己的穿着是否合适。

方领的法式长裙，收了腰身，浅蓝色的针织开衫，肩上搭一个白色的包包。

越看越要挑出毛病。

头发是不是卷一下更好？腰线是不是显不出来？包包是不是也不好看？要不还是抓紧回去换了？

她低着头在地上画圈，纠结不出个结果，连黎肆行把车开过来都没有第一时间看到。

黑色的轿车一停下，就以绝对碾压的姿态胜过了校门口的其他车辆。

不懂车的，看到车头的三叉星徽立标也知道这是好车。

懂车的,又能头头是道地说出车好在哪儿,从保险杠和进气格栅的大气典雅到轮毂上的专属字样,最后落到七位数起跳的价格。

没谁会觉得这是网约车。

停在大学门口的豪车往往是八卦艳俗故事的开头。

车上喇叭按了两声,却没有召唤出应该上车的人。

驾驶室的车门打开,下来的人不是中年啤酒肚的富豪,也不具专职司机的气质。

这个人戴着墨镜,一身休闲打扮,身高腿长,从上到下让人做公子哥的联想。

有人认出这是数学院的那位天才,感叹道:"长得帅就算了,没想到还这么有钱。"

有赞扬就不缺诋毁:"这么高调干什么?又不是他自己挣的钱。"

黎肆行径直走到元双身边。

焦急等待的人会四处张望,她低着头缓慢地踱步转圈,显然不是"等久了"的状态。

如果有一道阅读理解题分析她现下的状态,黎肆行会落笔写下"雀跃又紧张"五个字,自信绝对不会被扣分。

她太浅了,不用他试探就透个底儿掉。

"小心转晕了。"

好听的声音落下,元双回神,小心翼翼地收起自己的心思,显出自己是个"债主"的模样。

"好了吗?"

"嗯,走吧。"

黎肆行贴心周到,车门都替她开好。

车子未启动,他先把自己的透明手机壳扒下来,套在她破碎的手机上,他们的手机是同一型号。

"将就着用,着急的消息先回了。"

方向盘一转,车子驶离学校。

元双受伤的左手食指支棱着,给她妈妈发消息,编了一个不回家吃饭的理由:*晚上宿舍聚会*。

刚发出去,她妈妈的电话就打来了。

安静的车里，电话那端的声音一清二楚。

"你们宿舍里的人都去吗？去哪里吃呀？几个女孩子，不能玩得太疯，要注意安全。"

元双快速按着音量键，心虚地往车门上靠："妈，我都知道，你不用担心。"

黎肆行捕捉到她耳边不正常的红。

她撒谎的技术实在不高，刚跟他讲晚上没事，转头就把自己卖了，现在还要用蹩脚的技术再骗另一人。

"把地点发给妈妈好吧。不许喝酒啊，也不能去乱七八糟的地方。要不要我去接你，你晚上还回家住吗？"

"不用来接我。我们不会……"

元双话没说完突然就断线了，手机自动关机，怎么按都是黑屏，也不知是没电了还是坏了。

黎肆行又把自己的手机给她："先用我的吧。"

元双清楚她妈妈的思路，十分钟内没有她的消息，她就是被绑架了，半个小时再找不到，她就已经被撕票了。

她现在不打回去，待会儿一定能接到警察叔叔的电话。

她输入他说过的密码，解锁后按号码打了过去。

她解释了一通，说自己的手机没电了，用的同学手机，那头才勉强放心，但铁了心让她晚上回家住。

元双说不得"不"字，她不回家，她妈妈一定会杀到学校去。

电话挂断，黎肆行也不提晚上到底有事没事这种无聊的话。

"家里人很担心你。"

"总是把我当小孩儿。"元双觉得小孩儿不是个好的身份，又说，"我早就过了十八岁了。"

"手还疼吗？"

"还好。"元双试着动了动受伤的手指，在肌贴的作用下疼痛已经缓解了许多。

"晚上记得冰敷，如果你父母问责，就打刚才的电话找我。"

"我真的不是小孩儿了。"

她只是受了这么一点轻伤，又不是幼儿园小朋友，小磕小碰还得麻烦

/ 027

家长找上门讨个说法。

黎肆行轻轻笑了一声,知道刚才惹得她有些小脾气。

"元双。"

元双敏锐地察觉到变化。

他之前称呼她,都是学妹,顶多缀个"好事成双",而且拢共也没几回,她甚至怀疑过他是不是不记得她叫什么。

但他刚才叫了她的全名。

元双是她,学妹也是她;但学妹对应的是学长,元双对应的是黎肆行。

前者普遍,后者唯一。

他在用这个称呼表明,他没有把她看成小孩儿,而是和他一样的独立的人。

像是为了证明她确实不是过度联想,下一秒,他说:"以后直接叫我名字吧,或者跟他们一样,叫黎四也可以。"

大概每个人都曾千百次呼唤过心悦之人。

得之,就光明正大不厌其烦地叫,大名小名,外号昵称,都无所谓。

不得,就藏在心里,也只好正式地以全名称之。

元双与得之尚有十万八千里之远,没想到在翻山越岭之间陡然获得一条快速通道。

她试探着叫了一声:"黎四?"

他应:"嗯。"

又想起一般亲近的叫法是去姓叫名,喊头两个字舍弃第三个字的倒是少见。

元双借机问:"你在家里是不是行四?"

"在我爷爷这边,我们这一辈儿里,按长幼顺序我确实排第四。但名字不是这么来的。"

她猜测:"肆意任行?"

黎肆行点头,这是他父母给他起名的初衷,做到他们家那样的家世累积,对下一代也没有过于拔高的期望了,只希望他的人生潇洒恣意,无拘无束。

元双细细品了品,觉得这个名字和他可真是绝配。

成龙成凤者无须刻意雕琢,任其以龙凤的姿态于风雨中自在来去,方为飞升之道。

"所以你肆意到打球把篮板打碎了?"

这一句和球场上那句"你们还打吗"属于异曲同工的傻瓜问题。

黎肆行微妙地从"傻"这个字里理解到了一点可爱的成分。

又好像不止一点。

他笑着给她解释:"那是意外,一般篮板没那么容易碎,否则篮球就是高危运动了。"

她小声说:"反正对我来说,篮球就是高危运动。"

手机线下体验店里人来人往,拿新机需要排队,黎肆行留了电话,和元双先去吃了饭。

他说为了赔罪,她也就吃得安心。

去的是老牌的本土菜馆,元双作为本地人,比他更熟悉菜色,偶尔科普某道菜的"起源",氛围也未冷却。

元双是左撇子,如今左手受伤,不好拿筷子。

她从小到大也没被纠正过必须用右手干什么,但自从父母离婚后,遗传自父亲的这一点遭到妈妈的厌弃。

她妈妈最崩溃的那段时间,曾经歇斯底里地对着她喊:"你不是我的女儿,你是他的女儿,你为什么这么像他!"

元双一边心惊胆战地担心妈妈不要她,一边违背本能学习用右手做一切的事情。

若被本能控制,就限制本能——她把左手绑在背后,只让右手拥有行动力时,意志会战胜本能。

高一升高二暑假那两个月,她学会了用右手拿筷子,用右手写字,学会了不再像她爸爸。

将自己的一部分剥离出去无疑是痛苦的,好在生活还愿意给她点甜头尝尝。

那个夏天,她第一次遇到黎肆行。

痛苦已经随着那段晦暗的日子隐去,留下来的是她两只手都能灵活使用的本事。

她现在用右手拿筷子吃饭,黎肆行并未看出任何异样。

吃得差不多准备回去时，他的手机响了起来。

陌生号码，黎肆行本以为是手机店打来的，接起来才知不妙："你好，哪位？"

"你是谁？双双的同学吗？"

那端的中年女声一个小时前他才听过，只不过这一次更直观地感受到这道声音对元双的威慑所在。

"阿姨您好，我是元双的同学。"

元双接收到黎肆行的眼神和答话，立刻知晓是她妈妈打来的电话。

她心中慌了，无声张口道："完了完了，怎么办？"

黎肆行把手机放在桌子上，免提打开，对面元双妈妈的声音清楚地传来："哦，你好，双双在你旁边吗？麻烦让她接一下电话。"

元双拼命摆手示意不要，否则她前面和室友聚餐的谎言就暴露了。

黎肆行实在没明白，她怎么会这么怕自己的妈妈。

出来吃顿饭而已，是他见不得人？

她眼神里的"求求你了"快溢出来，没有人能抵挡住这样柔软的攻势。

黎肆行忽然觉得，她说什么他都会答应。

他做了个安抚的手势，让她放松，面不改色地回话："阿姨，元双好像和朋友出去吃饭了。刚才在路上，她手机没电借了我的电话，等她充好电肯定会给您回过去的。您如果还没打通可以再找我，我帮您问问她朋友的电话。"

他声音刻意放低了些，显得沉稳可信，元双如果不是当事人，简直要上他的当。

不知道那头信没信，但元双妈妈总不好纠缠人家同学。

挂了电话，元双给他比了个大拇指，接着求救："你再帮我联系一下卫冉好不好？"

她妈妈有她几个室友的电话，这里没联系上她妈妈肯定会找卫冉的。

"电话多少？"

"呃，156……"元双真没背过，现在联系方式多种多样，号码存到通讯录里，哪里会特意记。

"我没记，"她皱着眉为难，"你去学院大群里找一下她好不好？临时会话就可以。"

"QQ大群吗？我的号被盗了。"

他出国交换后，QQ号几乎不用了，被盗后申诉过一次，但没成功，也就没管了，所以到现在也没找回来。

之前说去大群里加元双也并非诓她，他一直以为学院有个微信大群，通讯录一翻，根本没影儿。

元双听了他的话，一时忘了自己正在策划一个谎言，心中只有原来如此的豁然开朗。

他没同意她的好友申请，并不是如她胡思乱想的那样，而是这样简单直接的原因。

这足够她开心到明天。

元双一点也没藏住，面部表情的切换暴露在黎肆行眼里，其中的端倪，不难猜测，他直接确认："你在QQ上找过我？"

她点头，说了一个正当理由："当时想还你围巾来着。"

他了然，继续办正事儿："我去问老傅。"

黎肆行打了个电话顺利要到卫冉的联系方式，元双将来龙去脉简单地说了一遍，那头卫冉答应，还说让她回去后老实交代。

"交代什么？"

"费这么大劲骗阿姨，你说交代什么？"

电话挂断，元双后知后觉自己方才的表现过于心虚了，她撒个谎，要拉这么多人一起上她的贼船。

元双把手机推回到黎肆行手边，迎上他同样"老实交代"的目光，干巴巴地找补："我妈妈管我管得比较严。"

黎肆行的追问可不干巴，直戳她心："哪方面？跟男同学吃饭？"

"啊？没……"

连试探都算不上的一句话，她就不知道怎么答了。

怎么会这么乖？黎肆行盯着她的耳朵，要看看她会不会再次被出卖。

她端起已经见底的茶杯，呷着空气，假装忙得很，无暇顾及他的问题。

"这么怕家长，你是跟我出来吃饭——"他也倒了杯茶水，喝了一口后才说下文，"还是私奔？"

元双因"私奔"两个字惊诧地抬头。

他眼睛里的笑意恰如其分，完全不辜负名字里的"肆行"，言谈随心，毫不顾忌，令她根本无从招架。

黎肆行对上她茫然的小鹿眼，好奇她会有什么反应。

"吃饭啊……就吃饭，我已经吃饱了。"

看出来了，还有装傻这个本事。

得，再盯那眼睛要湿了。

"吃饱就好。"黎肆行发善心换了话题，像个江湖术士传授旁门左道，"骗人的时候，心态要稳，真话假话掺着说，不管最后是不是被识破，当下得坚定。"

元双一脸心虚地表示受教了，随即反应过来："为什么教我这个？"

"晚上不是要回家？省得你被看穿。"

元双的感谢还没酝酿好，又听他说："我们是一根绳上的蚂蚱，如果以后有机会跟阿姨见面，阿姨误会我是个爱撒谎的坏孩子可就不好了。"

她把茶杯放下，眼睛亮晶晶地看着他："那我就说都是你带坏我的。"

第三章
- 选修课 -

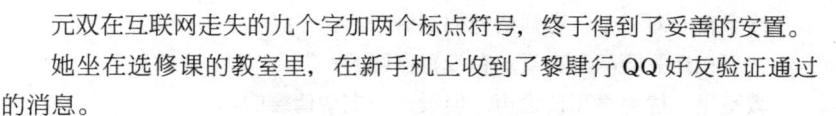

元双在互联网走失的九个字加两个标点符号，终于得到了妥善的安置。

她坐在选修课的教室里，在新手机上收到了黎肆行QQ好友验证通过的消息。

几乎是同一时间，两人给对方发消息：

△围巾是不是要还我？

△你的号找回来了？

黎肆行先验明正身：一根绳上的蚂蚱，你好。

这句像联络暗号的话只有他们彼此懂得，其中的秘密感轻松地扫除了元双上了一天课的疲惫。

她没有多想他为什么不直接通过微信要围巾，多一个他的联系方式她总是开心的。

晚上还要上两节选修课，她和黎肆行约好下课后将围巾拿到宿舍楼下给他。

大阶梯教室里坐了满满当当的人，通识选修课不限年级和专业，选的人很多。当初元双争分夺秒抢的课，上完第一节课后，确认老师不点名，她放心地翘了好几周。

但也不好一直翘下去，她今天就来上一节。

她提前十分钟到的教室，已经只剩前排几个座位。

老师拎着一大袋道具进来，看起来红红火火、热热闹闹。

有同学好奇，上前问是干什么的，老师保持神秘，说你们待会儿就知道了。

课程是传统文化，这一周正好讲到古代结婚礼仪。晚间两节课，第一节老师主讲，辅以影视剧里大婚的场面，边讲边评价，着实有意思。

元双原本带了作业来做，写着写着也被吸引，认真听起来。

短暂的课间休息后，第二节课老师把带来的道具展示出来——大红的囍字、金色的凤冠、打着结的红绸、合卺酒杯——全是结婚用的东西。

"讲了这么多，我们来模拟一下。我们班上有没有情侣同学愿意上来试一试的？"

教室里的气氛空前热烈。说是模拟，分量也不轻，当着这么多人的面拜天地拜高堂，也算另一种意义的承诺了。

真有几对情侣一起来上课的，身边的同学已经开始起哄了。

终于有一对举手，老师请他们到讲台前。

"现在还需要两名高堂，有没有自愿的？"

教室里一片笑声和议论声，但没一个主动请缨的。

虽然熟人之间对互相给对方当爸爸这种事乐此不疲，但是面对陌生的同学，大家还是有点矜持。

老师见状，话筒里传出足够入选教师恐怖语录的话："没有自愿的我就点名了啊。"

不过这时大家不怕点名，甚至隐隐期待天降好大儿。

老师拿起花名册，一眼扫过去锁定了一个名字："元双，元双是哪位？"

坐在前排的元双举起手，对上老师的眼神。

"上来吧，你这名字好，成双成对。"

元双这时没想别的，只是庆幸自己这节课没有翘掉。

"再找个男同学。"老师凭名字辨性别，点了一个叫"林海"的同学，没想到是个女生。

老师又点了两个，被抓到是翘课选手。

元双站在专门给"高堂"准备的椅子旁边，觉得硌得慌。

没承想上节课还能给人当回娘。

她看向一整个教室黑压压的人，难免紧张。

她的视线漫无目地扫了一圈，忽然被一个熟悉的轮廓定住，最后一排那个穿蓝衣服的，好像是黎肆行？

大阶梯教室真的大，她的视力也着实欠佳，她想进一步确认都做不到。

视线里的人忽然举手，帮她解决掉"好像"的疑问。

"老师，我想试一下给人家当爸爸。"

黎肆行如此直白的说法让教室里的氛围彻底炸开，满室的呜呼声引得窗外路过的学生纷纷驻足。

老师控场让他上前来，他在满室同学的注目礼下迈步上前，姿态挺拔，当得起一句意气风发。

元双思维发散失去控制，怎么这么像婚礼现场新人入场？明明他们扮演的是高堂。

气氛烘到顶了，下面有人高喊"好配"，连老师都受到感染，满意地自夸选人眼光真棒。

元双只当热闹都是给那对情侣同学的。黎肆行站到她旁边，她的心跳又加快了。

他跟她打招呼，还是叫她"好事成双"，似乎上次说的叫名字只是单方面对他，他对她依然有花式叫法，只是确实不再加学妹了。

他声音压低，让元双产生错觉，好像两人在众目睽睽之下讲悄悄话。

脑补过多，她产生了无所适从的慌张感，于是挪到旁边帮那位女同学戴好凤冠。

终于万事俱备，老师开始主持仪式。

坐在下面的同学纷纷拿出手机兼职婚礼摄像。

结婚仪式自然是"新人"的主场，"高堂"端坐，面目慈祥地接受敬拜即可。

可元双觉得晕乎乎的。

课前联系的时候，黎肆行提了一句他晚上也有课，元双没想到，竟然是和她同一节。

老天，这几周她翘掉了什么！

这节课反响太好，当晚在宁陵大学的校园论坛里就盖起了高楼。

△好家伙，这是专门给情侣开的课吗？

△上一门课顺便把婚结了，妈妈再也不用为我操心了。

△单身狗申请加入，我愿意担任高堂。

此时元双刚回到宿舍，黎肆行还在楼下等着取围巾。

两人下课后同行，准确地说是黎肆行特意在教室门口等她，说要取围巾。

/ 035

元双觉得这个"债主"有点奇怪。

之前表现得似乎根本不在意这笔外债，现在又好像一时兴起，非要讨回去不可。

她是欠债的，说不得什么。

气温升高，冬季的厚衣服清洁后都被收纳了起来，黎肆行的羊毛围巾和她的一众羊毛衣物都送到外面干洗过，现在挂在她衣柜的最里面。

她找了个平时收藏的帆布袋把围巾装好，下楼的时候心又怦怦跳。

这时候正是学生晚上回宿舍的高峰期，宿舍大门外来来往往都是人，路边树下腻歪着的小情侣也不在少数。

黎肆行站在一盏路灯下，暖色的光给他打上一道朦胧的光影，如朗照松间的明月一般。

他不知在跟谁打电话，元双走到他近前，他便收了线。

她两手拎着袋子，抬高给他，好乖好乖的还债姿态。

他接下，像不怎么合格的债主，也不验收。

"你要不检查一下？"

"你难道搞了什么破坏？"

"怎么会！"她高声，着急辩解，大概明白他在开玩笑，但又实在不安。黎肆行这时发现自己有点恶趣味，就很爱看她被逗急了的模样。

但也就到这儿了，围巾还完，两个人也不存在路边闲聊的关系，下一镜就该是互相说再见。

元双恨自己愚钝，此时竟想不出任何一个借口可以与他约下一次相见。

唇齿间的"再见"经反复咀嚼终于要说出口时，黎肆行突然猛烈地咳嗽起来。

于是失落的两个字变成关心的四个字："你怎么了？"

黎肆行开口都是气声："我闻不了烟味儿。"

不远处的树下有一个男生边打电话边抽着烟，他们正站在他的下风向。

室外露天环境，也不能蛮横地让人把烟掐了。

黎肆行咳得满脸通红，背都弯下去了。元双急得拉着他的胳膊快步走到上风口，轻拍他的背给他顺气，他的气息才逐渐平复。

"你怎么样？没事了吧？"

真的严重，他眼圈都有些红。见多了他意气风发的模样，元双没想到他还有这样的弱点。

"没事。"

"一点烟味都闻不了吗？"元双知道很多人都厌恶二手烟，她自己也是，但不知道还有像黎肆行反应这么严重的。

"嗯。"

"那岂不是很辛苦？"

其实不辛苦。

矜贵的黎家小儿子，从发现闻不得烟味起，黎家上下所有人，能戒烟的戒烟，不能戒烟的被黎肆行爷爷逼着戒烟。

家里好几位女性长辈常感叹，黎肆行生来是报恩的，这个不大不小的毛病治好了多少杆老烟枪。

凡是攒局邀他去的，必定是绝对的无烟场合。年龄相当的世家子弟不乏有玩得花的，抽烟算是最不起眼的一项，但绝对没有人敢当着黎肆行的面抽。

大家也没有因此疏远排挤他，不谈其中盘根错节的利益关系，单就黎肆行本身的人格魅力来讲，多的是愿意忍一时之瘾跟他交朋友的人。

圈子里曾有句不褒不贬的戏言："黎家四子，禁烟大使。"

这些都没必要让元双知道，黎肆行咳完嗓子都哑了，说："是有点儿。"

"那有什么办法吗？"

"多呼吸新鲜空气。"

"要不我陪你走走？"

身份悄然变了，元双展现出保护者的姿态，自然而然地说出这样的话，且没有产生任何顾虑和局促，连肢体接触也显得顺理成章。

元双松开拉黎肆行的那只手，把帆布袋拿回自己手里。黎肆行看到她这举动乐了，这是把他当成手不能提的病号了？

"还带反悔的？"

"你想要再抢回去好了。"

真进步了，会开玩笑了。

再次回到宿舍，元双的几个室友都回来了。

卫冉看到元双的书包在桌子上，随口一问："你回来过了？又去哪儿了呀?"

"去把一件东西还给人家。"

卫冉突然凑近,智慧的小脑袋瓜猜测:"是不是围巾?是不是围巾?"

元双被她八卦的语气闹得不好意思,另外两个室友也围过来问。

"黎肆行吗?我刚才刷论坛还看到了,你们的选修课好有意思,我当初怎么没抢到呢。"

"黎天才真的好帅,狠狠击中我的取向。"

"不是我向着我们宿舍的人说话,我们双双这么美,配黎肆行绰绰有余好吗!"

"你们看论坛里的帖子,清一色'郎才女貌''百年好合'。"

三个人七嘴八舌,说到这里元双终于插进去一句:"那演新郎新娘的是一对情侣,当然般配了。"

"No!No!No!我们说的是这个,你看——"

今晚最热的一个帖子,首楼放的是元双和黎肆行坐在一起的合照,两人的衣服是同一色系,黎肆行微微偏头在跟元双说着什么。

元双现在回想,他们当时没说几句话,唯一的交流是他问她受伤的手还疼不疼。

拍照的人看起来是有点功底的,背景是干净的纯色黑板,焦点在人物上,普通的白色灯光应该经过后期,晕染了点迷蒙暧昧的味道。

当时教室里是十分喧哗热闹的,这张照片竟反其道而行之地捕捉到岁月静好的温馨感。

底下跟帖:

△我宣布这张照片今晚最佳。

△听说不是情侣,为什么看起来这么般配?

△楼上听谁说的,这不是真情侣我把手机吃了。

接下来就他们到底是不是一对展开了正反双方的辩论,有自称亲友的下场否认,也有"嗑学家"连微表情都分析了。到目前为止,双方都没有说服对方,于是有人呼唤当事人现身说法。

元双见识了一番事件在网络上的发酵速度,着实目瞪口呆。由一节不寻常的选修课衍生出各种不同思路的话题,她作为其中微不足道的一小环,居然也能有这么多的讨论。

网络连接线下，现在室友都开始好奇。

"双双，你们是不是真的在一起了？"

心底事意外被翻到明面上讨论，元双是有点慌的，好在这种简单的是非题很容易答，她如实说："没有的事。"

太想掩饰了，可她的本事实在不到家，不带语气的四个字居然被品出了不屑一顾的感觉。

室友顺着问："啊？双双，你是不是讨厌黎肆行啊？"

元双简直要喊冤，却也只好说："没有啊，就……一般感觉。"

才不一般呢，她补给自己听。

"那你要不要在帖子里说一声？"

"算了，这种事大家睡一觉就忘了，又不是明星，还需要辟谣的。"

大家一想是这个理，元双几个室友都很好，互相尊重也都不再提这个事儿了，只玩笑说下周要跟元双去蹭这门课，然后该干吗干吗去了。

帖子事关两个人，元双犹豫要不要跟黎肆行说一声，却又怕显得自作多情，毕竟他一直是焦点人物，这样的事大概经历多了，根本不放在心上。

黎肆行回到宿舍，手里拎着一个明显不是他风格的帆布袋。老傅未卜先知，指着那袋子："小元学妹给的，装的你的围巾。"

"不当侦探屈才了你。"

"真稀奇，这么久才把围巾要回来，你到底怎么想的？"

黎肆行把围巾取出来，得空仔细瞧那帆布袋。

最简单的款式，米白色，一面印着一句诗，瘦金体："晴空一鹤排云上，便引诗情到碧霄。"

诗旁边画着一只遗世独立的仙鹤，笔触也是瘦金体的画法。

倒不像是流水线量产的商品，更像是私人手绘的作品。

黎肆行看左下角那个篆书印章，果然是元双的落款。

乍一眼看这个画面是绝对工整漂亮，细究却压抑得很。

瘦金体的美是妖异的，笔画细且易折，黎肆行幼时初见也曾被惊艳，但深研书法的爷爷不让他学。

那诗的意境是开阔向上的，可画的那鹤并没有凌云的意志，揉到诗里，昂扬之气就显得是强撑硬逼的结果。

她不是个快乐的小孩，心思重得很。

甚至这一点都藏得很深。

"这一手字，真漂亮。"老傅在一旁啧啧称奇，"这也看不出来是左手写的，哎，你说左撇子是不是都聪明一些？"

"元双是左撇子？"

黎肆行回忆近几次和元双见面的情景，日常一般不会注意到谁是左撇子，只在吃饭和写字的时候尤其明显。

他没亲眼见过她拿笔写字，却和她一起吃过饭的——她分明是右手拿的筷子。

但是危险来临时，人本能地会用自己的惯用手阻挡，那天她挡他的球，伤到的是左手。

是两只手都很好用，这么厉害吗？

还是连伤到的是惯用手都不跟他提一句，这么……自强自立吗？

老傅得了机会狠狠笑话他："搞了半天你连这个都不知道？"

搞了半天是搞了什么呢？

那天，黎肆行送元双回家后回到学校，非让老傅带路去修元双那龙头歪了的自行车，赶着大爷收摊儿的点儿做完了好人好事。

然后，黎肆行以"检查车是否修好"为由骑车回了宿舍楼下，留老傅一个人走着回来。

黎肆行那QQ号被盗了大半年，申诉后莫名其妙被锁定，八位数的号，说不要就不要了，今天又抽风说要找回来。

黎肆行拉了老傅和另一个好友于之乐，帮他验证身份。于之乐也是他同班同学，常抱怨："老子跟你的秘书似的，班级群里有什么重要消息还得单独给你抄送一份儿。"

于之乐不禁感叹究竟是什么力量让人突然回心转意助他摆脱秘书命。

然后，他就看到黎肆行拿回自己的账号后，第一时间翻到元双的好友验证消息，同意添加。

于是，老傅和于之乐异口同声："爱情的力量。"

被爱情的力量支配的黎肆行又去翻元双的空间。

只有很少的几条动态，有一条与开学初期选课相关，大概是抢到了想要的课太开心,她把自己晚间的选修课表截图发了出来。

正好有一节课是今晚的,黎肆行留下两个看戏的工具人朋友,撂下一句"我去上课",就转身出门了。

除了这些亲眼见过的事实,老傅从校园论坛上知道了黎肆行在蹭的课上"给人当爸爸"的豪言壮语,并把已经发酵过度的帖子转给黎肆行看。

"您这奇葩的速度真是快人一等,直接升级到白头偕老、儿孙满堂了。"

黎肆行看完帖子后,收到了元双纠结来纠结去给他发的消息:你有没有看到论坛上的帖子?会不会给你造成困扰?

他没答,反问她:你会有困扰吗?

黎肆行清楚地知道同一个问句意义却截然不同。

她大概是真为他着想和担心,但凡他回一句"有",她就会立马去帖子里澄清。

而他单刀直入地探她的心——还能有什么困扰呢?这种事无非就是当事人介不介意的问题,介意,说明另有所属;不介意,说明乐见其成。

哦,还有一种折中的情况——无所谓。

元双回:还好,这种事过一晚上应该都不在意了。

没加主语,一个模糊不清的"都"字。

黎肆行从来不是迂回的人,他想要的,会通过行动争取到手。

就像他不是那节选修课的学生,老师把花名册上的名字念完也不会点到他,所以他主动举手了。

他见不得元双进一步退两步的小心翼翼,所以他决定自己掌握进度。

明确了一些事,困不困扰的问题就没什么回答的意义了,他跟元双说:周末有件事想请你帮忙。

那头元双没问是什么就欣然答应了,带着期待安稳入梦的时候,并不知道一个昵称叫"肆"的网友到那个呼唤正主现身的帖子下面回了两句话:

△现在不是。

△很快是了。

很快就是周末,元双照例周六回家待了一天,周日跟她妈妈说学校有事提前回去。

她和黎肆行约好,在学校北门见面。

她提前了半个小时到。

北门这边靠近各种实验楼，周末也有不少同学出入，元双踱着步，遇到几个认识的人还打了招呼。

她无聊地猜测黎肆行会从哪个方向出现，却没想到绕着数学楼转圈的时候会遇到从正门出来的他。

他今天又戴了眼镜，玻璃镜片的反光令元双瞧不清他的眼神。

他看了一眼手表确认自己不是迟到的人，勾起笑，情绪全在声音里："在这儿等我？"

直白的问话又让她招架不住，她嘴笨得很，张口半天也只想到一个不高明的借口："我记错时间了。"

答非所问就是答案。

"上来，"他推着自己的山地自行车，指着不知道什么时候安上的后座，"先跟我回宿舍取个东西。"

元双之前只载过别人，从来没被人载过。

她侧坐在黎肆行的后座上，手不知道抓哪儿。

她载过最多的就是卫冉，卫冉总会亲亲热热地搂着她的腰。

她显然不能这样干。

好在他骑得稳，学校里的路平坦开阔，除了卫冉那种刚学的，一般也不至于摔着。

怕什么来什么，路边突然跳出来一只流浪猫，车子因避让拐了一个急弯，元双被甩得向后仰，身体比意识先行，吓得抓住了黎肆行的衣服。

黎肆行说了声抱歉，在她打算松手之前让她抓紧了。

元双想这是正当理由，可以抓，又觉得今天实在是个太好的日子。

骑到宿舍楼下，他没锁车，让她看着，进去后很快拿着一个木纹盒子出来，还是骑车，说："带你出去。"

见她毫不犹疑地跟他走，他又想逗人："不问问我去哪儿？"

"去哪儿？"

她眼睛亮亮的，是充分信任他的意思，这么配合倒显得他问的话幼稚了。

她藏起来的心思不少，但露出来给他看到的部分是百分之百的真。

"我家。"

于是又回到最初的起点，他载着她从北门出去，沿着马路骑了几分钟，来到了学校附近的一个别墅区。

门卫认识他,亲切招呼一句"小黎公子"后直接放行,他骑到一栋别墅门口,元双在停车位上看到了黎肆行之前开过的那辆三叉星徽立标的车。

见她似乎有兴趣,黎肆行便问:"喜欢这车?"

元双诚实地答:"不喜欢车,但我好喜欢这个立标,就像开路的旗帜一样,一马当先,很威风。"

看起来是真的喜欢极了,她平时表情不多,谈到这个竟有点眉飞色舞的感觉。

"有特别喜欢的形状吗?"

"嗯?"

"改天找一个送你。"

元双这时还觉得他在说着玩,车标一般都待在车上吧,找一个是怎么个找法?

黎肆行引着她,上楼来到书房。书房一南一北临窗摆了两张桌子,一张现代化的白色升降桌,放着许多电子设备;另一张是厚重的暗红色实木桌,摆放的是文房四宝,或许是为了舒适,配的不是实木椅,而是一把人体工学椅。

他把带来的盒子拆开,里面是一个红色的卷轴。

他展开卷轴在桌上铺好,让元双坐在那张椅子上,说:"帮我写一张婚书。"

元双从没想过他说的帮忙竟然是这个,房间里挂了很多书法作品,她方才看过,落款都是他。

写一张婚书对他来说没有任何难度。

似是看穿她的疑惑,他解释道:"我写楷书的功夫不到家,送人的结婚礼物,自然力求完美。"

他写的字被爷爷说不懂藏锋,跟他的人一样,太傲了,拿来写婚书不像祝福,倒像对婚事有意见。

"你怎么知道我会写?"

"装围巾的袋子,你告诉我的。"

学书法的绝没有单学瘦金体的,她那样的水平必然是下过苦功夫的,书法几大家肯定都精研过。

/ 043

元双忽然觉得自己担起了一份重任似的，有点紧张。

"用小楷写吗？你有没有看好的范本？"

他把新郎新娘的名字告诉她，其余都让她自己发挥："你写成什么样都可以，行的、楷的、篆的，但不要瘦金。"

她明白婚书不宜用瘦金体写，但仍对他特意提这一点感到不安："你不喜欢瘦金体吗？"

怕得到"不喜欢"的回答，牵连写瘦金体的她。

"没有不喜欢，"黎肆行这时像一个陪读的书童，帮元双调墨选笔，"只是字有其气，该庄重时庄重，该放松时，也要放松。"

他像在说字，也像说人。

他把墨和笔架都挪到她左手边，神色和语气都很平常，问她："是左利手怎么不跟我说？"

元双没来由地觉出点兴师问罪的意思，想耍点小聪明回避这个问题："你已经知道了呀。"

他真笑了："嗯，我知道的可真多。"

元双以前练习的时候写过婚书作品，本应是信手拈来的，可黎肆行在一旁看着，又给她没有边界的自由，她反而怕写不好。

她先在白纸上打了一遍稿，让黎肆行评价，他依然是那副比她更相信她的水平的样子："你尽管写，怎样我都喜欢。"

他的墨好，他调得更好，蘸墨饱满，她左手执笔，他站在她右侧观赏着。

受他的话影响，她没写成端正的小楷，而是极其流畅的行书，明亮的金色笔触在正红色的背景下显得珍重又贵气。

元双很想一气呵成的。

可她今天头发是披散着的，低头全神贯注书写的时候，发丝容易从耳后滑落，她几次停顿整理。

再一次发生的时候，身旁的黎肆行大概看不下去，抬手接住了她的头发。

"你接着写，"他把她的头发都拢在脑后，用手松松地握着抬高，"家里没有你们女生扎头发用的皮筋，先将就着。"

元双的腕悬着，半天没落下笔。

她接着写不了。

归拢头发的动作难免会令手碰到后颈，他指腹的触感和温度霸道地叫停元双的思考和动作，全身上下只剩血液逃过大脑指令疯狂上涌。

他拿住的不是她的头发，而是她这个人。

黎肆行很难界定自己的行为属于好心帮忙还是故意越界，家里确实没有皮筋，但随便找个东西绑一下头发是很简单的事。

他眼见她的后颈红了一个度，蒸得他理智也暂时缺位。

他喉结滚动，声音低哑，叫她大名："元双，你很敏感。"

南北通风的书房，窗外风动树响，窗内却恍若完全静止的另一时空。

只在元双的手机铃声突然炸响时，才连接上世界运转的正常轨道。

她手上的笔都忘记搁下，攥着起身，动作很碎地去摸自己的手机。

黎肆行本就没用力，她的头发轻松从他手里滑脱。

那点很轻的重量感消失，一叫遗憾的陌生感递补上来。

黎肆行捏捏被眼镜鼻托架得有些疼的鼻梁，发动嗅觉去寻方才近在咫尺的味道。

是什么样的来着？

哦，水蜜桃，香的，甜的，诱人下口的。

那头发从阻碍她写字的物理麻烦，升级成扰他思绪的心理麻烦，黎肆行目光一错不错地追着移动。

元双哪敢再看他，滑开屏幕，是卫冉的电话，第三人声音的出现稀释了这个空间里的暧昧不清。

"双双，你什么时候回宿舍啊？我们都没带钥匙。"

电话那头的卫冉丧着气。

她们宿舍经常会有人忘记带钥匙，三天两头找宿管阿姨借备用钥匙，每每都要挨几句训，"小姑娘家家的怎么这么粗心大意""惯得你们这些毛病！下次再忘把钥匙给我挂脖子上"。

如果元双能很快回来，她们是绝不愿意去找阿姨讨一顿骂的。

元双极限估算时间，办完正事——写婚书，再加上回去的路程，她回："我可能还要半个小时。"

她边说边拿眼觑黎肆行，怯怯又偏偏。

让黎肆行觉得，好像那半个小时不是算给她室友的，而是给他下的通牒。

电话那头的卫冉说半个小时也愿意等的，语气转晴，美滋滋地说爱她等她。

　　元双捏着笔又坐回去，他反而不在原位待了，走到书柜前，挑挑拣拣取出一本书，又从笔筒里找到一把小剪刀，把夹在书页中的红棕色书签带剪下来。

　　他递给她，正经给她解决麻烦的语气："绑头发。"

　　元双捏着一端接过，三两下绕头发绑了个结。

　　还是不自在。

　　她胆子太小，盼来的时候怕不来，真来的时候又怕来得快去得也快。

　　她退回到自己的安全区域，给他提要求，声音是软的，委婉得很："你这么看着，我写不好。"

　　哪会听不出来是让他离远一点？

　　他偏装作听不懂，手指点着她写好的篇幅，驳她的话："方才我就那么看着，没见你哪里写得不好。"

　　他把眼镜摘下来，明明站在她右侧，却舍近求远地把眼镜放到书桌左边，小小的两个鼻托刚好卡住她刚才用的那支毛笔笔杆。

　　他手搭上她的椅背，轻巧一转，让她面对自己，另一只手放在她刚刚绑好的头发上，完美复刻桌子上眼镜和毛笔的相对位置，将她困在方寸之间。

　　他手指捻着那绳结的活口，作势要扯开："还是说跟刚才一样，头发散下来才能写好？"

　　元双惊讶于他一瞬间的气质转变。

　　无论是高中时相见不相识的远观，还是这些日子机缘巧合下不深不浅的接触，每一次都为绘制他的完整形象新添一笔。

　　怀揣着少女心思的描补总是将他往正面和完美的方向靠，言语上的逗弄被归类成少年肆意，绝没想过他会跟"坏"这个字沾上点关系。

　　他这个姿态是叫威胁吧？

　　她明明是帮他忙的好人来着，他哪有一点有求于人的自觉？

　　他手臂细微的抬动都被她捕捉，她也没余力思考他就算解开又能怎样，一着急伸手到脑后够他的手："你别解。"

　　真委屈，也不知哪儿产生的，黎肆行偏偏觉得对味儿。

　　"所以能让我看着你写？"

她没有辩倒他的口才，妥协得不太情愿："你想看就看吧。"

他松手，像是满意了，把椅子转回去。

元双埋头继续写，一番折腾过后，大概难关都给她过完了，现在上手居然异常顺利，好几口气总算呵成了这篇婚书。

这时候再给黎肆行看就带了点小得意。

整篇字是昂扬外放的，像是昭告天下这桩婚事双方都很满意。

左下角的落款处留了空，元双问他有没有想盖的章子。

书桌左边的抽屉里有他各式各样的章子，篆刻大家给他刻的姓名章、他自己随手刻的闲章，随便哪个盖上都衬得上这婚书，但他说没有。

他讹上她了："你是不是还会刻章？"

下周就是校运会，数学学院男多女少，女子项目都报不满，体育部到处拉人。

元双不是什么运动的苗子，各项体育成绩只勉强及格，参加运动会属于倒数预备役。

卫冉报名了一个混合接力项目，还极力游说元双也参加。

元双斩钉截铁地拒绝："我才不要丢人现眼。"

卫冉退而求其次地让元双好歹陪她跑几天步，于是两人吃完晚饭后来到操场。

晚间非常热闹，田径场四角几个大功率照明灯打开，亮如白昼，数千平方米的场地上，各式各样的运动和休闲活动尽收眼底。

元双和卫冉跑到第三圈，速度越来越慢，跑的变成走的，最终停下，坐在绿茵草地上气喘吁吁说要休养生息。

"跑步分泌的多巴胺仅次于谈恋爱，谁胡说八道的理论？"运动健将还没当成，卫冉先泄气了，"我看八成就是卖跑鞋的，还有那些健身教练。"

两个人顺着话题，开始聊传说中的多巴胺分泌第一名——谈恋爱。

"双双，你为什么不谈恋爱啊？那么多人喜欢你，上次我一个高中同学，计软学院的，还跟我打听你，说想追你来着。"

元双指着那位吉他哥，不怎么走心地答："万一是那样的下场怎么办？"

"但是也有很多甜甜的恋爱啊，柳丹跟她男朋友，人家异地都能热恋。"

柳丹是她们的一个室友，和男友几小时几小时地视频连线。在宿舍里，

/ 047

她们有时听得烦，但不得不承认感情确实好，从没听他们吵过一句嘴。

"人跟人……不一样。"

卫冉觉出点不对劲的苗头："你是不是有喜欢的人啦？"

元双招架不住卫冉的直接，磕巴了一下反问她："那你现在也没跟人谈恋爱，是不是有喜欢的人了？"

她真坦荡，大方承认："有啊，傅云北。说嘛说嘛，我都告诉你了。"

元双耍赖："那不是你告诉我的，是我自己看出来的。"

卫冉的好奇心被勾起来，开始广撒网式地猜测："是不是三班那个？上学期一起组队去比赛的。"

"不是。"

"那就是上次篮球场那个男生，你加了人家微信的，你从来不随便加别人的。"

"没有，他是我高中同学，我们话都没说过几句好吧。"

"那就是大二那个天才，傅云北他朋友，我骑车摔倒那次就属他笑得最大声，不行，他不是好人，他还把你手搞伤了。"

元双沉默。

卫冉接了个电话回来，告诉元双，待会儿傅云北也要来操场。

接力项目，要练一下交接棒，再正当不过的理由。

傅云北一行人很快从南门那边过来，直奔卫冉和元双的位置。

元双毫不意外看到黎肆行。运动少年是他身上的众多标签之一，参加校运会是众望所归。

他一身黑色的运动打扮，没戴眼镜，一出现就吸引众多目光。

下午在他的书房，那张婚书写完，他又说要印章。

那时气氛有点别扭，元双恼着，第一次拒绝他，理由听起来十分完美："我刻章的工具都在家里，得下周末回去，恐怕来不及。"

他说来得及，婚礼还有大半年："石料刀具，我这儿都有，你也可以来这儿刻。"

"那你自己怎么不刻？"

他还是那套说辞："学艺不精，唯恐丢人。"

元双信了他的邪，还是答应了，但要等到下周末回家。

本以为下次见面的由头就是给他刻章子，没想到因缘际会，巧合种种，提前见到了。

一众人打招呼，也不必具体对谁。元双一个"嗨"说给所有人听，没敢多看黎肆行一眼。

但黎肆行却单独找她。

"好事成双，"他还是这么叫她，隔空扔了一个锦袋过来，元双接住，"用这个刻。"

元双打开看，是一块成色上佳的昌化鸡血石。

她说："哦。"

一头雾水的旁观者就开始问："刻什么？刻什么？"没等问出结果，就被黎肆行勾着脖子一个一个弄走了。

不像元双和卫冉闹着玩似的，这几个男生是认真来练的，热了个身就开始跑圈了。

黎肆行领头，几个高大帅气的身影成了一道亮丽的风景线。

傅云北带着卫冉跑，迁就她的速度，两个人渐渐落在人群之后，被套圈后收获了一阵整齐划一的呜呼。

元双成了孤家寡人一个，她本来就是陪跑人员，现在被更合适的人取代，自然没有再待下去的意义。

她慢慢走着，打算等黎肆行再一次从她身边经过就回去了。

她视线追着黎肆行，肩膀突然被人拍了一下，冷不丁被吓了一跳，转头看到一张脸，反应了一下才认出来，就是篮球场上碰见的那高中同学，叫宁征。

两人实在不熟，虽然高中同班，但几乎没说过话，上次在篮球场看到才加上的联系方式。

宁征后来几次在微信上找过她，切入话题都是回忆高中班级往事。元双对高中的记忆，除去无人知晓的黎肆行，其余部分的底色都是痛苦的。

她冷淡应着，他渐渐不找了，没想到居然在操场上碰到。

对他拍肩的举动，元双其实是有些反感的，皱着眉但没说什么。

宁征说真巧在这里遇见她。

"你一个人吗？我们一起走走。"

可恨她现在真是一个人，她要画个圈圈诅咒卫冉。

"我马上回去了。"

"那正好，我也要回去了，我送你回宿舍，你们数学院都住东二园是不是？我在四园，正好顺路。"

他自说自话，元双头皮发麻。

他们所在的位置离操场两个出入口都不近，两人并排走着，元双跟他保持距离。

话题从高中升级到大学，他说起下周的运动会他报名了哪些项目，又问她参加了什么。

元双问什么答什么，不问就不答。

跑步的那群人保持匀速，领头人突然提了速，留下话让他们保持节奏，自己一个人如一阵疾风冲刺去了。

冲刺目标竟然是弯道上的一男一女，身后众人眼看着他停下来，惊掉下巴。

"好事成双——"

元双听到熟悉的称呼，脚步停下，回头看救星似的，看着黎肆行。

他一出现，她的心思就全在他身上。

"黎四，你跑完了吗？"

他不知是跑累了还是怎样，眉心并不舒展，问元双："你朋友？"

宁征显然是认识他的，宁大附中上下几届，哪个没听过黎肆行的大名。

"黎学长，久仰。我是宁征。"

这不符合黎肆行对答案的预期，他不关心这人是谁，他关心的是这人是元双的谁。

于是再问一遍，元双这把抢到回答的机会："高中同学。"鬼使神差地又补了一句，"刚才偶然遇到的。"

黎肆行好像片刻之间就不累了，从口袋里掏出一个运动秒表递给元双："还有事儿吗？帮我计个时？"

黎肆行好像是来给她撑腰的。

有了光明正大的理由，元双果断对宁征说了再见。

黎肆行并非真的要元双帮忙掐表，两人并肩，随意地说说话，元双的心情比之刚才不知松快多少倍。

　　她享受如此难得的惬意时光，只希望能再长久一些。

　　遇到卫冉和傅云北后，一行四人绕着跑道继续闲转。傅云北以前在学院体育部担点闲职，明白这时候拉人参赛的苦，因此极力游说元双怎么着也报一项。

　　"可是我去参加了也是倒数，到时候岂不是很丢人？"

　　"又不是要你为国争光，有什么丢人的？比赛就是有输也有赢，所有人都怕输那还比什么？再说了，友谊第一，比赛第二，重在参与，大学里不参加一次运动会那还叫完整的大学吗？"

　　卫冉也加入劝人行列，但效果不佳。

　　元双仍是不太情愿，这些大话套话她自己都能编出来，哪会真信。

　　黎肆行这时开口："距运动会还有一周，你怕输我带你练几天。"

　　"真的吗？"

　　他点头，把她那点溢于言表的高兴收在眼里。

　　元双生怕说慢了他收回，直接掏出手机找体委报名："我报完了，八百米。"

　　操场上三五成群的人本来呈不规律的散点分布在各个方位，这会儿突然像身处磁场的小磁针，陆续往足球场南面的那个球门拥去。

　　元双几人顺着人群跟去看热闹，人数众多的吃瓜群众围了好几圈，中间留出一片空地，新鲜娇艳的玫瑰花朵铺成一个巨大的心形，球门上挂了一个横幅，写着示爱的话，很明显，这是一个表白现场。

　　一对主人公很快就位，属于郎有情妾有意，男生和女生早就在一起，特意补一个表白仪式，因此全程甜得掉牙又让人感动不已。

　　元双和卫冉被吸引，专心致志地欣赏别人的爱情。

　　傅云北在一旁小声问："哎，你说改天我是不是也能整这么一出？黎四，你经验多，给我支个招。"

　　黎肆行剜他一眼："我什么经验多？"

　　"哦，你是被人表白的经验多。那也行，你站在被表白的角度上说说，那么多种，有没有你觉得比较好的？"

"老傅，知道你为什么现在还没把人追到手吗？"

"为什么？"

"调子起得太高，太虚。"

傅云北被他带进沟里："什么意思？"

"我给你支个招干点实事，"黎肆行招呼他凑过来，"给她们宿舍换把指纹锁。"

黎肆行的建议被果断采纳。

傅云北是高效行动派，不到一周就组装了一把新的指纹锁，他说这事儿有黎肆行一半的功劳，后续安装的烂摊子也撂给黎肆行了。

指纹锁是手动组装元件的，学校宿舍的锁不能说换就换，只能使用一些技术手段控制原来的锁。

但自制的指纹锁远不如市场上卖的成熟，几个部分都是分体的，安装稍微有点麻烦，所以黎肆行用他们宿舍的门给元双演示了一遍。

他们宿舍的锁早已更新过，用的就是傅云北整出来的指纹锁。

送给元双她们的这个属于二代产品，核心技术没变，只是加了个3D打印的外壳，更好看简洁一些，另外黎肆行加了个声控装置，除了指纹，还能语音控制开关。

黎肆行把程序发给元双，让她先把指纹和声音录上，随后直接给她打了个视频电话。

室友于之乐帮他举着手机，他详细演示指纹传感器和继电器要怎么放，电源要怎么设置，舵机怎么连门把手最方便。

元双这边也叫了室友柳丹帮忙，听着他的讲解一步一步操作。

于之乐嘴上没有把门的，一边拍着一边嘴不闲着。

"我看这玩意儿可以量产，到时候老傅负责生产，你负责安装，我负责收钱，完美。"

于之乐得意忘形，画面都对不准，元双提醒他。

于之乐把镜头靠得更近，放大黎肆行的一双手："买就送你的独家安装教程，我看哪个妹子不迷糊，为了这双手也得买一个，是吧，元双？"

于之乐一个人闹不够，还想把元双拉下水。

元双很想说是的，黎肆行那几根手指真晃眼，艺术品似的，衬得那简

052 /

陋的指纹锁装置都贵气不少。

但听到黎肆行喊于之乐闭嘴,她又把话咽下去了。

闭嘴是不会闭的,于之乐继续找事儿:"哎,黎四,你给人元双改的这什么备注,'倒打一耙小能手'?"

元双手上的动作一顿,她什么时候干过倒打一耙这种事了?

"元双,你给黎四改的什么备注?"于之乐拱火地问,"啧,可不能太好听,要不然你都对不起自己。"

元双的手机在柳丹手里拿着,柳丹直接答了:"No.4。"

于之乐一听乐了:"前面还有一二三?黎四,你这也不行啊。干得漂亮元双。"

黎肆行这时已经演示完,把手机夺回,于之乐很有自知之明地蹿回自己床上。

黎肆行也没提到底有没有一二三,单纯指导元双安锁。

"舵机换个方向,逆时针转。"

元双看一眼手机屏幕,发现他已经把镜头切回前置,他的脸清晰可见。她默默听着他的话,没了于之乐在一旁插科打诨,很快就顺利安装好。

柳丹的指纹和声音也录上后,两个女生兴冲冲地尝试了下,觉得新奇又有趣。

"谢谢你啊,学长,我们都沾元双的光。"

元双忙解释:"这是大二的学长傅云北做的,我们是托卫冉的福。"

柳丹是正经的情感高手,对这种事看得清也很上道儿:"那安装是黎学长教的你啊,双双你代表我们表示一下感谢。"

元双拿着手机走到外面,此地无银地说待会儿试试锁好不好用,匆匆走到楼梯口,继续跟黎肆行打电话。

黎肆行终于问 No.4 是什么意思。

"就你的名字啊,你说过你行四的……"她说着说着把摄像头移偏,不让他看到她的脸。

其实远不止如此。

四号,是她整个青春秘密的独家代号,是破解她所有少女心思的唯一密钥。

是皆与他有关又不必与他有关。

/ 053

她忐忑地问:"你不喜欢吗?"

"有一二三吗?"

"没有,别人的备注都是名字。"

"哦?我跟别人不一样?"

当然不一样,可说出来是另一种不一样:"你的名字……比较特别嘛。"

"元双,你挺有本事的。"他轻哼了一声,"等我回去就劝我大哥把名字改了,里面加个一。"

这句是讽刺,元双隐约听出来了,但不明就里。

"啊,为什么?"

"方便你叫他 No.1。"

第 四 章
- 八百米 -

周五开始，就是校运会了。

上午开幕式，操场上聚集了最多的人。宁陵大学相当重视运动会，开场礼炮和气球就不知道放了多少。

各种开幕表演说是八仙过海各显神通也不为过。跳啦啦操已算是中规中矩，男生跳女团舞的，杂技表演的，Cosplay（角色扮演）的，眼花缭乱，哪一个都够小火一把的。

数学科学学院的方阵在后面排队等待入场，元双站在首位，举着学院的牌子，身后是扛着院旗的黎肆行，操场上的热闹与她无关。

她临危受命，原本举牌子的是大三的一个学姐，例假突然提前，疼得死去活来。

元双的身高长相和气质，接手这个任务再合适不过。早前体育部就有人找过她干这活儿，她婉拒了，哪想兜兜转转还是落到她头上。

卫冉陪她去洗手间，临时换上了举牌选手统一的小西装和百褶裙，头发绑成了高马尾。

按理说这套衣服搭靴子更好看，但来不及换了，元双脚上是双白色运动鞋，倒也不违和。

卫冉宽她的心："双双，这样显得你的腿更长了。"

元双净身高一米七，百褶裙腰线又高，当真满眼都是大长腿。

本来最好是化点妆的，毕竟相当于学院门面，但她们谁也没带任何彩妆，而且元双素颜更衬这衣服和发型，索性就这样了。

卫冉忍不住感叹"好一个青春活泼的女大学生"，还说："我要是男的，我都得爱上你。"

元双紧张得不行,再加上今天气温不算高,她怕冷得很,腿裸露在外,风一吹激起一层鸡皮疙瘩。

也没时间顾这些了,出了卫生间,体育部的一个学姐过来教她怎么举。

这活儿其实不难,最重要的是仪态,学姐很会夸人:"挺直腰板,手臂伸直,大方走过去就好,绝对秒杀一片少男心。"

元双被简单培训后,就拎着牌子回到方阵这边,收获了一众注目礼。

她匆匆一眼扫过,只看到站在最前面的黎肆行低着头戳手机,似乎没有注意到她。

短暂地失落后,她站到该站的位置上,脑子里复习了一遍方才学姐讲过的动作要领。

小西装口袋里的手机振动了一下。

第六感发挥作用,元双莫名认定是黎肆行的消息,她悄悄放下一只手,摸到口袋里的手机。

黎肆行发来两条消息:

△ Good girl. (好女孩。)

△ 我跟着你走。

真上场后,元双倒镇定了,举牌带着方阵走过主席台,装也装出自信明媚的样子。

他们学院走的并不是严格意义的方阵,一众人是按斐波那契数列排的,也算是数学院的特色了。

广播里主持人特意点出,观众很给面子地鼓掌。

接着绕到绿茵场上,以学院为单位依次排着,元双把牌子放下,试图借助它挡住点风,可徒劳无功。

后面还有几个学院没入场,都走完演完还不知要多久。

元双左右看看,其他学院举牌的女生也是同样的打扮,她们应该也冷吧。这到底是谁选的服装,一点都不以人为本。

她在原地小幅度地跺着脚,转移注意力偏头看一旁的黎肆行,却不见了他的踪影。

她前后张望着,看到他把院旗交给队尾的一个同学,然后又顺着她的目光走到前面来。

他站在风来的方向，问她："冷吗？"

元双老实点头。

黎肆行伸手拉开运动外套的拉链，看起来是要脱掉。

元双忙拦他："不用，一会儿结束，我把衣服换回来就好了。"

这话没用，黎肆行还是脱下了衣服。

"帮我拿着，我要去准备比赛。"

元双闻言差点把自己的舌头咬掉，他本来也没有脱给她穿的意思吧，她哪儿来的资格告诉他用不用的。

"哦。"语调和脑袋一起沉下去，手还是伸高等着接他的衣服。

黎肆行瞧着她的颅顶，是漂亮的圆，怎么不点拨不动？

他手伸到她脑后，轻轻拽着她的马尾让她抬起头面对自己："我让你帮我拿着，你能不能偷偷用它围一下给自己挡风？"

她的求知欲不合时宜地旺盛，问他："说出来还叫偷偷吗？"

"那就光明正大。"

他把外套从她身后绕过来，两只袖子打了个结系在她腰间。她腿够长的，衣服盖上，小腿还露出一小截。但对元双来说，已经很舒服了。

"还冷吗？"

她笑着摇摇头，头发也跟着晃，美得晃眼。

黎肆行晃神，喉结滚了一下，目光移开。

临走时，他想起来问她："不给我加油吗？"

"你肯定是第一，再加油对第二名不友好。"

她真诚得要命，一点没有替他吹牛的意思，好像提前知道了结果，就等他拿到奖牌来一句"看，我没说错吧"。

黎肆行简直惊讶。

她不是不开窍，是薛定谔的开窍，处于开窍和不开窍的叠加态，需要被他观测才能确认。

而每一次结果都出乎他的意料，这比量子力学有意思太多。

因为猜不透所以更着迷，他会永远期待下一次打开盒子的惊喜。

元双报的女子八百米在周六，上午预赛，下午决赛。

或许参加八百米的都是被拉壮丁来充数的，又或者黎肆行带她练那几天真的有效，预赛结果出来，三个组成绩综合比较，元双竟然压线进了决赛。

报成绩的老师说着恭喜大家，对元双来说却无异于晴天霹雳。

她有自知之明，以她的水平绝对碰不到奖项的边儿，参加决赛相当于再累死累活陪跑一遍，对她没有一丁点好处。

鬼迷心窍果然要付出代价，她当初该坚定一点不报任何项目，起码现在能去颁奖台那边看黎肆行的比赛。

一天半的时间，黎肆行已经拿到三项个人第一和一项团体第二了，学院光荣榜上隔几行就是他的名字，还有人给他起了新称号：恐怖如肆。

下午八百米决赛，元双在跑道处活动热身，几个室友都来给她加油，疯狂给她戴高帽，说她是"204之光""横空出世的体育新星"，明天就被国家队挖走。

元双让她们赶紧打住，再说下去她的斗志会反向燃烧，先把她烧成灰。

又听说已经有个选手弃赛了，她跟着蠢蠢欲动。

"我现在跑还来得及吗？"

卫冉小小的身体爆发出大大的能量把她按住："跑八百米，来得及；跑路，来不及。"

他们班体委兑现报名时的承诺，凡参赛选手，全程贴心服务，这会儿带了好多人来给元双加油打气。

元双越来越紧张，她默默跑个倒数也就罢了，现在丢人却要被这么多同学见证。

体委鼓励她："元双，跑进前八就能上光荣榜，你想想，到时候自己把名字写上去，多酷。"

这句话意外地触动了元双。

她来操场前路过学院休息点处的光荣榜，看到最新一个奖项是黎肆行的男子一千米第一。

如果她真的拿到前八的名次，她的名字是不是可以和他出现在一起？

决赛正式开始，元双带着要拿前八的决心，第一圈没压住速度，第二圈开始，格外辛苦。

被一个又一个人超过，她的斗志被接连打击，体力也快支持不住。

呼吸越来越重，气儿也喘不匀，不知道还要多久，好想停下来。

脑海中放弃的种子开始发芽，腿上如铅块般沉重。

她消极地屏蔽掉一切加油和呐喊声，整个人如沉入海底，连挣扎都没有力气。

彻底沉下去之前，有人捞住了她。

黎肆行沉稳的声音破开她的心理屏障："元双，是我，你现在很棒。"

他在跑道边缘，保持着和她一样的步伐，像之前训练时那样带着她跑。

"剩下的我陪你跑完，记得我跟你说过的，别去想还有多远，只跑脚下这一米。呼——吸——呼——吸——"

他说陪她跑完，她就一定会跑完。

黎肆行调整她的呼吸，调整她的配速，她把一切都交给他，直到终点。

过线的那一瞬间，她吐出攒着的那口气，整个人都软下来，他像是早有预料，长臂一伸扶着她的肩膀不让她倒下去。

她太累了，体力消耗完，心理防线崩溃，什么都不想藏了，可再大胆也只说出一句："你可不可以抱我一下？"

"不可以。"

脑子一热根本来不及思考被拒绝该如何自处，只剩本能支配蓄出两窝眼泪。

黎肆行一只手捧着她的脸颊，指腹触到温润的泪液。

她似乎在逐渐脱敏，他碰碰她的头发、脸颊或手，她都不会像之前那样受惊似的耳热脸红。

这种变化奇异地让黎肆行觉得舒服。

"哭什么？你现在不能停下，慢慢走一会儿，先欠着。"

她瞪着一双眼睛，消化他的话，所以是可以抱她一下？

黎肆行攥着她的手腕带她沿跑道缓步走着。

元双像被糖吊着的小孩，确认兑现时间："要欠到什么时候？"

"等你体力恢复。"

她一鼓作气，生怕过时不候这种事发生："我觉得我已经好了。"

"心率下去了再说，"黎肆行这时候铁面无私，"我跑不了。"

元双最终成绩是第七名。

起跑时，她一度膨胀到觉得第八名是小菜一碟，经历过毒打后要求自动放低到"我能跑完全程就很厉害了"。

没想到比预期还高。

元双是很高兴的,她第一次参加竞技体育比赛就有了说得过去的成绩,这种经历风雨见彩虹的正向反馈甚至激发了她对下一次的期待。

黎肆行说以后有空会带她多练练。

他陪她去把这个来之不易的成绩写到光荣榜上。

元双执笔不动:"我能有这个成绩全是你的功劳,你来写好不好?"

她满怀期待地把手上的记号笔递过去,黎肆行尚不理解她这么做的心思,依然选择满足她。

"元双女子八百米第七名"和上一行的"黎肆行男子一千米第一名"靠得很近,刚劲的字迹一脉相承。

元双拍下一张照片,对黎肆行说:"这是我今天最大的奖励。"

黎肆行的抱一下没有及时兑现。

元双情绪上头说的话,体力恢复过来后,理智也找回来了。

有些事情真的讲究时机,过了当下就不适合再提。

黎肆行被一个电话叫回田径场,他接下来还有比赛。

临走前,他让她回去好好休息,元双摸到口袋里还有一包巧克力,拿出来给他。

"加油,补充能量。"

黎肆行瞥了一眼巧克力的外包装,拿在手上:"不是说我不用加油?"

"反正……也加不坏嘛。"

元双回宿舍简单收拾了点东西,准备回家。

她答应了黎肆行要尽快把章子刻出来,这周不回去就要等到下周。

从宿舍出来,田径场和校门是两个方向,她在手机上查看学校地铁站接驳车的时刻表,脚步却拐到了田径场。

理由很快给自己找好:也不急于这一时,看完他的比赛也来得及。

4×100米接力项目,他们学院来看的人不少,元双跑到看台上给数学院划分的座位区域里,找了个靠前的位置坐下看。

黎肆行是第四棒,刚好就在看台下的直道上。

各棒选手就位，不知出了什么岔子，有人在协调，迟迟没有开始。

元双只盯着黎肆行看，不关心其他。

后排突然有个人下来，坐到元双旁边，元双认出他是黎肆行那个话比较多的朋友于之乐。

于之乐嫌下面阳光刺眼，跑到看台上看热闹，视线瞄到元双也来了，便分秒必争地来刺探第一手情报。

"元双，你们宿舍那锁好用吗？"

"很好用，谢谢你们。"

"你知道我们宿舍的锁坏了吗？"

元双很配合地问："怎么坏了？"

他绘声绘色地讲了一遍黎肆行结束和她的通话后是如何面色不悦，找这撒气，找那发泄，最后那把罪魁祸首的锁也遭了殃。

"他为什么生气呢？"

"你叫他No.4，谁不想当No.1，何况他天生就是No.1，你看他这两天拿了多少第一。"

元双勉强接受这个说法，但仍有疑惑："可是我觉得他不是会到处撒气的人。"

于之乐手机振动，他起身接了个电话，没一会儿火急火燎地回来，说："元双，我有事儿得先走，这是黎四的衣服，还有这巧克力，我放这儿，你给他看着。"

他把东西放在元双旁边的椅子上，交代完就一阵风似的离开了。

于之乐走后，又来了一个女生，和元双隔一个位置坐着。

女生很打眼，一身粉白色的运动装，看起来清纯又阳光。

她忽然拿起座位上黎肆行的衣服，翻开衣领好像在确认什么。元双余光瞥到她是找那个"肆"字。

女生拿起那块巧克力，毫不迟疑地拆开包装。

赛场上终于准备就绪，发令枪响彻操场的各个角落。

元双恍若未闻，耳边都是女生发语音消息的声音。

"黎四，谁这么不懂事儿给你巧克力？我把它吃了。"

"还不错，是我的口味。"

"你什么时候比完？晚上跟我去吃饭，你放心，就我们俩。"

"哦，我看到你了。"

女生停下来拍了好多照片。

"冲冲冲！哇，黎四，你还是很厉害的嘛，小病秧子居然跑了第一名，我要发到群里去，黎爷爷可得骄傲了。"

"哎，你手机是不是在这儿？"

她说到这儿一副恍然大悟的样子，摸了摸座位上外套的口袋，果然有一部手机。她直接掏出来，很顺利地解了锁，在手机上操作了一会儿不知干了什么。

比赛结果出来，广播报成绩，数学院第一。

看台上院里其他人在欢呼庆祝，运动装女生拎着黎肆行的外套和手机从看台下去。

至暗时刻，元双脑子里冒出一个离谱的想法，万一这个女生是什么手段高明的小偷呢？所言所为只是为了偷黎肆行的手机。

那她要负监管不力的责任，到时候黎肆行会不会怪她？

但万中无此荒谬的一。

女生径直走向黎肆行所在的位置，隔得远，元双看不到黎肆行脸上的具体表情，但两个人的肢体语言表明了他们之间熟稔的关系。

元双想，也还好，起码他的东西不会丢了。

下午的阳光温暖明亮，喜洋洋的氛围中，运动装女生拿着黎肆行的奖牌甩得高高的。

学校真的很重视运动会，奖牌样式早就公开征稿，百里挑一的设计，成型以后更加惊艳。

主体还是圆形，中间加了一个机括，里面的小圆可以三百六十度旋转。

元双第七名，没有奖牌给她摸，但在光荣榜前，黎肆行说他的可以给她玩，不过当时没带，要等他下一场比完。

第一名的金牌反射着阳光，有点刺眼。

元双在看到更多画面以前，离开了操场。

首都黎姓，百年世家。黎家祖辈的贡献不会被遗忘，黎家的现状又不为公众所知。

全民吃瓜那阵，元双在狗仔一张张水印满满的高糊照片里寻找黎肆行。

那时她高二，正放寒假，高她一届的黎肆行转学回首都。

各种各样的群聊总会涉及他，猜测他高三紧要关头转学的原因。

元双听过三种比较主流的说法，一是他本来就是随父母工作调动来的，如今又因父母工作调动回去；二是他家中有重要亲人身体有恙；三是他女朋友回国，不能再异地。

真真假假众说纷纭，第三种说法的支持者最多。

天之骄子式的人物，在附中时，情书按沓收，愣是没传出过一个像样的绯闻，于是大家几乎都默认，天才深情，他是有女朋友的。

这说法也因狗仔拍到的照片有了支撑的证据。

公众或许不认识黎肆行，但附中的学生不陌生。照片里黎肆行戴着墨镜从车上下来，手臂被一个女孩子挽着。

一切都对得上，第三种说法就成了既定事实流传下去。

这些都和元双无关。

她尚有一些理智的认知在。所有猜测都是看图说话，只是可能性大小的区别。

更重要的是，就算这是真的……她从没拥有过黎肆行，怎么会因为失去黎肆行而感到伤心呢。

她只是开始学习各种修图软件，希望能修复并不高清的照片，把他的脸看真切一些。

她的明月自有星辉相伴，她能常常望到就好。

元双家和学校在同一条地铁线上，两站之间不过半个小时。

地铁站在学校东南角，步行过去要二十分钟。

加上零星的等待时间，近一个小时内，元双都处于连她自己都没意识到的麻木状态中。

她平时坐地铁会戴着耳机听 BBC News（英国广播公司新闻），保持一定的外文输入。男主播的英式发音百听不腻，全程伴随能缓解元双回家的压力。

/ 063

今日却像听天书一样，过耳不入脑。

这节车厢没什么人，座位空余很多，她连坐下的心思都没有，定定地倚在不用上下客的那一侧门边。

手机消息栏推送了新闻，她一个个划掉，最后怔怔地打开相册。

翻到最顶上，照片的时间是她高中时期，夹在各种同学合照和学习资料中的零星几张，很像废片，只有残影。

元双点开一张，打开编辑模式，选择复原，照片原貌显示出来。

是当年校园偶遇，她偷偷拍到的黎肆行。

篮球场上自信投篮的少年、光荣榜上的五好学生、根正苗红的国旗下发言人、附中郊游登顶山峰的旗手、社团招新被推出来的门面。

抓拍或偷拍的照片根本不讲究手法，可无碍镜头下的人物自带光环。

他天生就是焦点。

后来他转学，一并剥夺了元双同他偶遇的微小希望，她能存到的只有狗仔拍到的八卦照片。

她把打着水印的高糊照片逐一放大观察，以前并不在意那个挽着他手的女生是谁，今天恍惚觉得见到了真人，很难忍住不确认一下。

但是真的太糊了，她能凭轮廓和背影认出黎肆行，但对素未谋面的人，她生不出火眼金睛的本事。

握着手机的左臂无力地垂下来，元双闭上眼睛选择放弃。

是与不是又怎样呢？

青梅竹马也好，从天而降也罢，怎么都不会是她。

她连感到难过的立场都没有，遑论更进一步的情感释放。

数学院男子 4×100 米第一名，颁奖台上好多同学都来合影。

傅云北钻着空站上去，搭着黎肆行的肩，脑袋朝粉白色运动装女生的方向一点，悄悄问："哎，那谁呀？你不会外边还勾搭了一个吧？"

"滚。"黎肆行听了直接无语，"你上来凑什么热闹，爱跟谁拍跟谁拍去。"

黎肆行直接走下台子，傅云北赶紧跟上："啧，你也不是那号渣男呀，前脚还带着人家小元学妹跑八百米，后脚又跟别的妹子好上了。"

"妹子？"黎肆行回过头来，"老傅，她比你还大两岁。"

"你好这口？"

黎肆行终于忍不了他这理解能力："那是我大哥的未婚妻。"

"你不早说，我还寻思去告发你的渣男行径，在卫冉跟前邀邀功。"傅云北接着絮叨，"你俩刚才这样那样，谁看了不得误会两秒，还好元双没在。"

"你自己演琼瑶剧吧。"

他大哥的未婚妻是世交家的女儿，他们从小一起长大但脾气不对付，见面不掐架就算感情好了。

傅云北一副过来人的口吻："你还真别不信，女生的想法可比我敏感多了，比你吃花生还敏感那种，一不小心，啪，要你命。"

"你少害我就成。"

付语嫣迎面走过来，听到一星半点的内容，毫不认生地问傅云北："什么女生，哪个女生？同学，他是不是谈恋爱了？"

"付语嫣，我谈不谈恋爱不用你操心。"黎肆行打断，简单介绍，"我室友，傅云北。付语嫣，我大哥的未婚妻。"

付语嫣跟人自来熟："巧了这位室友，我们都姓 fù。"

黎肆行从付语嫣手里拿过自己的外套和手机，不忘拆她的台："不巧，你们不是一个 fù。"

付语嫣反驳："你懂什么，以前就是同一个。"

傅云北给付语嫣帮腔："八百年前是一家。"

"你们一家聊吧。"

黎肆行把话撂下走人，两人还真有的聊——

"他平时很欠揍吧，谁能受得了他？"

"贱得要死。"

"他是不是谈恋爱了？"

"八字快有一撇了。"

"什么人什么人？"

"大一一学妹，刚还陪人跑了八百米呢。"

黎肆行今天的比赛都结束了，他往操场的出口走，手腕上挂着刚得的金牌，答应了给元双玩的，等她明天从家回来再去找她。

到了门口，他不耐烦地等着跟傅云北侃侃而谈的付语嫣，有她在，他大哥肯定也在，今晚说不定还要去趟付家。"

跟傅云北道别后，两人往校门外走去。

北门外停着一辆火红的敞篷超跑，黎肆行坐进副驾驶座，问道："老大呢？"

"在你别墅。"

付语嫣戴上墨镜，油门一踩，没两分钟就停到别墅门口。

客厅里，黎肆行的大哥黎以山在接工作电话，见到他们俩进来也没分心。

黎肆行拎着外套上楼，打算换身衣服。

他手伸进外套口袋里找东西，摸了两圈，干干净净，元双给他的巧克力呢？

他站在楼梯口转身，问楼下的付语嫣，这时语气还算客气："我外套你从哪儿拿的？有块巧克力看到没？"

"看台上啊，你的衣服都没人给你看着。"付语嫣不以为意，去冰箱里拿了瓶水喝，"巧克力我吃了，那里面有坚果。"

黎肆行声音高了几分："付语嫣，你多大了？我同意你吃我的东西了吗？"

付语嫣绝不是受气的人，她把水瓶磕在台面上，回呛道："喂，我不就是吃了你一块巧克力吗？你又不能吃，用得着这么小气吗？我喝你一瓶水是不是也要收费？"

"能不能吃都是我的，万一是毒药你也闭眼吃？吃死了是不是也不用我负责？"

"黎四，你会不会说话？以山——"付语嫣找准自己的靠山，"你看他。"

黎以山眼神往楼上一掠，黎肆行就知道他大哥马上会采取无条件护短行动。

他轻嗤，目光不善地迎上去："老大，你就惯着她吧。"

他懒得搭理他们，回房去了。

至于巧克力，算了，本来想赖上元双的，道具被吃了，戏他也别演了。

晚上，他们和付家人吃饭。

黎以山来宁陵是陪付语嫣祭祖的，两人婚事已定，婚礼八月举行，来宁大看黎肆行是顺带。

黎和付两家相交甚笃，不论从感情还是利益方面来说，黎以山和付语嫣结婚都是绝对的好姻缘。

席间有长辈操心黎肆行的终身大事，说这家姑娘好，那家千金漂亮，他全部装傻混过去："叔伯、姑婶们，我们三好学生不给谈恋爱。"

都知道黎家这个小儿子属于遨游在天的人中之龙，从不受家里摆布，满桌人面子上过得去也就不再提。

主宴散了，小辈们还有下一场。

酒吧门头的招牌流光溢彩——FU House，国内一等一的顶级娱乐场。

踩着软厚的地毯进入老板的专属包厢，酒一开，场子很快热起来。

黎肆行真当自己是三好学生来着，烟不能抽，酒也不喝，有人端着杯子上前，他正经回绝："明早学校还有比赛。"

他坐在单人沙发里，摸出手机没想到要找谁。

他大哥给他发消息，让他们别玩太疯早点回家。

不对，黎以山在他的黑名单里——一个星期前，两人因为家事起了争执，他哥是顾全大局派，有些做法黎肆行难以理解，一气之下把人拉黑了。

他从没把人放出来过，知道他密码且有胆子动他手机的，只有付语嫣。

她发的那些消息被覆盖下去，他先前都没看，点进对话框是一条条未读语音，环境嘈杂听不清，他转成文字看，内容都很寻常，一以贯之的付语嫣风格。

可在她发过来的照片里，他看到了蹊跷。

终点冲刺那张，角度斜得厉害，拍到了看台一角，照片右侧框住了一个女生的侧脸，大概只有四分之一，但太好认了，鼻梁的曲线独一无二，轻微的凸起，逆着太阳光格外清晰，不是元双还有谁？

"……谁这么不懂事儿给你巧克力……"

付语嫣说的都是些什么？

元双就是太懂事了，连跟他说一声都不敢。

翻他手机估计也看到了吧？

这够格误会吗？

他发消息找于之乐确认，夜猫子选手还没睡，很快回复，果然，元双当时就在看台，他的衣服、手机、巧克力都交给她看管了。

她也太不合格了，这么点儿东西都不给他看住了。

临阵还跑了，一个字都没让他知道，这是太在乎还是不在乎？

这段时间两人明显关系近了些，按她的个性不得全退回去？

黎肆行起身去找人算账。付语嫣正跟她的小姐妹们调酒玩，见他过来把刚调好的一杯递给他："尝尝，这酒精度数很低。"

身旁的人都以为他再怎么样也会给付语嫣面子，哪知他根本不接，把杯子又推回去，说的话让人不明所以："我的衣服是没人看，还是你抢来的？"

"黎四，你有什么毛病？我跟谁抢你的破衣服？"付语嫣心中升起无名火，噌地站起来，"早知道你这么有病，我就该让你的衣服烂在那座位上！"

付语嫣骄纵惯了，但不至于撒谎骗他，十有八九是当时元双根本就没争取。

黎肆行不纠缠这个问题："密码改了，以后别动我手机。"

付语嫣争辩道："要不是你把以山拉黑了，我才不爱动你的破手机。"

黎肆行回到单人沙发上坐着，时间晚了，暂时不打算给元双发消息。

手机又振动了两下，黎肆行拿出来看，来自元双的消息：*对不起，章子我刻不了了，那块石头会还给你。*

真行，他也不用猜了，该误会的都误会了。

第五章
- 监管人 -

元双在家，作息和她妈妈同步，健康得不行，晚上十点就洗漱完准备睡觉，只是今天翻来覆去没睡着。

床头正在充电的手机拔下来，她点来点去越看越清醒。

校园论坛上大部分都是这两天运动会的讨论，横空出世的一条非相关高热度的帖子，主角是一贯的风云人物黎肆行。

临时停在校门口的那辆红色敞篷跑车拉风到极致，一发到论坛上，跟帖就急速刷新，有科普品牌价值的，有猜测车辆主人的，有羡慕嫉妒恨的。

等主驾驶座和副驾驶座坐上人，风向又统一转变："高富帅和白富美，天生一对绝配绝配，我等凡人都先退下吧。"

元双把跟帖里贴的各个角度的照片翻完，心里酸溜溜的，没什么骨气地做出决定：她以后都不要喜欢敞篷跑车了。

晚上十一点左右，元双下床轻轻打开房门，再次确认她妈妈房间的门缝里没有光漏出。

她赤着脚走到家里的储藏室，做贼一样缓慢转开门锁，生怕闹出一点动静。

储藏室三面墙上都打了置物架，杂物堆得满满的。

元双的东西都放在左手边这排架子上，她从小到大的课本书籍、不用的笔记文具、厌弃的毛绒玩具，装了几大箱子。

元双置身其中，打开好几个箱子，翻出一些在她记忆里刻下或深或浅痕迹的东西。

久违地感觉到充沛和力量感。

这些是她的过往，她站在由这些过往构成的当下，镇定地扫除了一些迷茫和心慌。

手电筒的光打到贴有"篆刻"标签的箱子上。

再怎么样，她答应黎肆行的章子要给他刻好。

元双其实有段时间没动手刻章了。

这个爱好很不幸，启蒙于她的爸爸。

元双的爸爸其实是一个好儒的人。

他爱文爱书，精书法擅篆刻，品茗调琴，钓鱼赏花，生在古代当是一个清雅的风流名士。

说女儿像爸爸，未必有科学论证，但在元双这儿是成立的。

她五岁就开始握毛笔写大字，同龄人还在认一二三四五的时候，她已经临完《快雪时晴帖》了。

后来年纪长到父母放心让她拿刀子，她便用爸爸的工具，上手就刻出了一个不错的章子。

她手稳心静，写字或刻章，坐上一整天都不嫌累。

跟随父亲驻外那段时间，她又展现出惊人的语言天赋。

父亲有个同事是西语国家的，带小孩来家里聚会，元双用人家的母语和小朋友无障碍交流——她并没有特意学过，只是父亲平时看国际频道接收各种资讯，她跟在一旁受到熏陶。

她妈妈常说："我生的女儿怎么不像我？"

家庭美满的时候，这句话是带着点小脾气的嗔怨，父亲轻轻一哄："女儿长得十成十像你。"也就翻篇。

关系破裂的时候，这句话就成了可怕的怨咒，让元双恨不得把所有遗传自父亲的特质都剔掉。

她先是改掉了左撇子的习惯，接着放弃了许多与父亲有关的天赋和爱好。

各种夏令营冬令营，她再也没有参加过语言相关的项目。

她的书法在全市都有名，但高二以后再没报名过任何比赛。

她帮好多同学刻过闲章，广受好评，也是那段时间，又有同学来找，她说以后不刻了，问她原因，只一句以后要专心学习。明明她刻章的时候学习也没有不专心过。

文理分班，她放弃了更游刃有余的文科，选择了吃力的理科。

只因她爸爸是文科出身。

她假装自己忽然对理科感兴趣，假装到所有人都信了，她花了一学期时间，从十几名爬到第一名，并且拼尽全力守住。数学老师说她是沧海里遗留的那颗数学明珠，以后要为建设数学添砖加瓦。

然后是高考，她不负所有人期待，考上宁大数学院。

只有元双自己知道，那已经是她的极限了。

她绷紧的那根弦快断的时候，偷偷改过志愿。截止填报前夕，她把第一志愿改成了首都的一所外语院校，也是她爸爸的母校。

她壮着胆子叛逆一次，没等到木已成舟大局已定，就败给了她妈妈万无一失的监管。

最后关头，她妈妈拍着电脑质问她为什么改了志愿。

她妈妈好像也不需要答案，一边颤抖着改回去，一边声泪俱下地控诉元双和她爸爸一样，当面一套，背后一套，永远只会骗她。

元双绝望地想着，这一点好像也是真的。

高三暑假，别人最快乐的日子，却是元双喘不过气的九十天。

柳暗花明出现在她无聊点进宁大数学院官网那天。学术交流那一栏里，列着各种国际交流项目，她打开一个名单，行首赫然是黎肆行的名字。

她想这世界上有几个人叫黎肆行，又有几个刚好高她一届数学极好的黎肆行呢？

如果是为了再次遇见他，好像一切也都值得。

元双小心翼翼地把标有"篆刻"的箱子抽出来，手上觉得意外地轻，缺失的那部分重量压到她心上，激发出不好的预感。

箱子里应该是装了各种各样的石料，她当初收纳就费了好大的劲，明显和她手上的重量不符。

箱子打开，里面是几个小的收纳盒，原本分门别类地装着她的石头、刻刀、印床和转印纸，现在却空空如也。

无须过多猜测，家里没有第三个人，这些东西的消失一定是她妈妈所为。

元双抱着箱子，傻傻地坐在地上，她以为自己不碰这些东西，起码能保住它们的存在。

竟然连让它们在暗无天日的箱子里吃灰都容忍不了吗？

哦，她应该要感谢她妈妈的贴心，箱子还给她完好地放在这里，她不去动刻章子的念头，就永远不会发现东西不在了。

她为什么要去刻章子呢？为了黎肆行吗？黎肆行需要吗？

这些问题互相缠绕拉扯，元双选择当缩头乌龟，抗拒去想明白。

她拿出手机点进和黎肆行的对话框，打了很多字又删掉。

他们之间的交情算什么呢？有些话她根本没立场同他讲。

元双最后下定决心发出的一条消息，也只陈述事实不带情绪：对不起，章子我刻不了了，那块石头会还给你。

她把手机关机扣在地板上，暂时逃避任何可能的回复。

储藏室狭窄的窗户照进来一格月光，元双贪恋这唯一的光亮，抱着一个熊猫玩偶一直坐在地上，月落日出，晨光熹微，一夜未眠的她舒展僵硬的筋骨，在被她妈妈发现之前回到了自己的房间。

第二天下午，元双被她妈妈送回学校。

母女关系一派祥和，元双不必去问她的东西都去哪儿了，她妈妈总能给出一个光明正大的理由，至于是不是真的，不重要。

她非要追问，才是不懂事。

运动会周日的赛程结束，取得圆满的成绩，数学院团体第一，校十佳运动员黎肆行榜上有名，学院各种群消息都在刷屏。

体委又特意找元双，说晚上庆功聚餐，让她也去。

元双回自己有事，推辞掉。

宿舍里室友都不在，元双失眠了一晚，躺到床上补觉。

蒙眬间醒来时，她感觉自己发烧了，脑袋昏昏沉沉，身上一点力气都没有。

悲春伤秋有害健康，她在储藏室坐那一晚有了报应。

她瑟瑟抖着，到床下的医药箱里找到退烧药。水壶里的水大概是室友早上烧的，已经凉透，她就着吞下药片，连爬回床上的力气都没有，直接坐到椅子上趴在桌面上昏睡。

她发烧经验丰富，睡一觉发完汗应该就会好。

只是这一次经验失效，她又热又冷，再次烧起来的时候，嗓子又干又疼，本能让她从混沌中找到一点清晰的求救意识。

手机按开,元双眼前都是重影,好像有很多消息提醒,她一条也看不进去,找到卫冉,打了语音电话:"卫冉,我好难受……"

再次醒来是在医院,元双躺在病床上输液,睁眼时仿佛是从昏昧中挣扎出意识,想不起自己是怎么来的。

她转转脑袋,窸窣的动静引起了旁边玩手机的人的注意。

卫冉赶紧摸摸元双的额头,扶她坐起来靠在枕头上,把水端来给她喝。

"双双,你可太会吓人了。"

"我怎么了?"元双眉头紧皱,一开口声音都是哑的。

"高烧加低血糖,你还从椅子上摔下来。"卫冉指着她腕骨处的瘀青,元双这才意识到疼,"还好不是脸着地,我这辈子第一次打120。"

卫冉接到元双的电话时,正在参加学院运动会的庆功聚餐。体委先前还特意问她元双怎么不一起来,卫冉当时以为元双还没从家里回来,后面见元双打电话过来还以为是问聚餐的地址。

哪知一接起来就听到元双有气无力的声音:"卫冉,我好难受,你能不能……"紧接着一声闷响,通话还在继续,可卫冉怎么喊都没有回应。

她吓得哪还有心思吃饭,抓着傅云北回学校,傅云北让她别慌先打120,他自己则打了电话给黎肆行。

黎肆行不知犯了什么病,运动会上他的成绩那么好却不见个笑脸,答应好去聚餐,中途又变卦了。

他正在学校里,比他们赶回去要快多了。

校外医院的救护车和卫冉他们几乎是同时到达宿舍楼下的。

卫冉并不知道黎肆行是如何进入女生宿舍的,只看到一个宿管阿姨跟在他身后,而他抱着昏过去的元双上了救护车。

"双双,你回家没有好好吃饭吗,怎么会低血糖的?"

卫冉隐约感觉到元双每次回家心情都不是很好,她们宿舍的人都见过元双妈妈,是个很温柔客气的阿姨,但对元双的掌控欲有点吓人,比如对她的交友都要了如指掌,还硬性要求她周末必须回家。

元双嘴唇发白,低声答:"今天没什么胃口。"

"你还发着烧,我都不知道要不要打电话跟阿姨说。"

元双眉头紧皱:"不用打。"

"我没打，医生说你吊完水就差不多好了。但是你爸爸打过一个电话来，我也没接。"

卫冉把元双的手机拿过来，元双看到一些未读消息，能回的先回了。

她爸爸打了一通电话过来，没接通也没了下文。

元双心中漫起一层失望，既然没下文，她也没必要回电话。

只是有两个意想不到的未接来电来自黎肆行，时间差不多是她给卫冉打电话之后。

卫冉恰好瞥到她手指着的对话框，皱起了眉，贴心地答疑解惑："你觉得我这小身板儿是能背得动你还是抱得动你？"

她起身把病床的隔断帘拉开，元双看到隔壁床上也躺着一个人，卫冉手动把元双的脑袋歪到另一个方向。

元双就看到了窗边的黎肆行。

"我再去接点水给你喝。"卫冉看了两人一眼，离开病房。

黎肆行伫立着，颀长身影落在并不宽敞的病房里，很不搭调。

他眼尾压着，眸中无波无澜，可沉默如山的气场让元双觉得比窗外的天色更幽深。

她呆呆地望着他，从未设想过他会出现在这里，更没料到他是这样的神情。

一时不知作何反应，眼睛眨了又眨确认是真人，她下意识地用力握拳，针扎处传来痛感才知道放松。

病房中只有隔壁床的病人戴着耳机看剧不时发出的笑声或叹气声。

元双和黎肆行四目相接，生出都不说话的无用默契。

病房门被打开，沉默退场，护士迈着利落的步子进来查看输液效果，元双哑着嗓子问还要多久，能不能调快一点。

"这速度可以了，再快你受不了。"

护士又给她测了体温，烧已经退了。

护士问站在那儿的黎肆行是不是家属，他从窗边走过来，算应了。

护士叮嘱了他几句常规的注意事项，便带着隔壁床的人出去做检查。

病房里只剩下他们两个。

黎肆行看到她苍白的面色，知道她大概不好受，可没什么慈悲怜悯心，偏要让她更不好受一点。

074 /

他终于跟她说话:"昨天乐子让你看着我的东西,东西呢?"

元双病中大脑反应不灵活,怔怔地回:"不是有人拿给你了吗?"

"谁拿给我了?"黎肆行俯身靠近她,很凌厉的讨债架势,"元双,我丢了东西,你得赔。"

"什么东西?"

"巧克力。"

"被你的……朋友吃掉了,她发消息跟你说了,我听到了。"

"你还听到些什么?"

还听到些什么?

元双记不清具体的语句了,零零散散,总之是她永远达不到的那种熟络亲近。

他步步紧逼:"你看着我的东西,为什么让她吃了?"

"我再赔你一个好吗?"

她真当是自己的问题,乖顺地给出合理的解决方案。

黎肆行却不满意:"我问你为什么?"

元双不知该怎么答,还能为什么?疏不间亲,他不懂吗?

陡然觉得他真不讲理,她气恼,梗着脖子直呛他,声音都脆了几分:"你怎么这么小气?给你的时候你为什么不吃?你实在想要让她吐出来好了。"

这句话不知哪儿来的笑点,引得他发出短促的一声笑。

元双迟钝地看着他,被他的笑弄得不知所措,气势也软了下来:"我宿舍里还有巧克力,回去就还你一块。"

总该翻篇了吧?她重新躺下,撇过头不再看他。

她的脑袋再次被人转了个方向,黎肆行扣着她的下巴让她看着自己,动作不算温和,声音却显而易见地软化:"元双,我吃坚果过敏。"

"我还有不带坚果的巧克力——"她猛然反应过来,"那你为什么要收下?"

"你觉得呢?"

她开始转动脑筋,但效果不太明显:"你觉得我是好心好意,没必要扫兴。"

黎肆行手上的力道松掉,放弃这个问题。

小白花一样的单纯心思,没必要启发她想一些"歪门邪道"。

"元双，你没有不懂事儿，我应该告诉你，我不能吃坚果。"

元双手上再度用力，针管回血都没感觉，紧绷着问他："什么意思？"

黎肆行的手覆上她的，勾着她几个指头放松，那抹刺眼的红重新流回血管。

"我闻不了烟味儿，对大部分坚果过敏，小时候身体很不好，容易生病，所以她叫我小病秧子。"黎肆行对照着那些语音信息，一一解释清楚，最后一句也是最重要的一条，"我们两家走得近，我和她从小一起长大，关系自然好些。她叫付语嫣，是我大哥的未婚妻。"

这个名字让元双感到熟悉——她先前帮他写的那份婚书，上面新娘的名字正是这三个字。

既是别人的未婚妻，跟他便没男女感情上的关系。

元双意识到他在跟她解释，可他是以什么样的立场解释这些东西呢？

她毫不怀疑他话的真实性，只是难以想通其中的因果，被他覆着的手亦不敢动，只说了句不相干的话："那你有点难养。"

黎肆行拿捏着分寸："我现在很好养。"

她不会接，发出单音节一个"哦"。

"以后看我的东西，看好了，谁要都不能给，知道吗？"他语气严肃，像教导幼儿园小朋友不要跟陌生人走，"谁要是拿，你就告诉他这是黎肆行的东西，谁都不能动。你是监管人，捍卫自己的权利和履行自己的职责能做到吗？"

元双反应不过来他这段话的意思，总有些关系是凌驾于这些权利和职责之上的。

"谁都不行吗？"

"谁都不行。你有最高权限。"

几个字如有万钧，郑重得让元双产生他在做某种承诺的错觉。

他太厉害，言语之间就让她回心转意，懊恼自己昨晚释放的那些无效悲伤。

"巧克力还得给我。"他说着，从外套口袋里掏出一个东西扔到她盖着的被子上，"但这个东西，有人说要玩，也不知道现在还想不想要。"

"没说不要呀。"元双很上道地抚平他"扔"这个动作的不痛快，重新坐起来，能自由活动的左手伸过去够奖牌的挂绳，拿在手里把玩。

原来他还记得呀。

被他记挂的感觉简直可以抚平病中一切的不舒服。

单手拨动奖牌中间的机括转了又转，像得了新奇的玩具，元双低着头，嘴角漾起不遮掩的笑。

黎肆行低头把她的表情收入眼底，她真的很容易满足，反倒让他想给她更多。

来日方长。

元双又说谢谢："刚刚卫冉说是你把我送来医院的。"

她用了一个笼统的"送"字，失去意识时根本不知道他具体是怎么做的。

"元双，你几斤？"

"啊？"元双愣住，她好久没称过，难道他送她来医院的时候掂量出她的体重了？

他好像也不是真要知道那个数字，接着说："以后多吃点，低血糖也该重视，你那细胳膊细腿儿储存不了多少能量，少吃一顿就得倒。"

元双点头应着，问道："你怎么进我们宿舍的啊？"

黎肆行就当讲故事，把她失去意识那段时间的事说给她听。

黎肆行在学校接到傅云北的电话，立刻打给元双，都无应答。

心里着急时倒也没慌，他问清楚元双的宿舍号直接赶过去。女寝这边严格禁止男生进入，门口有值班的宿管阿姨，他说明情况，宿管阿姨去找钥匙说自己过去看看，让他在外面等着。

黎肆行等不了，直接拉着阿姨上楼，边走边解释："阿姨，现在救人要紧，等您找到钥匙就来不及了。她们宿舍是密码锁，密码都告诉我了，我跟您保证，有任何问题我来承担责任。"

很快就到204门口，黎肆行在那把简易密码锁上输入四位数字，门打开，宿舍里窗帘都拉着，光线很暗，唯有门口的光照进去，只见倒在地上的元双脸色苍白得吓人。

宿管阿姨看清后不禁吓了一跳："这、这、这怎么了？"

黎肆行两步跨进去，蹲下身把元双抱起来，摸到她的额头滚烫，拍她的脸颊也没有任何反应："元双，醒醒。"

120的鸣笛声由远及近，不多迟疑，他将失去意识的元双打横抱起来。

她真虚弱得厉害，一米七的个子体重估计不到三位数，怪不得跑八百米怕成那个样子。

他讲得轻松，重点全放在她身体素质差上面，这种私人的关心让元双觉得无比舒服。

"谢谢你。"知晓一切后，她又道了一遍谢。

黎肆行接收到她这份诚意，也没接"怎么谢"之类的话。

有些心意单纯美好得让人不忍用一丝一毫的戏谑去破坏。

元双的身体很快康复，腕上捧出来的瘀青也逐渐褪掉。

生活平静地过着，波动过后是好几日的风平浪静。

在看起来依旧平静的一天，黎肆行的那块石料以一种被他否决过的迂回方式回到了他手中。

晚间回到宿舍，傅云北把那锦袋儿连同石头一起带回来："卫冉交给我的，说元双给的，让我还给你。"

黎肆行拆开看，气得哽住。

真厉害，他活了二十年第一次觉得有什么是他搞不定的。

第二天中午下课，傅云北把石头交给卫冉，石头又回到元双手上，元双莫名其妙。

"他不要了吗？"

卫冉摇头："我得到的消息是，他让你自己还。"

元双仍旧不解，谁还回去有什么区别吗？

并非她不想直接给黎肆行，但毕竟是她食言在先，见了面肯定要解释为什么不刻了，她不想编理由骗他，可又不愿意把以前那些压抑的事讲给他听。

她以为石头借别人之手还回去就可以把这件事轻轻揭过，不明白他怎么会计较些不相干的细枝末节。

元双心想也就几分钟的事，于是让卫冉先走，自己沿着教学楼间长长的走廊来到黎肆行所在的教室。

这时刚下课，人都往楼下走，只有她逆着人流，走得格外缓慢。

她到他的教室时，人差不多走空了，只剩后排的他。

元双走上台阶把东西递给他，他却不接，冷着声问："章子为什么不刻了？"

他真的好在意啊。

她被这道冷冷的声音冻住,半晌才答:"不想刻了。"

"我不接受这样的理由。"

"你并不缺这一个章子,你有那么多章子,石头我也还给你了。"

元双像个生怕被投诉的客服有理有据好声好气,可是她的柔和没能克住他的强硬:"答应好的事,没有反悔的道理。"

她答应黎肆行的事,从来没想过反悔,那天晚上告诉他章子刻不了了,本就是客观原因主导。

"那你说要怎么样?"

黎肆行收拾自己的东西:"中午要午休吗?"

元双被他话题的跳跃惊到,还是老实答:"要睡一会儿的。"

"今儿别休了,给我还债。"

元双再次来到黎肆行家。

他真是铁了心要那枚章子,把元双按在书房的椅子上,从抽屉里翻出刻章的工具。

"刻吧。"

元双看他真像压迫长工的财主,而她可怜兮兮,只有被剥削的份儿。

很久没刻,她手有点生,先在练习石上刻了一会儿找手感。

她头都不抬,状似一心全在手上的动作上,试探的提问包装上不经意的语气:"黎四,你是不是有点生气了?"

黎肆行听到她的问题,想寻她的眼睛,结果没招儿,人家只拿颅顶交流。

该说她什么,一只还有救的鸵鸟?

"你答应我的事情没做到,我不能生气吗?"

"可是我告诉你不刻的时候,你说了好的。你再生气,是不是有点不讲理了?"

她越说声音越小,很像那种头一次反抗家长的小孩,鼓起勇气指出大人的不对,但很快败在家长积威已久的气势中。

黎肆行要被她气笑,她还不如不问。

他两手撑在桌面上,隔着桌子俯下身,凑到她近前,彼此的呼吸声清晰可闻。

"你因为误会付语嫣的事反悔了我的章子,我当是小打小闹的别扭,解开也就翻篇,还是说我错了,元双,你觉得没翻篇?"

元双没因为他的靠近害羞,倒因为他这句话红了脸。

误会、别扭、解开、翻篇,怎么好像情侣吵架的流程?

她找回声音答他的话,目光直直地看着他,一以贯之的真诚,叫人愿意从心底相信她说的话。

"不是的。我答应你的事,不会因为什么人出现而反悔的。只是那天我回到家,发现我刻章的工具……都没了,所以才跟你说刻不了了。"

很顺畅的一句话,"都没了"是意料之外但情理之中的一个理由,可背后藏了隐情,黎肆行听出来了。

他试探着问:"为什么没了?"

元双摇摇头,既是隐情,她不想让他知道。

黎肆行看出这不是可以玩闹的点。她不是粗心大意的人,放在家里的东西没了,只能是家人动的手。

元双开始正式刻他那枚章,他还是站在一旁看着,逐渐怀疑她说的工具没了是不是诓他的话。

她哪里需要多少工具?

一支笔,一把刻刀,一方石料,加上她的一双手,齐活了。

她直接用小勾线笔在印面上起稿,小篆的"黎肆行印",一气呵成,工整又有古意。

不管是拿刀的左手还是辅助的右手,都稳如山。石料和刻刀在她手里听话极了。

延宕了这么多天没兑现的一枚章子,十几分钟就完美成型了。

元双取出一张连史纸,蘸了印泥盖上,仰头看他,言语里都是期待:"你觉得怎么样?"

他称赞:"很好,是个篆刻高手来着,我早该让你来刻。"

"好啦,我答应你的事做到了,你不生气了吧。"

他自然早就不生气了,听她这么问悟出还有下文。

"嗯。"

"黎四,"她叫他,隔了一会儿才说出正题,"你记不记得你也答应了我一件事还没做到？"

他视线偏向一边，专注印那章子玩，知道她在说什么，偏偏不正面回答："楼下阿姨已经做好饭了。"

"我说的不是这个。"

"那好像没有了。"

她皱着眉，又急又小心翼翼："运动会那天，你答应要抱我一下，到现在也没兑现。"

他手托下巴做思考状，认真得很："是吗？我怎么记得我抱过了。"

这回轮到元双傻眼，他可以这么赖皮的吗？

她一脸不可置信地问："你什么时候抱过了？"

"如果我没记错的话，你发烧那天不是自己从宿舍瞬间穿越到医院的吧。"

"可是……"

可是她当时根本没有意识，这也能算吗？但对他来说，确实算抱了，还不止一下，早够兑现八百回了。

元双的情绪迅速被失落占领："哦。"

黎肆行恨铁不成钢，抬手弹她的额头："Silly girl（傻女孩），耍赖会不会？说你根本不知道，那个不算，你要重新兑现，会不会？"

她真是个好徒弟，怎么教怎么听。

她杏眼圆睁看着他，闪着智慧的光，还会举一反三融会贯通："我根本不知道，那个不算，我要重新兑现，现在就要。"

她说完就张开双臂，心中紧张，动作大方。

黎肆行把她的紧张消解掉，他两只胳膊从她腋下穿过，轻巧一用力将她从椅子上带起来。

元双得了鼓励般，再一次双手环着他的腰。

两个人虚虚实实地靠近彼此，把握着微妙的分寸。

午间明亮的光打进来，像专门给这幅画面加的滤镜，将青春暧昧顶格拉满。

这样的场景元双在梦里都不曾想过。

第六章 ♥♥♥
- 初相见 -

一段插曲过后再回到学校，正是下午上课的点。

两个人都要回宿舍取下午上课要用的课本，元双故意磨蹭了一会儿，希望出来时能再次遇到黎肆行，哪怕只是从宿舍楼到教学楼的一小段距离，也是想和他一起走的。

她在宿舍一楼大厅里踱着步，握着的手机突然响起来。

元双分神去看，所有期待和雀跃被兜头浇灭。

屏幕显示是爸爸来电。

她爸爸已经很久没打电话给她了，上次她发烧时他恰巧打过来，元双没接到，内心深处是希望他再打过来的，可等了几天都没有消息。

铃声响到自动挂断，元双固执地不接，想试试他会不会再次打来。

大概是有急事，手机铃声再次响起。

元双接通，电话那头，元业立的声音端着父亲的架子，时隔几个月传到元双耳中。

他客套地问候她的近况，元双有一句应一句，但不主动挑起话题，很快就没什么可聊的。

那端沉默了一会儿，元双以为该挂断了，却听到试探的问句："双双，你妈妈还好吗？"

元双不知道怎么答。

她靠在大厅右侧关着的玻璃门上，屏蔽来往的人群，闭上眼睛。

听到爸爸关心妈妈，真是天底下头一遭的稀奇事。

"上次在医院我跟你妈遇到，她情绪不太好，后来有没有朝你发脾气？"

"没有。"

她根本就不知道这回事，也不需要听他泼脏水给她妈妈。

错得离谱的人是他，她妈妈再怎么发脾气都是事出有因。你不能怪一个被骗了十几年的女人，说她不够冷静镇定。

元双承受再多也从来拎得清。

"双双，受了委屈跟爸爸说，你妈她气性大，身体也不好，你常常来爸爸家里，我书房里的东西随便你玩。"

他还以为她是那个无忧无虑的小女孩，在书房里能坐一整天。

"爸，你打电话就是为了这个吗？"

"双双，"好像是什么难以启齿的事，他停顿了一会儿，但再难也说了，"爸爸下周跟你黄阿姨办婚礼，希望你能来。"

元双心口像受到一记猛击，闷闷地疼，迅速蔓延。

"爸爸对你的爱从来没有变过，你永远是我最心爱的女儿。双双，你黄阿姨还有弟弟都希望你来，弟弟一直说想见姐姐，爷爷奶奶也很想你。"

元双再也听不下去。

这个时候煽什么情呢？他们一家子恩恩爱爱好了，非要拉上她干什么？

元双不等他说完就挂断电话。

教学楼那边的上课铃声远远传来，她已经迟到了。

手机上她爸爸发来消息，一条是婚礼时间和地点，加一句"我让你堂哥接你一起"，默认她一定会去。

还有一条是五位数的转账消息，好像在收买她，备注"给宝贝女儿双双"。

她往上翻聊天记录，上一条是两个月前的消息，也是打了笔钱给她。

父女关系靠纯粹的金钱维系。

他好像很爱她，每次出手都不是小数目，但他更爱别的孩子，最爱他自己。

高三下学期，元双很喜欢的一个歌手来宁陵开演唱会。

模考成绩出来，元双考了第一名，妈妈答应带她去看这场演唱会。

元双兴冲冲地回家报喜，换来一次出尔反尔："双双，马上高考了，再玩下去心都散了，等你高考完再看好不好？妈妈说话算话。"

这个理由对别人来说可能成立，但对元双来说，是对她成绩和努力的

/ 083

一种漠视和否定。

元双以为就算她从来不说，妈妈也该知道她的压力有多大，她弃文从理，爬上第一名是多少个无休的日子换来的。

看一场演唱会不会让她心散，不看一场演唱会也不会多难过。

可是满怀希望以为能看结果不能，那她就非看不可。

她听话惯了，青春期也没有叛逆过，好像是为了攒在这一次爆发。

忤逆她妈妈，最诛心的做法就是去找她爸爸。

元双打电话给爸爸，哭着说自己想去看演唱会，她妈妈答应了却出尔反尔。

她是聪明的，知道她爸爸未必愿意，但跟她妈妈作对，他会乐意之至。

他甚至推了工作，专门去家里接元双。

父女俩一致对抗她妈妈的时候，看起来真是和谐又亲密。

元双坐在她爸爸的车里糊涂地想，爸爸还是爱她的，起码这时候比妈妈更爱她。

可到了现场，她爸爸引着她认识"黄阿姨"和"弟弟"时，她才意识到自己错得有多离谱。

他们一家三口，她算什么呢？

她借口去洗手间离开了，可也不敢回家。

她爸爸打电话问她去哪儿了演唱会马上要开始了，元双只说先回去了，另一头一道女声在旁边说："要不你去送送，大晚上的一个女孩子不安全。"

跟着是一道变声期的男声："爸，你答应了陪我看完的。"

于是一句简单的"双双，你回去注意安全"打发了一切。

元双沿着马路晃荡，走到家已是凌晨，进门看到她妈妈房间里的灯还亮着。

她哭着说："妈，对不起，我错了。"

她妈妈任由她哭，房间里灭掉的灯是她妈妈的回应。

元双后来再没看过演唱会，所有"成绩达到如何如何就有怎样怎样的奖励"这种承诺，兑现了她就当惊喜，不兑现她也不会缠着不放。

当一个乖乖的好女儿、好学生，她得心应手不是吗？

往事不堪回首，元双悲从中来，簌簌掉下两行泪来。

"咚咚——"

元双靠着的玻璃门被敲响,她抹掉眼泪,以为自己碍到什么事,连忙起来。

她无神地往外看,视线因门外的黎肆行定住。

元双眨眨眼,以为是幻觉。

以往难过时,她会想想他,从想象中汲取点力量。

现在实实在在的人就在面前,美好得让她不敢相信了。

黎肆行打了个响指唤回她的神思,逗小猫似的勾勾手,让她出去。

她从另一边门走出,站得离他有一米远,不愿这样满是负面情绪的自己靠近他。

黎肆行一出大门,隔着二园和四园之间的马路就看见对面的元双了,她倚在玻璃门上,很缺依靠的样子,打了几分钟电话后愣愣地待在原地。

他看着她,直接问:"跟谁打电话,被欺负成这样?"

她深深地抿着唇,克制着什么。

"我爸,"元双笑得难看,刚止住的眼泪好像又要掉下来,"他要再婚了。"

黎肆行抬手摘下自己的鸭舌帽,戴在元双头上,抓着帽檐勾着她的脑袋靠到他左肩上,帽檐转到她脑后压下,她整个人被沉沉的安全感托住。

"哭吧。"

他把自己和她身上的书包拿掉,元双像小婴儿一样,天生知道怎样的怀抱最安心舒适,她两臂自动环上他的腰腹,找到熨帖的姿势,放心地任眼泪流着。

黎肆行感到肩头濡湿,轻轻拍着她的背。

上课时间已经过了,宿舍门口来往的人很少,偶尔有几个人路过,也只当是每天都上演的小情侣戏码,惊叹一下这谁呀好帅,再好奇一下他怀里的女孩是谁,也就过去了。

元双哭够了,抬起头,眼圈红红的。

她拎起自己的书包,跟黎肆行说谢谢,又说对不起,把他衣服弄湿了,还耽误他上课。

黎肆行哪在意这个,手指点她的额头,问:"下午什么课?"

"《数学分析》。"

"老吴的课？"

她点头。

"带你翘课，去不去？"

黎肆行开车带元双去了宁大附中附近的一家电玩城。

工作日下午，电玩城客流量不大，黎肆行兑了一堆游戏币，说今天她怎么开心怎么玩。

她还戴着黎肆行的帽子，鸭舌帽后面的卡扣拉到了最紧，她戴上才不松动。

黎肆行说她这么小的脑袋瓜子不要想些乱七八糟的事情。

在电玩城人也生出点幼稚倾向，元双说要和黎肆行比赛。

她挑了一圈，投篮或者赛车她肯定不是他的对手，最后定了抓娃娃。

黎肆行就让她"占便宜"，说"好"。

"我以前和同学来玩，他们都让我帮忙抓娃娃，我真的很厉害的。"

黎肆行从她的话里捕捉到一条信息。

电玩城离宁大附中很近，晚间下课或节假日，多的是附中的学生来玩。

他问："你高中是在宁大附中上的？"

宁大附中是宁陵无可置疑的王牌中学，不仅学生成绩一骑绝尘，还隔三岔五举办各种文化节和社团活动。

高中本部坐落在老城区，占地面积不大，也没说单独给高三辟出一栋楼来，三个年级的教学楼之间都是有走廊连通的，串班串层串楼的都不算事儿。

元双高一一年，是她整个高中时期最无忧无虑的一年。

她成绩优秀，书法和篆刻类的特长声名远扬，再加上青春期出落得漂亮可人，走到哪儿都招人喜欢。

可是人生的分水岭偏偏降临。

元双升高二那个暑假，她父亲在老家还养了一对母子的事情败露，十几年的完美伪装一朝被戳破，结果是父母争吵过后筋疲力尽地离婚，元双原本温暖幸福的家分崩离析。

暑假后开学第一天，其他同学新奇又高兴地认识新同学新朋友，元双在老师办公室说要改到理科班去。

老师问她为什么，她答不上来，只说要改。

老师打电话给她家长，她爸爸没接，她妈妈沉默一阵，说支持她改。

她主意很大，弃文从理没跟任何人商量。但她知道，她妈妈一定会高兴的。

好在她的理科成绩虽然不拔尖但也不瘸腿，综合成绩还是够她分到理科实验一班。

一班班主任是一位年纪比较大的物理老师，笑呵呵地说元双是块宝。

理科班拉开差距的不是理科成绩，恰恰是缺少重视的语文和英语。元双这两科，常常是年级第一。

班主任说一定好好培养她，领着元双回教室。

明明大家都是刚刚分到一个班的新同学，元双却觉得自己格格不入。

开学第一天放学很早。

高二二十四个班级，前十六个是理科班，后八个是文科班，按班级序号依次从楼上往楼下排。元双背着书包从六楼下来，经过楼下的文科班时忍不住驻足看。

偶遇好几个以前的同学，都问她怎么突然选了理科，元双笑着回："想突破自己，尝试些新的东西。"

这是她刚刚给自己编好的一个官方理由，用以应付所有人。

高中本部校区不提供住宿，学生上下学的交通方式多种多样，最常见也最方便的还是骑自行车。

学校的车棚扩建了一轮又一轮，终于够宽松容纳学生的车子。

元双缓慢地走着，在车棚里找了好几排，都没看到自己的自行车。

新学期第一天，补作业的紧张感，班级重组的新鲜感，大展拳脚的抱负感，都跟元双无关。

早上，她从家骑车到学校的路上，往前回想是痛苦不堪的暑假，往后展望是弃文从理的艰难道路。

她不记得她的车停哪儿了，也不记得有没有上锁。她想要是车被偷走了也好，这样就可以迟一点回家了。

她漫无目的地绕着车棚转，走马观花一样，或许车就在眼前她也没看到。

/ 087

直到大部分车子都被骑走了,她只用在零星剩下来的几辆车里做排除法,视线终于确认那抹墨绿属于自己的车时,她情不自禁地落下两行泪来。
　　她自己都不懂为什么车子找到了要哭,只是情绪一经宣泄,如决口的堤,她没力气去拦了。
　　她卸下一切强撑的伪装,坐在路沿石上埋头抱着膝盖,克制着不出声。
　　假期里最痛苦的时候她也没这样哭过,她是最懂事的女儿,不能在鸡飞狗跳的日子里给她妈妈多添一丝的乱,她尽力安慰妈妈,成为支撑妈妈的一个弱小却坚强的后盾。
　　可此时此刻,心中积攒了两个月的怨恨、委屈、无助、不安,全部爆发出来,在光天化日下的无人之境昭昭释放。
　　元双沉浸在悲伤中时没想到车棚里还有别人。
　　"同学,你怎么了?车被偷了?"
　　冷不丁落下来一道陌生的男声,元双的悲伤被打断。
　　她此刻不想面对任何人,仍旧埋着头,知晓有外人在,哭泣的声势缓慢止住。
　　窸窣的响动,这人没走,像在翻找什么东西。
　　她哭得久了,几乎影响听力,却轻易捕捉到了这人蹲下时膝关节的一声响动。
　　随后,他的声音近在耳畔:"擦擦。"
　　普通的两个音节,带着浅近的关心。大概此时哭泣的是任何人,他都会释放同等的善意。
　　但元双在这个无所适从、一片迷茫、伤心欲绝的时候,本能地想抓住点什么。
　　她抹了把泪水,终于抬头。
　　男生蹲在她对面,手上拿着一包纸巾。开学第一天都穿着校服,上衣领口的深蓝色表明他是高三的学生。
　　视线挪到他的脸上。
　　他好白,好干净,额前耷拉的碎发平添少年慵懒气,眼型是太过标准的桃花眼,似天生含情。
　　这是元双第一次见到黎肆行。
　　她被他的眼睛短暂地吸引住,如潮的负面情绪里,竟然能分出一点心思来想,这个人长得真好看,而自己哭得眼泪到处都是,头发都沾到脸上,肯定丑极了。

她没有意志去拒绝这样一份好心。

纸巾擦拭泪水,元双尚在抽泣,男生的一个同伴推着车子过来找他。

"哟,黎四,这是怎么了?你还把人欺负哭了?"

元双急忙摇头,借还纸巾的动作来解释,一声"谢谢",鼻音很重。

萍水相逢,连道别都不需要。

黎肆行确认她的情绪已经稳定下来,和同伴离开。

短暂的插曲拉了悲伤中的元双一把,她深呼了几口气,情绪缓和,起身去骑自己的车子。

从书包里摸出钥匙开锁,她的自行车有一个月没骑过了,锁眼因为淋过雨生锈堵住了,钥匙插进去都折腾了好久。

早上开的时候,她就想,下午放学有时间要买一把新的锁。

她开了好久,久到不经意回头看她一眼的黎肆行想问要不要帮忙时才打开。

她骑车上路,还没出车棚,又有没料到的状况发生——车链子掉了。

她空蹬了几下,要被接二连三的故障再次弄哭。由车掉链子发散到她的人生——她生生拐了个弯,会不会以后哪天全面崩盘,再也回不到正轨?

黎肆行再次走过来,好心地给元双指了条路:"往东走第二条巷子,有修车摊。"

元双只有"谢谢"两个字来表达。

她推着车子,链条耷拉下来,拖到地上,摩擦出连续的响声。

"算了,同学——"

或许是她看起来真的太惨了,眼眶里红得乍眼,声音里全是浓重的哭腔,黎肆行把自己的车停好,走到她的车旁。

"我帮你修。"

元双推辞的话堵在嗓子眼儿,他已经蹲下开始修了。

他的手好看极了,值得上保险的那种,是线条简洁的长和直,是干净清新的白和润,是力量感十足的青筋分明。

车链条上都是黑色的机油,沾到他手上他也不在意,只专注调着,不时让同伴帮忙转一下车轮。

他水平很高，没几分钟就修好了。
元双连忙从包里拿出湿纸巾给他擦手，他没接，说待会儿去洗。
黎肆行示意同伴："闻钟，把锁给她吧。"
同伴用干净的手取了黎肆行的车锁，放到了元双的车篮里。
两个人像行侠仗义事了拂衣去的少年英雄，留了背影给她，推着车走了。
元双声音哑哑的，追问："这个锁我要怎么还你？"
黎肆行沾着机油的手高举挥动，声音朗朗："不用还。"
这是元双第一次拥有属于黎肆行的东西。
少女心思十六年闷不开窍，一朝萌动，难以收拾。

元双第二天就确认了锁主人的名字——黎四，她在无数同学和老师口中听过的那个帅哥、天才，黎肆行。

高二和高三教室排布相同，实验一班都在六楼最东边那间，两栋楼间距不大，视力好一点都能看见对面教室里的情况。

元双当时轻微近视，看清教室黑板上的板书不成问题，没想过戴眼镜，可是为了能隔空看见对面教室里的人，她回家跟妈妈说需要配眼镜了，理由是为了学习。

眼镜配好，她还不习惯戴，每次用上都是往对面高三楼望去的时候。

教学楼各层之间还有连廊连通，同学们跨年级串班都是常事。

元双以前在书法社和一个高三的学姐关系很好，可也没好到无缘无故去高三楼找她的地步。

其他高三生她更不认识，她连创造和黎肆行偶遇的条件都没有。

好在高三学生有时也爱抄近路，从高一或高二教学楼的楼梯上来，通过长长的连廊回到自己班级。

元双靠窗坐的时候，常常会望向连廊上走动的人，期望能看到属于黎肆行的身影。

大概一周两次的频率，他会出现在她的视线里，元双总结出规律来，他似乎不是正统的好学生，好多次上课铃已经打响，他和闻钟不紧不慢地往教室走，在空荡荡的连廊上格外显眼。

还有高三年级主任把他单拎出来训话，他靠在栏杆上边听边笑，大概也是左耳进右耳出。

谁都知道，他不服管教，可谁都服他，他前脚被主任训，后脚考试就拿个第一，宣传栏的光荣榜上，他是最脸熟的常客。

期中考试后，元双的座位再次换到了窗边，黑板上课代表在对试卷答案，元双对照着数学卷子，该拿的分她都拿到了，可不会的大题仍旧不会。

分数算下来，成绩进前十都悬。

元双在心里叹了口气，向窗外眺望一眼，又看到高三年级主任在连廊上跟黎肆行讲话。

元双仔细抓取他的每个表情，他没有一点被训话的紧张或惭愧，倒有反客为主的意思，借着身高优势俯视主任，说了一番话后主任好像更生气了，抬手要揍他，他又灵活闪开。

这样的情景让元双心情松快了几分，他好有意思啊。

她手上的笔在数学卷子空白处写下一个"肆"字，没有比他更合这个字的人了。

要是有一个机会当面问问他名字是怎么来的就好了。

连廊上的训话没一会儿就结束了，黎肆行的身影淹没在他的班级里。

元双的眼神追过去，他们班南面的窗帘都拉着，隔绝了她进一步的窥探。

人不见了，心思暂时还收不回来，她用各种字体写了一个又一个"肆"，最满意的是瘦金体的那个。

以前她爸爸反对她学瘦金体，说书法大家那么多且各有所长，瘦金体与其说是书法，更像一种不变通的画法，不必沾染。

她把书法撂下以后，偏想感受一把宋徽宗亡国的心境。

想必跟她的家破是殊途同归的灾难，只是有小大之别。

她直接用硬笔写，很快就学到其神。

瘦金体美是真美，她的同桌易枝枝一直想学，可没她那么扎实的书法功底，写了两天就放弃了。

易枝枝看到她在试卷上写的这些"肆"，好奇地跟她讲小话："你估出来这次是第四吗？"

元双回过神来："没有，前十都考不了，我瞎练的。"

电玩城里，元双这时确认，高二开学萍水相逢，黎肆行施以援手，于他而言是不留名的好事中微不足道的一件，并没在记忆中留下任何印象。

元双说是啊，想反问他高中在哪儿读的，还没出口就觉出欲盖弥彰。

他在高中那么出名，怎会有人不认识。

于是，她改口："其实我高中的时候就听好多老师说过你。"

黎肆行笑说："拿我当反面教材？"

怎么会？

虽然好多老师都说他太过张扬傲气，有时更是视学校的规矩如无物，但总的来说还是爱才之心压过一切，贬他也是暗戳戳的褒。

"没有，所有老师都说你很厉害。可惜我高中的时候没见过你。"

她说没见过，他没觉得有问题。

元双手上拿着他抓的那些娃娃，垂眸掩下一点点的失落。

事情原本就是这样的，她不贪心，现在能跟他一起在电玩城里比赛已经是额外的惊喜了。

两个人玩了一圈，元双扫除了一切的不开心。出来时，天边晚霞映红了整个世界。

他们沿着马路缓慢地散着步，十几分钟就走到了附中。

晚间放学，校外一条美食街，一条文具街，熙熙攘攘，涌着旺盛的青春力量。

重返母校总会触发往昔回忆，只是元双和黎肆行的回忆少有交集，于黎肆行而言甚至没有。

路过文具店，两人进去逛了逛，元双在一套篆刻刀具前驻足。

篆刻工具算小众，并不如那些闪闪亮亮设计突出的笔或本子受欢迎，只在角落的一个货架上摆了一些。

黎肆行顺着她的目光看到，问："想买？"

元双点头又摇头，买回家的下场也是消失无踪。

她断了这些念想，继续走着。黎肆行却拉着她的胳膊将她拽回，让她帮忙挑一套。

"你要买？你有那么多工具。"

黎肆行没说话，只示意她选。元双很认真，这里的刀具都是常见的牌子，大差不差，她回想他的工具有哪些，最终挑了一个他没有的。

她递给黎肆行，结完账，黎肆行又送到她手上："买给你刚才点的头。"

夜幕缓缓铺开，只有天边还留有几抹残红，街头的各种灯光晃眼。附中晚自习第一节课预备铃响起，校外人潮涌动。

黎肆行站在文具店外的台阶上，转身问元双："怎么不走，还有要买的东西吗？"

他高高地立着，背后来来往往的人群在元双眼里自动虚化成无意义的线条，衬得他是世间独一份的美好。

他如天边最后的霞光，是元双心里唯一的光亮。

元双紧紧握着那套刻刀，问他："为什么？"

没有具体的指代，可黎肆行听懂了。

她站在文具店门口，光和阴影在她身上交接，棒球帽的帽檐下藏着她的脸。

黎肆行再次用拽帽檐的动作把她拉到自己近前。

外界的光和影意义虚无，他要她自己发光。

黎肆行右手虎口卡上元双弧度漂亮的下巴，拇指和食指轻轻地捏她的脸颊。

他说："为什么？为了下次你不再悔我的章子。"

"这次我也没有悔啊。"她还要为自己辩解，好像这是非常重要的事情，不能有一点误会。

"小小年纪，小小的脑袋，顾虑那么多。想要就要，喜欢就买，哪儿来的为什么？"

他拥有与生俱来的底气，元双佩服，可自己做不到。

"我的工具都被我妈收掉了，她不喜欢我刻章，这个如果被她发现，还是会被收掉的。"

蕴藏着无限心酸往事的一句倾诉，被黎肆行四两拨千斤化解掉："我喜欢你刻章子。"

他喜欢。

这三个字如海上灯塔，引着迷航船只找到方向，是确定的希望，是有前途的远方。

纷纷扰扰庞杂冗余全不重要，重要的是他喜欢。

这不是空话，他还要给她撑腰："如果你妈妈真的把东西收走了，你就打电话给我，我帮你讨回公道，我说这是我送给你的，只有你有权处置。"

"真的吗？我妈妈很厉害的。"

"是吗，我不厉害吗？"

黎肆行弯腰，眼睛寻着她的眼睛。

他家里对他是完全放养的态度，任他自由生长放肆去闯，他从来没经历过任何高压的家长威慑。

他的松弛是给元双最好的示范。

元双撞进他的眼睛里，真诚地夸赞他："你很厉害。"

厉害到超越时空成为她生命中最亮的那束光。

元双说要回礼，请黎肆行吃饭，两人拐进了附近很有名的一家麻辣烫店。

元双的口味看起来比黎肆行重，汤上的红油鲜艳厚重，吃进嘴里被辣得不停地吸气，但依旧很爽。

黎肆行吃得清淡些。

元双发现黎肆行嘴巴是有点挑的，除了会吃出事故的坚果，还有好多不爱吃的东西。她林林总总挑了二十多样食材，而他那里只有个位数，问他这个，不吃，再问那个，不喜欢。

她又说："你真的有点难养。"

黎肆行闻言，眼底带着笑，问她："你要养我？"

她长进了，这种话可以从容地回，不羞不窘："我才不要。这么挑食的小孩会把妈妈气死。"

心里想着其实也可以。

黎肆行吃完，靠在椅背上，看着她被辣得满脸通红的样子，开口道："你看起来很好养。"

元双可不敢像他那样接话："那当然了，我很听话，很少让人操心的。"

"也可以不听话。"

"嗯？"

他变戏法似的从口袋里掏出一颗薄荷糖，推到她手边："会哭的孩子有糖吃。"

第七章
- 栀 子 花 -

周五下午,元双回家之前,照例去美食广场的面馆找黄阿昏玩。

狗子一见她就热情地扑上来,元双牵着它出去撒欢,回来的时候注意到门上贴了一张转租告示,老板娘好像不打算继续开了。

明明前几天来还没有,元双关心,多问了一句是不是出什么事了。

老板娘在柜台忙碌,也没什么不愿意说的:"我家小孩在老家上学,他爷爷奶奶带着,如今老人年纪大了身体也不太好,前几天他还摔了。我出来这几年跟儿子聚少离多,也该回去了。"

"孩子爸爸呢?"

"早走了。要不然哪能我一个人来宁陵打拼。"老板娘语气里不伤感,更多的是习以为常,大概是过去很久已经看开。

元双不去揭人家的伤疤。

"小元,阿昏你还想养啊?我带不走它,走之前得把它安顿好了。"

元双想的,很想很想,可是她妈妈不会同意的,又没有别的地方给她养。

"陈姐,能给我几天时间考虑考虑吗?先不要把黄阿昏给别人,我很想养它的,只是我得先说服我妈妈。"

"这有什么,你慢慢去说,阿昏那么喜欢你,交给你我也放心。"

元双心里有了念想,回家的步子都加快了。

她在心里反复措辞,该怎么说才能让她妈妈同意。

元双还没出生时,她爸爸妈妈就养了一条狗狗,叫——,是和黄阿昏一样的拉布拉多犬。

从元双生下来那天起,它就是元双最忠实最亲密的小伙伴。元双学会叫妈妈和爸爸后，紧接着学会的就是叫——。她小时候所有的照片里，都有——的存在。

——陪着元双学走路、说话，保护元双不受别的小朋友欺负，接送元双上下学。

元双陪着它变老。

元双十岁那年，——年老自然病逝，在元双的怀里闭了眼。

那时候年纪小，接受不了这样的事情，她哭了好久，饭吃不进去，晚上没了——陪着觉也睡不好，反反复复梦到它，断断续续又发烧，半个多月才好。

后来，元双父母再也没养过任何宠物，哪怕是元双自己想养，他们也没同意，只是怕她再经历一遍这样的事情。

她现在长大了，可以为一只宠物的生命负责。即使知道宠物会提前离去，可是那段亲密陪伴的体验是无可替代的。

元双不知道这样的心声能不能说服她妈妈，但总要试试。

等地铁的时候，她抬头看电子屏幕上的时刻表，冷不丁听到一声呼唤。

"元双，你一个人？去哪儿？"

她回头一看，是她的高中同学宁征。

上回操场偶遇之后，两人就没联系过了，元双以为不会再见。礼貌地跟他打了个招呼，她说："我回家。"

偏偏她又是一个人，这种半生不熟的关系她真不想应付。

"巧了，我也要回家。"

元双干巴巴地回："是吗？"

"其实我跟你住同一个小区，以前上高中时就经常看到你，我好几次想和你一起走的，但你都和朋友约好了。"

元双嘴里还有一句"是吗"，没吐出来就觉得尴尬，她找了个无关的切入点："我朋友，你是说易枝枝？对，我们经常一起上下学。"

"她出国了是不是？不像我们，从小学到大学都在宁陵打转。"

元双小时候并非稳定在宁陵生活学习，常住过首都，国外也待过一段时间，但这些没必要和宁征提。

"嗯，她在国外。"

"你是不是一般周末都会回家？"

元双眼里升起了点防备看着他，不知道他问这话是什么意思。

"你别误会，我有时候周末也回家，只是想找个机会约着跟你一起回去。"

"不用了，我回去的时间通常不固定。"

"好吧。"宁征还有下文，"元双，跟你打听个事情。"

地铁呼啸进站，宁征随着元双上去，宁大是这个方向的第三站，人不多还有空余的座位，他坐在元双旁边，继续说他要打听的事情："你们数学院转院考试难吗？"

"你要转吗？"

宁陵大学第一和第二学期末都可以转专业，数学院是宁大的王牌，每年都有大量学生想转专业进来，但真正成功的少。

如果宁征之前的举动都是为了转院，包括加她联系方式还有操场的事以及今天，元双是很乐意帮助老同学的。

"之前有人统计过，我们院去年好像是转进来二十个人，但我不知道报名的总共有多少人。"

"你们对绩点的要求是不是特别高？"

"转专业好像都要看绩点。"

"我最近在准备考试，以后我有什么问题可以问你吗？"

"当然可以。"

宁征说干就干，直接从包里掏出一个平板来，打开一个文件，是去年数学院转专业的考试真题。

前面的部分他都做完了，只有最后一个大题空着。

元双读完题干，也没能一下子解出来："抱歉，这个好难，我再帮你问问其他同学。"

她想要是黎肆行在这里就好了，他肯定能快速解决宁征的问题。

宁征说没关系。

地铁到站，既然宁征说了两人住同一个小区，自然还是同路。

元双本想说去附近超市买个东西让他先走，只是没想到初夏时节天气多变，出站后发现突然下雨了。

雨势不小，出站口站了些人在等雨停，路上还能看到不少人骑着车子没来得及躲被雨淋湿。

元双包里常备着一把伞，而宁征抬头望天显然是没有带雨具。地铁站里一般设了便民雨伞供乘客借用，但数量少，此时肯定没了。

到底是同学又是同路，元双从包里拿出折叠伞，撑开来让宁征跟她一起走。

宁征个子比她高，伸出手示意他来打，这也合情合理，元双把伞柄递给他。

转了个路口遇到一个老婆婆在卖栀子花，竹编筐里的花被雨水打落些，清泠韵致馥郁香气，在雨后的泥土气息中杀出重围，引人驻足。

元双停下来买了最后的五把花，让老婆婆早点回家。

宁征想抢着结账来着，但老婆婆只收现金，而他没有。元双从包里拿出钞票。

宁征诚心夸她："你好细心啊。下雨时有伞，还备着现金。"

元双客气收下："有备无患。"

进了小区大门，元双问他："你住几栋？先去你家吧。"毕竟伞是她的。

"10栋，要绕一点，你家是不是在4栋？你先回去吧，不用管我。"

元双一想，4栋和10栋几乎在整个小区的对角线位置，她走过去再走回家要多花不少时间。

雨忽大忽小，这一阵已经有停的迹象了。

她说："好吧。"

宁征一愣，显然没想到她会说好，按理说不应该再坚持一下吗？

但话已经说出口了，他也不好反悔。

"元双，你的花能不能送我一把？"

元双有些犹豫："我们小区里就种了栀子花，你去问一下物业，有一些应该是可以摘的。"

实际上是她编的，她不知道能不能摘，但知道自己不想把花给他。

宁征道："可是我觉得你手里的比较好看。"

花不重要，重要的是拿花的人。

雨天共撑一把伞回家，给了宁征短暂的错觉，这场雨是天降的机会，那些花都是见证，他理应拥有一份。

元双不知道他这些思绪，在她朴素的想法里，五把花刚好可以放在家里的五个房间中。

给出去一把也没什么，她之前路上遇到邻居小朋友喜欢花的，都会大方送出去几朵。可宁征显然对这花没兴趣，路边卖栀子花的不止一个人，他刚才想要完全可以再买。

她只能用事实说话："我手里这几株都不太好，被雨打蔫了。"

宁征叹了口气，没待说什么，元双的手机先响了。

她赶紧腾出一只手去拿手机，宁征看到来电显示是"黎四"，和上次在操场上杀出来的是同一个"程咬金"。

元双看到电话也不再顾虑花要不要给他的事了，匆匆跟他说："宁征，你先回家吧，我要接个电话。"

她拿手机的手高难度地伸出两根手指钩住自己的伞，完全没把宁征放在心上地走开了。

元双两只手要拿花、伞和手机，着实费劲，她快走几步到门口的保安亭下，把伞收起来放在地上，专心接黎肆行的电话。

接通第一句，听到他说："元双，我今天淋雨了。"

像被浇透了，声音都在滴水，湿漉漉地敲在元双心上。

"在哪里淋到的？你没有带伞吗？"

"没带，你要不要来给我送伞？"

"你在哪里？我今天回家了，可能要等一会儿，你先找个地方避雨等我好不好？"

不必考虑距离远近雨势大小，他有需要她一定会去的。

手机里和小区马路对面的停车区域里同时响起两道鸣笛声："回头看。"

黑色的跑车被雨水冲刷得格外亮眼，车灯闪着提示自己的位置。

元双惊奇地问："你怎么在这里？"

"路过。"

确实是路过，黎肆行知道元双每周末都要回家，他下午外出刚好路过她家这一片，车拐进来想试一试偶遇的概率。

概率倒是让他撞到了，但没想到不是一对一的"命中注定"，叫他感受了把三个人的"孽缘"。

挂断电话，黎肆行坐在车里，隔着车窗看她走过来。

她左臂拢着一大把栀子花，浓郁的绿搭亮调的白，没什么造型讲究，

/ 099

松松散散地在她胸前打着花苞或绽放盛开。

花不像花，倒像一件很有设计感的抹胸礼裙。她今天的上衣正好是阔大的方领，颈部和锁骨下的小片肌肤裸露着，白嫩嫩的，配合这花演绎娇艳欲滴。

人是比花好看的。

元双敲驾驶座的车窗，没打算上车，他说路过，或许马上就要走。

车窗落下，黎肆行伸出手把她胸前最近的一朵花掐下来，她没拦着。

"真香。"

"你喜欢吗？我送你几朵。"

他没说喜不喜欢，让她上车。

元双没动，只挂念着他说淋雨的话。

她观察着他的头发和衣服，看起来都是干爽的样子，便疑惑道："你在车里怎么淋的雨？"

他刚才胡诌的话，接着胡诌地答："敞篷车，下雨没来得及关。"

元双很以为然，或许他淋得少，在车里很快干了。

她说："我就不喜欢敞篷车。"

她皱着眉，跟敞篷车有仇的样子。

黎肆行因为她的表情露了点笑："那你喜欢什么车？"

她一本正经："我喜欢立标的车。"

黎肆行想到还欠她一个答应好的立标没给，可不能食言。

"上车。"

元双还是没动作，黎肆行调侃道："不是立标的车你不坐？"

"你是不是还有事？我待会儿要回家的。"

"耽误不了你回家。"他长臂一伸把她臂弯里的花全部勾到自己手上，"想要花就上车。"

好吧，为了花，她这样想。

元双绕到副驾驶坐上车。

花香盈了满车，黎肆行鼻尖嗅着，又想寻点别的香。

"给你打伞的男同学送的花？"

同学前加了两个别扭的定语，元双听出了点不寻常。

"你看到我跟他一起走了是吗？下雨了他没带伞，他家也在这里。"元双很认真地把别扭抚平，"花是我自己买的，就在那边路口。"

是宁征送的他大概要不高兴，不是宁征送的他还要笑人家一番："哪有让女孩子掏钱买花的道理？他毫无风度。"

元双低头理着自己的伞，很单纯地觉得这件事和风度不挂钩："他想付钱的，但是没带现金，卖花的阿婆没有收款码。"

这句话元双是顺口说的，黎肆行听得却不顺耳。

但她下一句就把他的毛捋顺了："我和他只是同学，我买东西怎么好意思让他掏钱。"

黎肆行心里有了结论，她这个同学不值一提。

"你周末必须回家？"

"一般没事的话都要回的，我妈妈会想我。"

黎肆行把花送回她怀里："我能不能跟阿姨借你三个小时？"

元双："那你得问我妈妈。"

他把她手里的手机抽出来："密码。"

"5474。"

他输进去解开，随口问她密码什么意思。

"没……没什么意思，我左手解锁方便些。"

他点开通话记录找到她妈妈的电话就要拨过去，元双先前以为他说着玩，哪想到他动真格的。

她探身想把自己的手机抢回来，黎肆行闪避着，任她的手作乱，偏不让她得手。

他噙着笑，不太像好人的那种，颈一弯，眼神把她压住："不能打？"

黎肆行退了一步："我给你个正当理由，你打电话告诉你妈妈，你的朋友受伤了，你要去医院看他。"

黎肆行没给元双反悔的机会，把电话拨通，她完全按照他教的说。

这一回心里有底，格外顺畅，元双妈妈意外地没多问，只是让她早点回家。

挂断电话，元双好奇地问他："刚刚这些瞎话是你现编的吗？你好厉害。"

也不知是夸他还是损他。

开车出发，雨已经完全停了，黎肆行又把车顶篷打开，雨后兜风十分舒服。

行至一个红灯路口停下，想到她刚才说不喜欢敞篷车，他关心为什么。

她逃避："就是不喜欢，我只爱立标的车，不可以吗？"

"我有个表弟也不喜欢敞篷车，跟我说这车没顶，一点都不酷。他五岁。"

元双听出"五岁"的言外之意，不接招。

"你也是五岁小朋友？"

"我才不是，"她反驳，"我有正当理由，不是五岁那种。"

"那六岁？"

她认真地答："十八岁零七个月。"

黎肆行的视线在她胸前的花和她的脸上扫过，越看越觉得赏心悦目，他伸手又掐了一朵："十八岁，怎么个正当法？"

"敞篷车……"元双半天没说出来。

若说原因，还是运动会那次他和别人一起上了那辆红色敞篷超跑。

那一点不理智的不舒服，影响她的喜好到现在，元双觉得这也是自己的阴暗面。

她还得把理由编完，只好借他今天的事情来圆："敞篷车会让人淋雨，会生病感冒。"

听着也不是太正当，但黎肆行当真了："OK，我以后不开敞篷车。"

"啊？我随便说的，你喜欢敞篷车就开嘛。"

"你不是不喜欢？"

好像她的不喜欢十分重要，足够凌驾于他的喜欢之上。

而他自然而然地说出来，显得理应如此。

元双被他这句话弄得云里雾里，既不解，又飘飘然。

黎肆行的车子停到市第一医院的停车场，元双才知道他说的探病不是瞎话。

她把手上的花放下，准备解安全带下车，黎肆行却让她把花拿上："就指着这花了。"

"你来医院看朋友,什么也不带吗?"

"我这不是带了你——"他俯身过来,元双几乎屏息,轻微的"咔嗒"声随着他的话音落下,"的花吗?"

元双身侧的安全带被解开,他退回分寸之外。

她望向他刚刚摘下墨镜的眼睛里,立时确认,方才微妙的暧昧不是她的错觉。

两人下车,元双跟在黎肆行身后佯装不满地小声道:"原来你就是为了这些花。"

黎肆行又掐了一朵,在手里转来转去,说:"花不是重点,人才是。"

这一大把花被折腾来折腾去已经很不好看了,元双紧紧抱在怀里护着,保留花最后的体面。

他们看望的病人叫付城屿,是付语嫣的哥哥,就是那个在网上风头很盛的富二代。他最近心血来潮玩极限运动,玩山路滑板的时候,技术没到家防护不到位,差点废了一条腿。

黎、付两姓联姻在即,黎肆行和付城屿又是好朋友,于情于理都该来看看。

VIP病房里,付城屿的腿打着石膏,被高高吊起,看起来凄惨极了。

付城屿混惯了,受点伤出点事是家常便饭,付家人也懒得来看他。病房里有他两个狐朋狗友在,还有一个漂亮的紫头发女人,元双看她有点眼熟,想起来似乎是某个著名网红,网上曾经有过绯闻。

一屋子的人互相介绍,浅浅点个头算认识了。

黎肆行把元双怀里的花拿出来送到付城屿的床头,付城屿瞅着这蔫了吧唧的东西,本来受伤心里就不痛快,语气颇冲:"你们姓黎的马上穷疯了是不是?这么寒碜的东西也往外送,我赶明儿就叫我妹妹退婚去。"

紫头发女人瞧出不寻常来。名利场里翻来滚去,哪些是逢场作戏的莺莺燕燕,哪些是动了真格的心尖所宠,眼珠子一转就有了眉目。

方才黎肆行介绍身边的女孩,就给了个名字:元双。

没有身份,不带称谓。任人去猜,朋友?妹妹?女朋友?小情儿?

但又不必去猜,似乎和他出现在一起就是一种直接的说明。

花上不上得了台面不重要,送花的人才是该关注的点。

"付少,这话可不兴说啊。"女人上前去把花理好,"这花儿多香啊,是不是黎四公子现摘的？心意难得。"

"什么难得？"付城屿不给任何人面子，"黎四，你自己好意思吗？这破花能值一百块钱我算你有诚意。"

黎肆行还真回头问元双了："多少钱买的？"

"这还不是你自己买的？"付城屿震惊，挣扎着一条腿想下去揍人。

付城屿对这些小东西的价格没有概念，元双天真的话把他的底线击穿："这花三块钱一把，这里是五把，再买二十九把就够一百块钱了。"

黎肆行附和："明天再买二十九把补上。"

"这就是你们数学院的高才生？跑这儿跟我算一百块钱能买几把花？"

"那是，起码我们能算明白，不像有些人，头脑简单，四肢也不发达。"

病房里几个人一听都笑了，只有四肢差点断了一肢的人气得要暴走。

黎肆行来还有事要跟付城屿商量，两家联姻错综复杂，牵扯的不仅仅是感情，还有数不清的利益相关。

付城屿再是个纨绔，对妹妹的婚事还是上心的。

婚礼在首都一场，宁陵一场。宁陵的事都是他在操办，他如今受了伤，好多事都要搁置，一些要紧的得交给黎肆行去处理。

这些事元双和付城屿的狐朋狗友参与不上，紫头发女人张罗着几个人去病房的客厅里玩。

先前几个人在医院也坐不住，说是来看病人，实际上也是组了游戏局在一旁玩。

桌子上还有散乱的牌，紫头发女人问元双会不会打牌。

元双以前暑假跟爷爷在小区树下的牌局里混过，虽然没上手打过，但简单牌局的基础规则都懂。

她说："会一些。"

于是，四个人开始打牌，照顾着元双可能是新手，打的是比较简单的斗地主。

哪里料到新手不新。

黎肆行从病房里出来，看到的就是元双小财迷似的说自己又赢了。他们没赌钱，输一局的代价是买一把栀子花送到病房，元双赢了二十九把有余了。

黎肆行出来牌局就结束了，元双跟他邀功："你明天不用买花了，他们会买的。"

一人对黎肆行说："四公子好福气，小元妹妹聪明又贴心，赢这么多把都是为了你。要不再来两把？"

黎肆行问元双："还想打吗？"

元双摇摇头："好久了，你说三个小时的。"

她对跟别人打牌没什么兴致，只是这些人多少跟黎肆行相关，她不想给他丢脸。

三个小时剩不了多少了，她不想浪费在打牌上。

出了病房，元双去了趟洗手间，随身物品交给黎肆行拿着。

手机在振动，她的消息通知没关，这时正好进来微信消息，发消息的人叫宁征。

黎肆行回想第一次听到这个名字是什么时候，哦，是操场上跟元双偶遇的同学，也是今天和元双撑一把伞回家的人。

他不当君子，输了密码解开锁屏，点进聊天界面，向上滑她的聊天记录。

零零散散都是对面发起的话题，元双这边不走心地应着，话题很快就终结。

黎肆行点开对方最新发来的 PDF 文件，里面是一些难度比较高的数学分析大题。

对面又发来消息：第七题我又有了些思路，你看看对不对？

接着是一张照片，拍的是他写在草稿纸上的演算过程。

黎肆行点开，心里评价一句潦草难看。

遇到困难出手帮助，黎肆行心想这是义不容辞的事。

他原打算收敛一点打字回过去，但真不怪他，有些数学符号太难打了，于是改了语音，指点对面哪里的步骤有问题，报出最终答案让他再试试。

语气温和耐心，像最受人喜欢的那种老师，如果他不是用元双的微信给对面发这条消息的话。

黎肆行再接再厉，把自己的名片推给对方：有不会的问题可以找我。

好一个热心同学，马上可以成立一对一帮扶学习小组。

太热心了，对面被吓跑，再没回消息过来。

真不成气候。

黎肆行把这个名字在心里画掉。

左右已经看她手机了，他不避讳地在元双的通讯录里找到自己。

备注已经改了，不是No.4，换成了中规中矩的黎四。

心里的感受说不上来，他也不是矫情地要唯一专属称呼的人，但如果真有，好像感觉也不错。

只是No.4实在不合他的心意。

元双整理好出来，黎肆行主动交代："刚才你同学问你问题，我看到就帮你答了。"

他把她的手机递回去，解锁后还是和宁征的聊天界面。

元双有些惊讶，点进语音消息听，一派正经讨论难题的语气，丝毫不出格。可也因为这一点，显得有些不正常——他干吗替她做好人好事？

"你怎么这么……"她一时找不到一个合适的形容词，"这么乐于助人啊？"

他安心接受表扬："不行吗？他的问题你未必能解决，以后再有，还来找我。"

"我真的想找你来着，他在地铁上问过我这题，但我没解出来，当时就想找你问问的。"

"地铁？你们约着一起回家的？"黎肆行语气沉了下来，他以为他们是在家门外哪里遇到的，竟然从地铁就开始同路了吗？

元双察觉到他情绪的变化，乖乖地答："我跟他在地铁站碰巧遇到的，没有约着一起。"

"坐地铁回家挤吗？"

元双不明所以，说："不挤，到市区前都有空位的。"

他似乎不满意这个答案。

元双察觉出一丝可能来，聪明地顺着他的意思答："有点挤，坐地铁回家好累哦。"

黎肆行将"乐于助人"的精神发挥到极致："那好，以后每周我送你回家。"

医院大厅里人来人往，元双因黎肆行这句话鼓足了勇气，主动攀上他的胳膊:"黎四,你是认真的吗?"

黎肆行反问她:"我什么时候不认真了?"

黎肆行抬起没被束缚的那只手,握拳掩唇,轻咳了声。

"那你还送我回家吗?"元双的脑回路又搭回去,要听到他板上钉钉的答案。

"送,"黎肆行也认真回,"但不是现在。"

和黎肆行在一起,元双不曾察觉时间流逝,多一分一秒都想待在他身边。

吃了晚饭,黎肆行送她回家的时候已经九点半了。

回家之路伴随着她情绪的悄然转变,像一时贪玩不计后果的小孩,疯过了点才想起来答应过几点回家的,而更令人不安的是,期间没有收到一次催促,反常的平静似乎在预示一场暴风雨。

元双把惴惴不安的情绪都隐下,跟黎肆行道别。

她解开安全带,下车前想起还有话跟他说:"你能不能祝我好运?我有一件事想让我妈妈答应。"

"什么事?"

"我想等成功了再告诉你。"

黎肆行大拇指在她额头上盖了个印,像某种神秘而有效的仪式:"祝你好运。"

元双进了家门,看到她妈妈盖着薄毯躺在沙发上,电视还开着,似乎睡着了。

她轻手轻脚地走过去,把电视关掉。茶几上散落着几瓶药,她妈妈有偏头痛的毛病,不过好长一段时间没犯过了,今天不知为什么又吃药了。

这比一场未知的暴风雨更让元双难受,她心里泛起一点酸酸的愧疚感,如果她今天陪着妈妈,妈妈会不会好受一点。

她把毯子给妈妈盖严实,妈妈没睡熟,察觉到动静就醒了。

"回来了双双。"

"妈,你今天头疼了吗?"

元双妈妈坐起来,脸色有些苍白:"没事,吃了药已经好了。"

元双又去倒了杯热水过来,接着抬手轻轻按着妈妈的太阳穴,这一招对她妈妈的头疼很有效。

"是不是风哥给你打电话了?"

"他去找你了？"

"嗯，他下午来学校找我的。妈，你放心，我不会去的。"

"双双，"妈妈拉着她按太阳穴的手让她坐下，像小时候那样将她抱在怀里，"这两天有时间，去看看你爷爷奶奶吧。"

"妈……"

"他们年纪大了，见一面少一面，妈妈没想让你恨他们。"

这不是元双爷爷奶奶第一次找她了，每回都是一个内容：想见见元双。

今天下午更是让元双的堂哥元风陪着来家里。

恰好元双说有事晚点回来，她才松了一口气。

元双妈妈确实不是铁石心肠，在一切难堪的真相被撕开以前，二老拿她当亲女儿一样对待。

爱情和亲情不同，相爱之人可以一夜之间反目，时隔多年再见依然恨上心头，而润物无声的亲情会留下细密绵长的影响，再见激起的也是温情。

她起初态度强硬，让元风带着他们离开。

可是两三年没见，他们的老态让元双妈妈心软了。二老说了很多掏心窝子的话，他们走后，她想了很久，想到头疼发作。

说到底，那些错是元业立犯的，二老就算有意无意瞒过她，但对他们的孙女元双总不是抱着故意伤害的心理。

她作为一个妈妈的朴素心理，多一个人疼爱自己的孩子总不会有坏处。

元双妈妈是独生女，她这边亲缘关系福分浅，没什么走得特别近的亲戚。将来万一自己有个三长两短，总希望自己的女儿在浮世中有点亲缘依靠。

元双没想到她妈妈会说这样的话，从妈妈怀里坐起来，她说："妈，我不想去。"

"我知道我女儿是心疼我。"元双妈妈又把她搂得紧紧的，"你爷爷奶奶在你大伯家住，你打电话给你哥，他会安排好，你不用担心见到你爸。"

"妈妈。"

不知道怎么说时，叫妈妈是万能答案。

"明天去，回来路过中临街，给妈妈带于记的糕点好不好？妈妈好久没吃到了。"

元双听着她妈妈的心跳，能感受到妈妈话语中的认真程度，她这辈子最不想让妈妈不高兴，妈妈想让她做什么元双都会答应的。

"好。"好一会儿，元双在妈妈怀里点头。

母女俩谈了会儿心，元双趁机提起想养黄阿昏的事情。

今天的氛围温馨感性，她打感情牌："妈，黄阿昏也是拉布拉多，它和——长得很像，说不定就是——投胎转世来的。"

她妈妈没有太大反应，元双把自己手机里的照片给妈妈看："就是我平时当作头像的狗狗，真的很像。周中我不在家它也可以陪你。"

元双妈妈不为所动："双双，你也说了，你平时就周末回家，是妈妈养它还是你养它？"

"妈妈帮我养它。"元双气弱。

"双双，你现在不适合养宠物，等你自己出去住了，想养什么养什么，妈妈绝不拦着。"

"可是那个时候，就没有第二个黄阿昏了。"

"这是妈妈不想让你养的第二个原因，宠物肯定比我们寿命短，你付出太多到时候又受不了。"

"妈，我已经长大了，我能够对它负责，也能对自己负责的。"

妈妈看自己的女儿永远是小孩子，这句话显然没什么说服力。元双争不出什么结果，她妈妈打定主意，她撼动不了。

第 八 章
— 女 朋 友 —

元双被妈妈的话打击,垂头丧气地回到房间,看到黎肆行发来的消息才抵消掉一点难受。

他问她好运有没有发挥作用。

她回"没有",加了个哭哭的表情包,那小人儿张大嘴巴放肆掉眼泪,代替元双哭了一场。

黎肆行直接打了电话过来,元双第一次在家里接他的电话,生怕被妈妈听到。她戴上耳机蒙着被子压低说话的声音,像做贼一样。

电话那端的声音清朗松弛,问她:"怎么回事?"

"面馆的陈姐要回老家了,黄阿昏她没法带走,我想领养,可是我妈妈不同意我养。"

"元双,黄阿昏是怎么来的你还记得吗?我送出去的,我收回来养。"夜色浓重,黎肆行站在卧室的落地窗前,看向楼下的草坪,"你每天来给我遛狗。"

第二天天气很好,元双被堂哥接去看爷爷奶奶,一切顺顺利利,她在大伯家吃了午饭,陪着爷爷奶奶去公园遛弯。

只要不涉及她爸爸现在的家,一切都是和美圆满,其乐融融。

下午她就想回家了,答应了妈妈要去中临街买糕点,那边一般下午五点钟就关门了。

奶奶拉着她,一个劲儿地让她再多留一会儿,等晚上吃过晚饭,让元风送她回去。

元双不忍拂老人的好意,但更不想伤妈妈的心。

她承诺以后会经常来，坚持之下终于离开了。

元风送她经过中临街时，于记糕点铺排起了长队，她站在队尾数着人头，让元风先回去。

"风哥，排队要等好久，你先回家吧，我一会儿正好散散步。"

元风确实还有事，这里离元双住的地方不远，他就先回去了。

附近有一个培训机构，到了下课的点，走出来许多中学生模样的少男少女。

大概血缘关系真的有点奇妙能力，元双无意间张望的一眼定在了一个背着吉他的男孩身上，然后凭借一年多以前的一面之缘确认了他的身份——她爸爸的另一个孩子。

一年前还在变声期的人，个子抽条蹿到一米八多，跟父亲长得很像，和元双在老照片里见过的父亲少年时期的模样如出一辙，仿佛时空交错同一个人又重活了一遭。

可是气质截然不同。

黑白照片里静态的人意气风发斗志昂扬，欲与天公试比高。

彩色现实里动态的人眉目低沉，瘦骨伶仃，厌世感扑灭整个人的生气。

元双对他仅有的了解是知道他的姓名和年龄，元景，比她小三岁。

这意味着她三岁以后的幸福人生都构建在父亲的谎言之上。

他看起来过得不好，不知是青少年"中二"病发作非要展示一把遗世独立，还是真的消极到与全世界为敌。

元双收回目光，她不至于产生同情，但也不会因此感到特别高兴。

排队的人一寸一寸地前进，元双正好排到一棵树下觅得些阴凉。

树旁停车区域里停着些自行车，元景走过来，对电话里不耐烦地说了句"我不回去"就挂断了。

他开了自己的车锁，推下台阶的时候被两个人拦住了。

那两个人没元景高，但身上的肉看起来结实极了，其中一个染了一头五彩斑斓的头发，另一个当胸纹的虎头从领口钻出来，极力证明自己凶神恶煞绝不好惹。

彩头发大汉和虎头大汉一边一个制住元景的胳膊："我们大哥有话跟你说。"

"放开我!"

元景挣扎的动作令左肩上的吉他包脱落,彩头发大汉手疾眼快地抢过去说:"别动,你也不想你的宝贝吉他出什么问题吧。"

元景不为武力所威慑,但显然是很在乎这把吉他的。

"哥们儿,别紧张,我们都是文明人,找你说几句话而已。"

彩头发大汉拿着吉他招引元景,虎头大汉表面哥俩好地勾着元景的肩,实则暗暗施力。元景的车子被随意弃在路边,三个人消失在拐角处。

周围的人群不会在意这样的插曲,元双心中有波动,但明白事不关己,她要做的就是好好排队把妈妈要吃的糕点买回家。

日头西斜,元双前面还有十来个人时,于记的一个店员出来告知顾客今日售罄,后面还在排着的人多有不满,骂骂咧咧几乎要吵起来。

元双离开队伍,早知他家难排,应该再早一点来的。

附近还有一家于记,元双心里盘算或许还能买到,扫了辆单车抄近路骑过去。

路过一条平静的小巷子时听到一些不平静的声响。

拳脚交加的打斗声,困兽犹斗的嘶吼声,得意扬扬的嘲笑声,要素齐全的霸凌场面。

元双骑过又折回,看到巷子口歪着的是元景深蓝色的吉他包,包被打开,吉他潦草地躺在地上,看不出损伤几何。

事情发展到这个态势,她已经做不到袖手旁观了。

她心中有理智,知道自己没有跟这些人硬碰硬的条件,于是打电话报了警。

小巷里没有监控,元双悄悄把手机贴着墙伸出去,录下视频。

这会儿他们似乎打累了,七嘴八舌说一些侮辱人的混账话。

元景这时候挣扎着要起来,被看起来是老大的人掐着脖子一巴掌扇了回去。

"住手!"元双出声制止。这一刻无关其他,换成任何一个人她都不能眼睁睁看着他被继续殴打。

她手上还推着单车,必要时明哲保身足够,只要拖延到警察来就好了。

元双紧紧攥着车把手,她随时都能跑,可心里依旧害怕。她从来没遇到过这种情况,万一自己一时莽撞出现什么不可挽回的后果怎么办?

那群人的注意力都在巷口的元双这儿，元景突然飞扑到头头身上，发了狠地掐住他的脖子，一群小弟上前七手八脚把人拽开。再一次群殴之前，警察出现在巷口围住，厉喝："都不许动！"

死胡同就一条道，那些人想跑都没地方跑，连同被打得一身伤的元景，统统被带回派出所。

这群大小混混都是未成年人，出入看守所和少管所是家常便饭。

警察挨个打电话通知家长，到了元景这儿，被他拒绝。

他嘴角挂着伤，固执地说不用家长来，他自己能处理。

警察："你才多大？这种情况必须让家里人知道！"

元景指着元双："你们找她吧，我跟她是一个爸生的。"

警察转头问元双："你是他家里人吗？"

"不是，我会把情况转告给他家里的。"元双坦然答，到这里她已经仁至义尽了。她有自己的打算，现在通知他父母，难保不会跟他们碰到，她哪个都不想看到。

她手机里录的一小段视频能证明元景是单方面被殴打，做完笔录警方就放他回去验伤治疗了。

元双和元景全程没有对话，看起来就是正义路人拯救无辜少年的故事。

两人出了派出所大门就各自扫了辆单车，元双也不在意他有没有说句谢谢，毕竟她看到的时候他已经挨完大部分的打了。他们当从没见过最好。

元双扫到一辆故障车，元景先离开了。附近也没有别的单车，元双用手机打了个车在路边等着。

没想到，元景又绕回来了。

他肩上还背着那把吉他，被那群人砸坏了，能不能修好是未知数。

伤痕少年陪她站了一会儿，终于开口，展现出一些良心来："于记，他家中午的时候人最少，我明天还来上课，你想要的话，我帮你买。"

元双不知他有几分真心："你这样了还要上课？"

"又没断胳膊断腿的，死不了。"

"这件事我会让风哥转告你家里的。"

"你不用，他们才不会在意。"

元双听出一些蹊跷，但一点也不关心。

第二天早上，元双特意早起去了另一家于记排队买糕点，中临街她不会再去。

排队等得无聊的时候，黎肆行的电话给她送来了好心情。

他好心好意说要给她当司机，管送也管接，一条龙服务，问她下午什么时候回来。

元双却拒绝了。

黎肆行好一阵没说话，元双从这段沉默里感受到不妙，又赶紧找补："你一来一回要耽误好久的时间，不用来接我的。"

沉默，沉默是眼前的长队，沉默是电话那头的喜怒难测。

元双继续说："我给你带吃的好不好？于记的糕点，你喜不喜欢？"

黎肆行这才说好，又问她："你妈妈开的什么车？"

元双报了车型和颜色："你问这个干什么？"

"回来的时候告诉我，我在校门口等你。"

"要……干什么？"

疑问的语气掩饰不了喜上心头，被他等待这件事已经足够美好，他还有更好的事："陪你去找老板娘谈谈养黄阿昏的事。"

周日，元双一直等到在家吃完晚饭才回学校。

妈妈开车送她回去的路上意外被追尾，停下来处理耽误了好些时间。

元双手机里，黎肆行一个小时前发的消息问她到哪儿了，她说在路上，半个小时以后还是这个结果。

车终于在学校东门停下，元双在车上就看到路边停着的黎肆行的车，是她喜欢的那辆立标。

妈妈嘱咐她给室友带的东西要及时吃之类的小事。

元双耳朵听着，不时地点头，眼睛却在后视镜里瞄黎肆行的车。

静默的车突然有了动静，驾驶座的门突然被打开，下来身高腿长的他，倚着车门低头看手机，好像在发消息。

元双的手机同步振动，她悄悄瞥了一眼，屏幕上最新一条显示：要不我过去跟阿姨打个招呼？

元双手心冒汗，论吓人的本事他也是一等一的大。

元双终于下车，她目送车子开出第一个红绿灯，确认她妈妈绝对看不到她，才小跑着去找黎肆行。

黎肆行靠着自己的车，就这么看着她那些小动作，心中纳闷：是他见不得人？

元双走到他跟前，眼睛在他五官上转，想精准评估他此时的情绪。

他眉目凛着，抿着的唇线无波无澜，大概等久了，绝不是心情好的模样。

元双把手里拎的糕点献宝似的呈给他看："我给你带的吃的，你先挑，剩下的我再给我室友。"

他眼睛眯成危险的一条缝，脖颈弯下贴近她的脸："还有别人的份？"

"这里有好多，吃不完……"她傻傻地摆事实讲道理，待他淡漠地收回靠近的身体部位才陡然开了窍，"没有别人的，全是给你的。"

这一窍开得过于顺利，她进一步无师自通地取出一块小巧的绿豆糕，打开包装纸递到他嘴边，眼睛弯出让人无法拒绝的弧度："很好吃，你要不要尝尝？"

黎肆行满意了，就着她的手咬了一口，说："还不错。"

他把她手上的大袋东西接过来放到车里，让她上车。

元双打开车门，看到副驾驶座上的一束花。

很干净的浅蓝色，看着就有涤清浊气的本事，叫人一眼被俘获。

花束直径很大，占满了整个座位的空间，一眼根本数不清有多少朵，但排列规整有序，你挨我挤，随便挑哪一朵都精致漂亮，跟她三块钱一把的栀子花显然不是一个档次。

黎肆行道："欠你的花。"

"好漂亮，你买了好多呀。"元双抱着这一大捧花，眉眼弯弯，发出朴素的感叹。

"利息。"

这样的由头稀释了男女之间送花的暧昧意义，元双收花的负担变小。

黎肆行开车绕了一下就到了校外面馆，老板娘忙着关店的事，营业时间缩短了，他们到的时候已经准备打烊了。

黎肆行提前和老板娘沟通过，已经知道了大致情况。

老板娘不舍，一直摸着黄阿昏的脑袋。黄阿昏似乎也知道要发生什么，

/ 115

比平时格外乖顺地窝在主人身边。

"陈姐，你想黄阿昏了随时找我。"

陈姐点头说好，不忍再看，她收拾了一大包黄阿昏平常要用的东西交给他们，元双和黎肆行牵着狗去新家。

开车回到别墅，不过也就几分钟。

元双坐在副驾驶座，视线不经意地从黎肆行脸上滑过，想起老板娘后来悄悄问她的一个问题："小元，你把阿昏养在小黎家，你们俩是在一起了吗？"

她当时摇头，界定不清这个问题，现在依然如此。

车停下来，两人都没下车。

黎肆行忽然看过来："元双。"

"……嗯？"

被他的嗓音带动，气氛莫名地不对劲。

他直白地道："刚才老板娘跟我说，要对黄阿昏好，更要对你好。你说这是什么意思啊？"

元双睁圆了眼睛，不确定的"嗯"变成惊讶的"啊"。

她两只手抓着安全带，找一点莫名其妙的力量支撑，唇齿几经动作，却只会重复他的问话："老板娘……老板娘什么意思啊？"

"你不知道吗？"

"我有点知道，"她在昏暗的车内对上他的视线，"但不太敢确定。"

"哪里不确定？"

"你在我不开心的时候带我出去玩，你提出接送我回家，你带我去医院看你的朋友，还有今晚的花，虽然是你欠我的，你还帮我解决黄阿昏的事。"元双一件件数着这些事，每说一件勇气就增加一分，可表露心迹终有怯懦，"但是你从来没说，我是你的朋友还是……什么。"

黎肆行直白地补充完整她的话："还是女朋友？"

安静的车内，元双被自己的心跳惊到，她无法控制，紧张到不由自主地吞咽，两只手死死地抱住怀里的花。

他笑了一下："别这样，元双，我也挺紧张的。"

黎肆行的话跟他的笑容一样坦荡，他解开安全带，凑近一点，又问："元双同学，可以是吗？"

元双望进他的眼睛里："你……你能再说一遍吗？"

她怕是自己幻听，更怕理解错他的意思。

黎肆行从她怀里抽出一朵花，把剩下的花束放到后座。

算是一种见证，他举着花，再开口，郑重又正式："做我女朋友吗，元双？"

元双自然而然地伸手接他的花，仍然不敢相信，两只眼睛眨了又眨，一会儿看他，一会儿看花："真的吗？"

黎肆行想笑，怎么会问真的假的？他难道是会拿这种事开玩笑的人？

"你愿意就是真的，不愿意的话，就当是我的一场梦。"

"不是梦，黎肆行。"元双比他更加郑重，一只手拿花，一只手主动去牵他，"我十分愿意！"

进了别墅，元双和黎肆行把黄昏安顿好。

一楼的下沉式客厅里，黎肆行已经提前准备好黄昏的窝，就在壁炉旁边。元双蹲下来摸它的头，它越安静懂事就越让人心疼。

窗外夜色愈深，时间过去多久，她都不在乎，黎肆行抬腕看表，快十点半了。

宁大没有查寝和锁门的规定，晚上爱去哪儿去哪儿，什么时候回来都不会有人盘问。

黎肆行没打扰她跟狗子相亲相爱。

元双陪了黄昏好久，怕它换了环境不适应，直到它趴在窝里睡着了才起身。

时间不知过去多久，手机振动，卫冉发来消息，问她怎么还不回宿舍。

元双瞥了眼时间，夜已深，再待下去也不像话。

她回复：马上回，我还在外面。

卫冉机智地察觉到细节：外面是哪儿？快，从实招来。

元双指尖犹豫，却又实在想跟人分享此刻的心情，回道：……在黎肆行家里。

卫冉震惊得发来满屏问号，当即打了个语音电话过来。

元双刚接起，对面的声音在客厅偌大的空间里回响："请问你们两位现在是什么关系？"

黎肆行换了身衣服准备送元双回学校，刚从楼上下来，便听到了这句惊疑带着八卦意味的话。

　　他站在楼梯口望向元双，挺好奇她会怎么答。

　　四目相接，她满心的愉悦从眉眼间溢出来。

　　元双像是得到鼓励般不再害羞，大方地将他们的关系告诉第三人："就……男女朋友喽。"

　　第二天一大早，两人约好宿舍楼下见，黎肆行骑车带着元双回别墅遛狗，遛完狗还管她的早饭。

　　路过校门外一家花店时，他捏着刹车停下。

　　元双问："你要买花吗？"

　　时间尚早，花店还没开门。

　　黎肆行说是，还说："老板娘在里面。"

　　两人敲门进去。

　　店里新进的花都还没摆好，老板娘刚刚在整理，黎肆行问元双有没有特别喜欢的。

　　"给我买吗？昨天的花还在呢。"

　　"昨天是昨天，今天是今天。"

　　元双也不扭捏："那就白色郁金香吧。"

　　两人一起挑了几朵水灵灵的，老板娘帮忙包装，不忘夸她眼光好。

　　抱着花束出了花店，元双脸上的甜蜜完全藏不住，夸黎肆行的声音也甜得要命："你怎么这么好呀。"

　　她坐上后座，腾出一只手搂着他的腰。

　　黎肆行决定以后每天都给她送花。

　　元景没回家也没去上学的第三天，父亲和警察的电话先后打到了元双这儿。

　　彼时，元双正在黎肆行家里。

　　傅云北准备了一个周末追人计划，需要元双帮忙，几个人都来黎肆行这儿商量。

　　元双正好以此为正当的理由推辞掉周末她父亲婚礼的事情。

接到电话，她以为又是游说，却没想到开口第一句话是与婚礼完全无关的急躁询问："双双，你知不知道小景在哪儿？他这几天都没回家，也没去学校。"

元双慢三拍地反应过来"小景"是谁，冷漠地道："我不认识他，更不知道他在哪儿，你找错人了。"

电话那头又传来一道焦急的女声："双双，我是黄阿姨，阿姨求求你了，你告诉阿姨好不好？你是小景的姐姐，他被人打了你还帮他，这些阿姨和你爸爸都知道了，阿姨很感谢你。你告诉我他在哪里，阿姨保证绝对不再麻烦你。"

元双握着手机的左手异常地用力，听到"姐姐"这个词她真的觉得恶心。

黎肆行在客厅里，往外面草坪瞥了一眼发现她不对劲，直接出去走到她身边，覆上她的手让她放松。

她的手机被黎肆行拿在手上，开了免提后，那端语无伦次的固执的声音还在输出。

他直接挂断了。

她靠在黎肆行的肩上，电话再次响起，黎肆行帮她接通，是派出所打来的。

警察公事公办地说清为什么找元双。

元景周六后就不见了人影，而现有线索中最后一个见到他的人正是她，所以请她去派出所配合询问一下。

黎肆行开车带元双去了派出所，路上听她讲了事情的始末。

她讲得简单，偶遇元景被混混殴打，她报了警，去派出所做完笔录就分道扬镳。

进了警务大厅，事件相关的人都在，连元风也来了，元双只跟他打了个招呼。

校方、警方、家长，外加没什么直接关系的元双和元风，几方沟通后弄清楚了现状。

周六的那场暴力事件后，元景就不见了踪影。

他两头骗，跟学校说是去住院了，发给班主任的照片显示脸上有明晃晃的伤。他不是个好学生，三天两头打架受伤，他不来老师能省心好几天；

/ 119

另一头，他跟他妈妈说自己跟着乐队去外地演出几天——父亲不同意他玩音乐，他妈妈还帮着瞒下。

直到今天老师打电话询问元景的伤情，大家才发现他撒了好大一个谎。

元景明显是有预谋地离家出走，而这么拙劣的谎言竟然今天才被识破，全赖当父母的不关心不作为。

元双明白元景当时说的"他们才不会在意"是真的。

可她又不明白，她父亲现在这样的态度，当年费尽心思瞒天过海是为了什么。

人确实是找不到了，警方能用的技术手段都用上了。

元景的妈妈黄心慧快要崩溃，又不知从哪里生出来一股很疯的邪劲儿，朝元双走来："阿姨求求你了，你告诉阿姨他在哪里好不好？小景才十六岁，他什么也没做错，你有事冲我来，只要他平安回来，你想怎么样我都答应你。"

话里话外的意思，都是她让元景离家出走的，或者说得更难听点，人就是被她绑走的。

嚯，她好大的本事，让仅仅见过两次面的人乖乖听她的话。

元业立都听不下去这话，上前拉住黄心慧："双双跟这件事无关。"

黄心慧被这句话刺激到："你一直向着你女儿，儿子这些年怎么过的你知道吗？你什么时候关心过他？他被人打成那个样子你不管，现在他不见了，你还要给你女儿说话！"

"要不是你帮他瞒着我，怎么会发生这样的事！"元业立怒气也上来了，"他天天学好吗！要不是你纵容他，他怎么会变成今天这个样子！"

两个人眼看着要吵起来，警察出面说话，暂时安抚下来，最重要的事情还是把人找到。

元景转学来宁陵不过三年，没什么特别要好的朋友，几个平常走得近的同学都问过了，全部说这几天没见过也没联系过。

他离家出走前最后一个见的人确实是元双。

元双不想跟元景父母二人产生任何交流，单独跟警方说了那天的情况。她不了解元景，谈不上他的表现哪里异常，回忆里都是平常的片段。

她说清楚后，就准备和黎肆行离开了。

刚出了门，元风就喊住她："双双，不给哥哥介绍一下？"

刚才的场合不适合寒暄问候，元双也没必要介绍黎肆行给任何人认识。

但他们的关系不难猜测。

元双完全不掩饰对黎肆行的依赖，他一直陪在元双身边，很护着她的姿态。他话不多，可气度非凡是一眼就能看出来的。

元双露出一个笑："风哥，这是我男朋友，叫黎肆行。"她的手还被黎肆行牵着，她捏捏他的掌心，"黎四，这是我堂哥，元风。"

元风和黎肆行互相点头致意算认识了。

元风多打听了一句："你们怎么认识的？"

元双答："一个学院的。"

元风稍稍放心，校园恋爱相对单纯，大多数下场是无疾而终，也许等不到他们面对某道鸿沟时就熄灭恋爱的火花了。

接下来话题只在元景身上，元风说："双双，元景这几年过得也不怎么样，你可能不信，爷爷奶奶不喜欢他们母子，二叔也说过，元景一点都比不上你。"

元业立确实是个不忠诚的男人，但那些年做元双的父亲是合格甚至是出色的，他对元双的疼爱也不是假的。

元景是谎言和欺骗的产物，从小也没养在父亲身边，父子亲情薄弱得很。

时间越久对比越明显，元景哪里都不顺他的心，而元双是他一手培养出来的好女儿。

元双听到元风的话，露出一个勉强的笑来："风哥，这些跟我没关系。"

"哥哥知道，但你们好歹是……"元风叹了口气，"算了，元景闹这一出，二叔周末的婚礼能不能办成还不一定。"

元风话音落下，身后元业立和黄心慧也出来了。

黄心慧显然听到他的话了，眉目深深地横着："你们是一家人，我走！儿子我自己去找！"

她一个人踏着凌乱的步子把台阶上的众人甩在身后，背影是强撑出来的不服输，自己开车走了。

元业立对元双说："双双，爸爸知道这事不怪你，小景他胡闹惯了，你帮了他说明还顾念骨肉亲情，爸爸很高兴。我一直告诉他，要向你学习，爸爸也希望你们能多培养培养感情。"

/ 121

元双无法对这样看似体贴和夸奖的话生出任何感动。

这一刻，她确实对元景产生了同情。

他们父亲的爱变幻无常，在你不需要时泛滥地给予，却又在你需要时吝啬地收回。

她从没想过有一天会帮元景说话："爸，元景离家出走，只有他自己的原因吗？"

"你什么意思，难道还怪我吗？"

"双双，你们先走吧。"元风及时打断，"元景我们会接着找，你如果想到什么线索直接跟我说。"

元双和黎肆行准备离开，元业立突然叫住了黎肆行："小黎公子。"

黎肆行回头，手还牵着元双的，对他认识自己并不惊讶，等他的下文。

"你和我女儿……"

元双听他郑重地说："交往中。"

"好。"元业立的笑里有欣慰也有惶恐，"代我问黎老好。"

黎肆行应下。

上了车，元双问黎肆行："你跟我爸爸认识？"

"他认识我吧。"黎肆行道，"你爸爸以前是不是做翻译的？"

元双说是。

"他应该当过我爷爷的翻译。"

黎肆行对元业立并没有深刻的印象。元姓少见，仅凭猜测，和他爷爷有渊源的，只有那位做过多年的翻译。

而他爷爷，平日对他管教严厉，对外其实最爱显摆他这个孙子，身边的人无人不知。元业立认识他不足为奇。

只是没想到，元双是他的女儿。

元双心里对此没什么波动。高中时就有各种小道消息传出，她大概知道黎肆行家里是什么背景。她从没想太多，黎肆行这个人在她身边已经是她梦里最远的地方了。

回去的路上，元双的情绪明显不高。她歪在车座上，眼皮耷拉着，双目失神。

黎肆行拐了个弯，没回学校，带她去了附近一家餐厅先吃晚饭。

现在的气温已经不需要穿外套,各种消费场所都已经送上了冷气。

但元双怕冷得很,这是通过近几天的相处黎肆行看出来的。早上来给他遛狗,她穿着外套说冷,遛完,狗狗热了,他也热了,摸她的手却是冰凉的,她还要娇滴滴地补充:"我的脚也是凉的。"

黎肆行送她一个新外号:小冰人儿。

他车里一般备着一件外套,下车时取了出来,给元双披上。

元双嘴上说着:"别人看见会不会觉得我很奇怪?"实际上把自己裹得紧紧的。

这家中餐厅的菜色评价极高,元双却食不知味。

她很快就放下筷子,黎肆行轻易把她看透:"你不放心元景的事情,万一他不是离家出走而是被那帮混混威胁报复。"

元双说:"你真厉害。"

黎肆行:"小冰人儿倒长了颗热心。"

元双一只手在黎肆行的衣服上寻那个"肆"字,这一次在衣襟里侧。她摩挲着绣线的走向。

如果她什么都不知道可能不会放在心上,但现在她好像真的知道了点什么。

她整个人缩在黎肆行的衣服里,抬头看他:"有一个人可能知道元景在哪儿。"

元景的吉他背包上也绣了几个字母,元双现在回忆起来还有印象:LSC&YJ。

非任何品牌名,手工的绣迹笨拙而独特,明显是两个人名,后面一个毫无疑问是元景,前面那个人会不会和他这次的失踪有关系呢?

他那么宝贝自己的吉他,应该不会让无关紧要的人名出现在包上。

元双记得当时混混说过一些话,有关于一个被元景的音乐才华迷住的女生。

她不知道这是他们殴打元景的真正理由,还是借题发挥,甚至胡编乱造,但顺着查一查总比像无头苍蝇乱撞要好。

元双跟黎肆行讲了这些可能的线索:"在派出所警察说问过那些混混,他们都说没再见过元景,可是如果他们撒谎呢?"

/ 123

"你想怎么办？知道那伙人的头目叫什么吗？有什么特征？"

元双想了想，当时做笔录有点印象："叫何林，剃的寸头，右臂花臂。"

黎肆行宽她的心："我帮你查。"

他打了个电话给付城屿。

电话接通，他叫了声屿哥，那头付城屿直呼稀奇。

"黎四？你被人绑了？"

黎肆行直说："有事儿找你帮忙。"

他大致说了下原委。

付城屿这时脑子灵得很，敏锐地捕捉到一个少见的姓："元景？哪个元，栀子花那个元？"

不待人回答，他自己在那边废话："我就说你怎么突然转了性，到头来还是为了女人。"

黎肆行叮嘱他抓紧，直接挂了电话。

付城屿很快就有了回复，附上LSC的照片、真名、地址和联系方式，最后是一段"男女关系"的八卦小故事。

元双把这些消息发给元风，让他告诉元景父母去找找看。

二十分钟后，元双再次接到元风的电话，元景父母在去找元景的路上还在争吵，出了车祸进了医院。

元双一顿，手上细微地颤抖："严重吗？"

"刚进手术室。"元风的声音很沉重，"双双，我这里分不开身，你知道元景在哪儿，能不能去把他找回来。"

元双没法不答应。

LSC住的这片地方老旧得不像在宁陵市区，二十世纪建的两层土楼，路两旁歪七扭八地支着晾衣杆子，凌乱地挂着些黑色或红色的块儿。

元双和黎肆行还没进去就看见LSC从路边的一家面馆出来，手上拎着两份打包的食物。

二楼的某间房门打开，一个脸上挂彩的男生趴在走廊生锈的栏杆上，朝楼下的厉姝辰喊："小姝，帮我带包烟。"

厉姝辰嗔他不早说，还是拐去了旁边一家小卖部。

楼上的人正是元景。

下一秒，元双和元景的视线对上。

元景眼中是明显的震惊，他掩耳盗铃地蹲下来借走廊的半截围墙挡住自己。

黎肆行问："是他吗？"

元双盯着楼上仅露出来的黑色脑袋，说："是他。"

元景实在没浑到那个份儿上，元双都找到这里来了，他不可能再躲下去。

"你赶紧回家吧，在这里躲着能躲一辈子吗？"

"回去干什么，他们巴不得我死了。"脸上带伤说这句话，他就是个委屈得说气话的小孩。

元双不关心他为什么离家出走，那是他父母该操心的事儿。

"你再不回去，他们可能要先死了。"

这话恶毒但有效，元景果然急了："你什么意思？"

元双带元景去了医院，他们一家三口在医院团聚。

元双听元风讲她爸爸没有生命危险，就直接离开了。

回去时，元双比没找到元景之前情绪还要低落。

她在车里依然裹着黎肆行的外套，整个人缩成一团。

这一方空间是她最有安全感的环境，她的眼睛装着黎肆行，生出点泪意又忍回去。

她嘴唇动了动，声音闷闷的："对不起。"

他晚上有课的，陪她管这些乱七八糟的事耽误了。

说对不起也不完全是歉意，有点恃宠而骄的意思，她知道一定会得到他的没关系。

她现在很需要一些偏心的对待。

车子继续开，元双看着外面的路越来越熟悉，不是学校，是她家门口。

黎肆行找了个路边的车位停下，说："有人估计想家了。"

从她对他父亲再婚家庭的态度大概能猜到她经历过什么，好聚好散不会是如今的状态。她每周都要回家陪妈妈，说明彼此之间在意极了，其程度或许可以用过分来形容。

她今天却帮她父亲找他离家出走的孩子。

知道那算不上错事，可总会觉得对妈妈愧疚。

愧疚是最消耗自我的负面情绪，而且很难自我开解。

/ 125

元双看着黎肆行，嘴唇撇撇，也不需要再忍着泪意了。

他抬手摸摸她的头，十足安抚的态度。

"哭什么？"

元双毫无保留，声音里全是涌动的情愫："觉得你太好了。"

"等你觉得我不好的时候再哭。"

她极力摇头："你没有不好的时候。"

黎肆行用指腹把她的眼泪拭掉："妆花了。"

"我今天没化妆。"

"真的吗？一直这么漂亮吗？要好好看看。"

话题一岔，她就不哭了。

元双坐在车里朝大门口望着，过了几分钟，她妈妈刚好从里面出来，一身休闲运动打扮。元双妈妈的生活健康又规律，她热爱运动，每周会抽三到四天的时间，晚上绕着小区跑步。

元双跟黎肆行说："穿灰色运动装那个，就是我妈妈。她很喜欢运动，以前还带着我跑步，但我没有遗传到她的运动细胞，我是个运动废，从来坚持不下来，你也知道，我跑八百米都难得要死，而我妈妈跑十公里。"

她语顿，又道："我像我爸爸更多，我爸爸是左撇子，元景……应该也是。"

听起来是很不想像爸爸。

孩子更像父母哪一方不是做孩子的能决定的，更不是任何错事。

"你和你妈妈长得很像。"

隔着远距离，仅凭路灯其实看不太清，黎肆行对元双妈妈的第一印象尚停留在当初打到他这儿的那通电话，对元双威慑极大的感觉。

但他自己有体会，爱运动的人一般都能从中习得达观开阔的心态，或许现在有些耿耿于怀，体现在元双妈妈身上就是对女儿无处不在的管束上，不过终有一天会看开。

黎肆行直接发动车子，控制车速，带着元双跟着她妈妈绕了两圈。

在被发现之前停下车，黎肆行问她："要回去吗？不是周末我也管接送。"

元双想了想，摇头："这个时候回家太突兀，她会以为我出什么事了，我不想再让她担心了。"

黎肆行尊重她的想法，方向盘一转带她离开。

元双一路上一直看着他，没说话。

其实最想跟他说的是一句谢谢。

回到别墅，元双下车就抱住了他的手臂。这样的姿势很适合撒娇，她站在他侧面，仰着脸跟他对视，五官都透着真诚："黎四，谢谢你。"

两人进门上楼，时间已经晚了。

元双控制不住，喉间轻微吞咽，自己都没察觉。

"你怕不怕黑？我给你讲睡前故事。"

"小冰人儿，"黎肆行捉住她的手放在自己掌心，"你知道自己在说什么吗？"

"知道呀，我讲故事很厉害的。还有多语种的，我就用西语讲，这种听不懂的东西叽里呱啦一会儿就睡着了。"

她眼睛眨着，这一刻竟然叫黎肆行分不出来她是真不懂还是在玩他。

黎肆行托着她抱起来，她一下变得比他还高，俯视他的姿态也学不来他那种凌人的气势。

她眼中含情地看着他。

元双承他的力变高，生出主导一回的意识来。她两只手捧上他的后脑勺，俯下身吻他。

两个人的气息交缠着，难分彼此。

情动忘我的时候，元双逐渐从高处滑落，红着脸感受到一些不一样的东西。元双推他的肩膀表示投降了。

气息渐渐平复，黎肆行笑她："故事不讲了？"

元双矮着身从他手臂下溜走，他也没拦着。

"下次，下次给你讲。"

第 九 章
- 心 上 人 -

临近学期结束，宁大的转专业工作开始了。教务处放出了各院系的具体接收方案，数学院少有往外转出去的，几乎没人关心。

宿舍里，元双盯着电脑上的文件，鼠标指在外国语学院上，报名时间截止到周日。

宁大的外国语学院排名并不靠前，从数学院转过去属于捡芝麻丢西瓜的愚蠢行为。

但心之所向，一切现实因素都得往后靠。

她把下载好的报名表打印出来，夹在书里迟迟没填。

转专业不用家长签字，她直接填好交上去也不必担心她妈妈立刻知道，但是总有纸包不住火的那一天，而且她也不愿意对她妈妈阳奉阴违。

她爸爸上次出车祸不算严重，没多久就出院了，一家三口在医院同步休养了几天，似乎有点劫后余生的感悟，互相之间的感情弥合了不少。

元风后来打电话告诉她，该办的婚礼还是要办。

越是知道这些，元双越不忍心让她妈妈难过。

周三晚上，元双和黎肆行都没课，两人一起去图书馆自习。

作业都做完后，元双去阅览室借了本外刊仔细翻着。

黎肆行在准备一个学术会议的内容，聚精会神地在平板上过一遍自己的文章。

元双先前瞧了几眼，嗯，黎曼面与黎曼几何，属于黎肆行想让她学，她都得犹豫两分钟的东西。

她读外刊算消遣，这一本是地理杂志，毫无难度，很快就翻完。

于是，她找出本子来，像上课走神的学生一样开始涂涂画画。

简单的线条，临摹他的侧脸。

额头、鼻梁、唇峰、下巴，再到脖颈上突出的喉结，起起伏伏的走势，每个角度都是被造物主偏爱的完美。

可惜她技术不到家，细微差距就失了神韵。

她趴在桌子上看他，安安静静的场景，专心致志的他，脑子里突然冒出一分类似梦中一脚踏空的害怕：这是真的吗？他是她的吗？

这种情绪真恐怖，须臾之间就挤压掉其他情绪的生存空间。

她暂时被裹挟，嘴角的笑也撤下。

黎肆行习惯性地看她一眼，察觉到不对劲，看她手边画的东西又是寻常内容。他跟她传字条，在侧脸线条的空白处写道：累了？

她还是趴在那儿，快速小幅度地摇头。

黎肆行伸手扣着她的下巴让她抬起头，没说什么，但眼神分明是要搞清楚。

得感谢这时不能说话，文字总比声音更好掩饰情绪。

她在他的字旁边写：*觉得你好厉害。*

她还在后面画了个高高竖起的大拇指。

这话也不太对，她不止一次毫无保留地夸赞他，哪一次不是真诚洋溢与有荣焉。这一回的"你好厉害"倒像个负担似的把她压低。

他不按章法来：*你嫉妒？*

元双露了点笑，回他：*我也很厉害的。*

她给他表演两只手一起写字，左手写"嫉妒"，右手写"喜欢"，然后左边打叉，右边打钩。

真叫黎肆行惊了一把。

单知道她两只手都会写字，没想到能同时写不同的字。

还是个奇人异士来着，她这个本事首先就得叫他爷爷服气。

图书馆广播提醒即将闭馆，元双去把杂志还了，黎肆行帮她把东西都收进包里，从她的书里意外掉出来一张表，表头：转系申请表。

还是空白的。

元双回来看到他手上拿着那张表，心想让他知道也好，她很需要他的意见来支撑自己的决定。

两个人出了图书馆，黎肆行推着车，没骑，这时候需要散散步、说说话。

她挽着他的胳膊，说犹豫要不要转专业。

不可避免说起前因，包括高中文转理的事，这一回她没有保留，所有的心思全揭露给他看。

黎肆行听完，道："人不大，主意不小。"

没有褒贬，客观事实，换作是他未必能做得更对。

"你怕你妈妈知道你学你父亲擅长的东西而生气？"

"嗯。"

他突然停下，有些话要郑重地说。

"元双，这些跟你父亲无关，这是你自己的天赋。"

元双听他话里的重点，等他把话说透。

"你是你，你所有的东西，外貌、品性、天赋，全部属于你自己。或许有某些遗传自你的双亲，但他们不是高高在上的赋予者。"

"你是你自己，想做什么都可以。妈妈不同意的事也可以。"

她还在挣扎，黎肆行快刀斩乱麻："表填好，明天我陪你去交。"

黎、付两姓联姻，前期婚礼筹备投入巨大，已能窥见其隆重盛大。

学期结束后的暑假，黎肆行在宁陵待到婚礼前一周才回去，临走前一天，元双从家里跑出来找他，理由很好找，当天正好有一场高中同学聚会。她提前离场，外面黎肆行的车在等着她。

这是付城屿组的局，他腿上的伤还没好利索就憋不住了，离开宁陵前要狂欢一把。

一百六十尺四层的飞桥艇静泊在岸边，每一层都有笑闹的人。

游艇有客船资质，元双和黎肆行上来后就启航开进了江。

元双在医院见过的紫头发女人也在，只是紫头发褪了色，变浅了很多，但她跟付城屿的交情大概真的不浅。

组这个局的由头就是她生日，她不过阴历生日，付城屿非要给她过。

尾甲板上，付城屿瞧见黎肆行带来的人，之前受伤的那条腿还高高地搭在沙发背上，笑道："哟，栀子花。"

一旁有人凑趣问："什么栀子花？"

付城屿就把黎肆行干的好事添油加醋地讲一遍:"没招儿,你们黎四公子就好这种小白花。"

说花也说她。

"栀子花妹妹,咱这艘船为你生生在码头多停了一个半小时,你是不是得有点表示?"

这是黎肆行会干的事儿。临出发时,他说去接人,让这些人生等了这么久。

元双没应付过这种场面,但不笨,知道这些人重点不在她,而是黎肆行。

她就把黎肆行当成靠山,充分展现小白花的气质:"他们是不是要欺负我?"

众人:可不敢胡说。

"我都不敢,他们哪敢。"黎肆行牵着她的手带她去客舱的餐吧吃东西。

餐吧一直有人进出,见到黎肆行带着女生都很好奇。

元双穿得和游艇的风格不搭,一身鹅黄的连衣裙,卷着蓬松的头发,乖得格格不入,但谁也否认不了她漂亮,素着一张脸都能碾压在场绝大多数的浓妆艳抹。

目睹这些画面的人都认清了元双的身份,她不是风月场里可以随意调侃的人,大概能算得上——心上人。

但像他那样的身家,心上人又能在心上待几时呢?

元双和黎肆行到顶层露台上吹风,仲夏夜晚,江上的气温十分舒服。

下面的生日派对还在继续,元双想喝点酒,黎肆行不给。

他们喝的酒不是上次扎啤的度数能比的,洋的,红的,再给你掺一下,宿醉跑不了。

蛋糕吃过,蜡烛吹过,游艇返航,众人赶下一个夜场。

元双困得不行,她说不回家,可没想过一夜不睡觉。她不想扫黎肆行的兴,在车上强撑着精神,但在他身边太安心,不知不觉竟然真的睡着了。

车停下来,她又惊醒,睁眼看到已经回到他的别墅。

她亲昵地抱着他的腰进门,说好困好困。

黎肆行问她:"这么困明早还起得来送我?"

她点着瞌睡的脑袋,一点没有送人的自觉:"那你早上叫我嘛。"

/ 131

黎肆行抬手弹她的额头，不重的力道，她娇呼一声痛，抓着他的手给自己揉着："会变笨的。"

他嗤一声："现在也不太聪明。"

真是困得意识不清了，她没有多余的心思去想，分别前的最后一晚，是不是要做点什么。

黎肆行放她回房间睡觉，洗澡的时候，她被水浇出几分清明。她换上睡衣出来，啃着指甲纠结要不要敲他的门。

她赤着脚走在走廊上，他的门没关严，她压下门把手，探进一个脑袋，正对上他看过来的眼神。

他应该也是刚洗完澡，只下半身围着浴巾。

元双心跳加快，没来由地觉得口干，眼神跟他对峙了半天找到一句话："那个……我来给你讲睡前故事。"

说要讲故事的人却站在门口一动不动，黎肆行把手上擦头发的毛巾扔下，和元双一样赤着脚走到她面前。

房门被彻底打开，入眼是只穿了一条吊带睡裙的人。

头发绑成丸子高高束在头顶，有镜片遮挡也盖不住一双含羞水嫩的大眼，四肢纤细修长，并不舒展，有拘束态。

可他觉得哪儿哪儿都漂亮极了，连不安抓地的脚趾都合他心意。

黎肆行尚能克制，声音低沉："元双，我不怕黑。"

讲故事的前提，是他怕黑。

元双抬头，意会到他是把选择权交给自己。

为这份尊重，她又勇敢了一点，将这套含蓄而彼此心知肚明的说辞贯彻到底："不怕黑……也可以听故事的。"

没什么需要克制的了，黎肆行拉着元双的手腕把她带进房间，门彻底关死。

元双在这里留宿的次数不多，主要都在客餐厅和书房活动，这是第一次进他的主卧。

很大的一个套间，最得她心的是一整面的落地窗，窗帘没拉，幽深夜色和室内的明亮对冲，她心口怦怦跳，是有点想逃到黑夜里的。

她被他的气息压迫到门板上，脑袋垂下，目光没什么目的地在他腰腹上徘徊，顾左右而言他："你的房间有落地窗，我的就没有。"

像那种被宠坏的小孩，别人有的她也都要有。

所幸有人愿意宠她。

刚洗完澡，她身上留着沐浴液的淡香，吊带睡裙遮住的区域有限，露出来的肌肤处处都是生嫩的白。

当初置办她要用的东西，贴身衣物是黎肆行亲手挑的，均以舒适为主，大多数他都不记得长什么样子。脑子里的印象是，不必特意挑款式，她穿什么都是好看的。

她带点怯地站在这里，其实已经把他降服了。

黎肆行攥着她的腰，声音里不难听出纵容："那你以后住这间。"

"那你住哪儿？"

"你说我住哪儿？"她明知故问的傻话被他截断，他俯身低头，气息在她的颈窝流连，"Babe（宝贝儿），你打算给我讲什么故事？"

元双要被他这个称呼迷晕，他叫我 Babe，怎么这么好听。

她学他，手也往他腰上搭，摸得大胆，声音却虚："我没给人讲过故事，我怕讲得不好。"

他可不虚："巧了，头一次有人给我讲睡前故事。"

元双闻言，视线撞进他的眼睛里，忽然不太确定，他说的跟她是一回事吧？

"头一次？"

"头一次。"

窗帘拉得严实，元双醒来时浑然不知几点，听到黎肆行似乎在阳台上打电话，他是早上的航班，现在还没走，她便以为时间还早。

黎肆行挂断电话，回到卧室，看到她醒了，于是把窗帘拉开，明媚热烈的阳光照进来。

他坐到床侧摸摸她的脸，问她睡饱了吗。

她开口嗓子有点哑，话却十分窝他的心："你要走了吗？我去送你。"

"我不走。"

他原本是和付城屿他们一起的航班，改签到晚上了。

他晚回去一天半天无所谓，她醒来看到他不在，肯定要难受。

元双坐起来才觉得虚得厉害，身上的疼带动昨晚的记忆回溯，最后一个清醒的画面是他把她抱进浴缸里。

床上用品不是昨晚那一套，蓝色丝质变成白色丝质，不知道他什么时候换掉的。

他把眼镜给她戴上，头发也用皮筋绑在脑后，每一根发丝都小心对待，一点没让她觉得疼。

"真想把你带走。"

元双皱皱眉，现在跟他撒娇开玩笑都很放松："就因为昨晚吗？"

"我在你心里是这种形象？"黎肆行弹她的额头，"这些天我说了多少遍让你跟我回首都，你答应了吗？"

"我妈妈肯定不同意嘛。"

元双一脸"我也没办法"的为难表情。

黎肆行才是真的拿她没办法。

他搬出老一套："妈妈不同意的事也能做。"

元双裹着被子下床，控诉他："你把我带坏了。"

她心里却涌出一个念头：既然妈妈不同意，那就暂时瞒着妈妈。

黎肆行离开后的第三天，元双制定了一个"出逃"计划。她拉上回国过暑假的好朋友易枝枝，两个人结伴去旅游。

易枝枝和男朋友谈了一年的异国恋，早就想逃离家长的监控痛痛快快地出去玩。她们互相给对方打掩护，登上了开往首都的航班。

易枝枝的男朋友是她们高中隔壁班的同学，叫安一格，元双也认识，当初他追人，元双还当过助攻。

安一格的大学在首都，开学特别早，这才八月中旬他就已经返校了。

两个人落地后，安一格来接，酒店离安一格学校不远，元双自觉不能当电灯泡，让他们赶紧出去玩。

元双没告诉黎肆行她过来了，昨天联系，他问她游玩行程有没有首都站，她还骗他说没有。

突然出现在他面前，应该算惊喜吧？

她给黎肆行发消息，把酒店房卡拍给他看，手指特意遮住上面的城市名。

她隔着互联网玩火：小哥哥，我到了，好想你。

那端没回，元双继续自嗨：小哥哥要不要来找我？

下一秒，黎肆行打来视频通话，元双把房间窗帘拉上，生怕他火眼金睛透过窗外的建筑看出她在哪里。

视频接通，元双还没想好怎么套他的话，不经意间看到一张陌生的脸——头发花白，目光炯炯，横眉有怒。

元双原本趴在床上，顷刻间弹起来坐好，这个人她好像在新闻频道上见过。

黎肆行的声音传来："Babe，你最好帮我跟我爷爷解释清楚，我没有干什么不法勾当。"

黎肆行此时正在近郊他爷爷的别院里。

老爷子年纪大了眼睛花，嫌手机上的字小，让黎肆行帮他调大点，调好了又嫌："怎么一页就这几个字？"

黎肆行就给他出主意："我给您连到电视上看行吧，那屏幕大，多少字儿都能装，还不耽误您看。"

老爷子半信半疑："手机还能连电视？"让他连给自己看。

结果，老爷子的手机不支持投屏，老爷子就说黎肆行诓他。

"那，您自己瞧，我的手机就能连上。"黎肆行把自己的手机投到电视屏幕上，流畅自如地使用。

就在这时，元双的消息发来了。

电视屏幕可真大，顶端消息弹窗里的字都清清楚楚，老爷子眼睁睁看着那些"不正经"的文字跳出来，当即震怒："这是什么人！发的什么乱七八糟的东西。"

黎肆行点开消息往上滑到房卡的照片，更是有理说不清。

于是才有了这通视频通话。

老爷子让黎肆行闭嘴，防止他们"串供"，单独"审问"元双。

黎肆行及时补充："爷爷，以前您有个翻译是不是叫元业立？元双是他女儿。"

"业立的闺女？"老爷子隔着屏幕仔细看元双，想起一些故人，"是有点像任珂。"

135

任珂是元双妈妈的名字，当年夫妻俩都在黎老手下工作过，只是做的时间短，元双外公去世后，任珂不忍元双外婆一个人在宁陵，就回来进大学当老师了。

元业立和任珂曾经也是人人艳羡的神仙眷侣，元业立后来也算为了任珂回宁陵扎根。只可惜等闲变却故人心。

后来的事黎肆行爷爷并不知道。

老爷子继续问元双："你现在在哪儿？"

元双没想到会以这种方式招供，报了酒店名字："在首都。"

四十分钟后，黎肆行开车到了她的酒店。

他上楼敲她的门，把她演砸了的戏接着演："哪位要的小哥哥？"

元双懊丧极了，在他的怀里当鸵鸟："你爷爷会不会不喜欢我？"

黎肆行把她的脸捧在手上，满目都是笑意："不喜欢他就不会让我来接你。"

他问哪个行李箱是她的，直接拉着走人。

黎肆行爷爷的小院儿在郊区，独门独户，占地面积不大，胜在清静安逸。

他自己一个人住，凡事都亲力亲为。平时闭门不见客，也不让小辈常来探望，如隐世高人一样。

黎肆行开车带元双过来，下车时元双看到小院儿门头上挂着的匾，暗红实木上铺金字：歸園。

元双一眼看出字的笔法和黎肆行衣服上绣的"肆"字出自同一人。这三个字都是横画和竖画为主，左右均衡不偏不倚，收势在重心，尤其是歸和肆，连结构都一样。甫一入眼，就显出沉淀多年的气韵：稳。

黎肆行推开院门，牵着她进去。

小院儿空地上种了几畦菜，老爷子正弓着腰摘豆角，听见人来的动静，把挂在胸前的老花镜戴上。

元双见到真人反而不觉得紧张，面前的老人一身挺拔的风骨，身着长袖的褂衫，头发白但精神矍铄，令元双想到自己的爷爷，有威严，也有不经意的慈爱。

他此刻只是黎肆行的爷爷，和普天之下所有疼爱孙辈的爷爷一样。

元双恭敬地问好:"黎爷爷,您好,我是元双。"

老爷子点头,一眼打量过去,高高瘦瘦,安静乖顺,单看外貌和他孙子是挺般配。

"你就是业立和任珂的闺女?小元丫头,你小时候我可能还见过。"老爷子眼睛盯上元双带来的东西,"手上拎的什么?"

元双展开笑颜答:"给您带的一点吃的,路口徐家卤味的牛肉。"

来之前,元双问黎肆行要不要带点什么东西去,初次登门,礼数总要周全。

黎肆行说不用:"老头最烦人家带着礼上门,他那院儿几年没进过生人,你拎了东西去,他倒要骂我。"

元双实在不安,这怎么跟她想的一点也不一样?一般见长辈不都要带点礼物吗,不带才会被骂吧?

她在车上打听了一路,他爷爷喜欢什么,不喜欢什么。

快到的时候,黎肆行拐到了一家卤菜店门口:"你实在想带的话,给老头加个菜。"

这家店是当地的老字号,百年招牌,口口相传,有人从十几公里外来这儿排队。黎肆行的爷爷常来光顾,就好他家的牛肉。

元双买了三斤,付钱的时候,黎肆行都拦不住。

老爷子看打包的盒子就知道分量不少,问道:"买了多少?"

"三斤。"

"元丫头你饭量大?"

"还……还行。"

黎肆行拆台:"她比付语嫣养的那猫吃得都少。"

老爷子没说什么,继续手里的活儿:"行,硬菜有了,别的菜我少摘点。"

元双震惊得无以复加:"你……爷爷要给我们做饭吗?"

"想什么呢?"黎肆行拍拍她的肩,在她耳边小声道,"来这儿,休想白吃白喝。"

果然,下一秒就听见老爷子说:"愣着干吗,过来给我择菜。"

厨房门口的小板凳上,元双和黎肆行面对面坐着,学择豆角。

她那手法一看就不是常干家务的人,老爷子连连摇头:"一个个都惯

/ 137

得你们，长大了四体不勤，五谷不分，等没人管了我看都要饿死。"

"爷爷，我分。"黎肆行很没义气地把自己摘出来，"您这里哪样菜，我不认识？"

元双不服输地说："我学一学就会了。"

黎肆行爷爷在炒菜，配了两个"副厨"打下手，元双压根儿不紧张了，踮脚凑到黎肆行的耳边悄悄问他："刚刚是不是盐放多了？"

黎肆行忍着笑："当没看见，老爷子口味重。"

有元双那三斤牛肉衬着，也算隆重，仨素菜一素汤，看着挺像那么回事儿。

老爷子厨艺水平不高，但自己不嫌弃，也不许黎肆行嫌弃，元双更不会嫌弃。

饭桌上，老爷子问起元双父母的近况，元双没多说，一句因故离婚带过。

老爷子自然看得出没那么简单，但不多过问。

这么一会儿相处，元双是个什么样的人他心里已经有数，简单、通透，过分懂事，一等一地喜欢他这个孙子。

黎肆行愿意把她带来，说明也是认真得很，但他们都太小，小到可能一个浪打过来就转圜不了。黎家老大以山尚且做不到游刃有余，他和付家的语嫣丫头算运气好从小就有感情，没有感情，照样要娶。

对桌上互相给对方夹菜的两个小辈，老爷子以几十年的深沉阅历，既不看好也不唱衰。黎家不是善地，老爷子在这儿开辟一块世外桃源不问世事，不代表他们也能安然无恙全身而退。

饭后，老爷子雷打不动去书房写字。

黎肆行主动介绍："爷爷，上次给您瞧的我送大哥那婚书，就是元双写的。"

老爷子对那婚书评价极高，一眼就看出来不是黎肆行自己写的，他也没瞒着，说请人帮的忙。

"元丫头，你来写几个字我看看。"

老爷子这里的笔墨纸砚都是上品，元双站在案前想了想要写什么，抬头看了黎肆行一眼，挥毫在纸，成型是一个"肆"字。

笔画飘逸，洒脱不拘，有形有势，但留了一点错处——右半边的长竖被她写在两短横之前，借草书之法写行，整个字收笔在横，中和了过于外放的笔法和字意。

老爷子看了赞叹道："收放得当，隐锋于鞘，你爸当年都未必有这个水平。"

元双为这份夸奖高兴，虽然她四体不勤，五谷不分，但好歹有能拿得出手的东西让黎肆行爷爷喜欢。

元双看着黎肆行，眼睛都眯着笑，将笔递给他："你要不要也来写？"

老爷子却拦住："这字儿让他来写，笔笔都带锋，尤其那一竖，更是封喉的剑，我这纸都给他刺透。"

黎肆行靠在案上两手抱臂，姿态就是活脱脱的"肆"："爷爷，当初不是您主张用这个字给我起名儿的吗？"

"我该给你起个'浑'字。"

"得，您不就嫌我字儿写得不好吗，以后元双给您写，反正您夸她就是夸我。"

"再给你加个脸皮厚的'厚'字。"

元双把笔搁下，走到黎肆行旁边："黎爷爷，他衣服上绣的字是您的笔迹对吗？"

"你看出来了？"

"嗯，和门口您匾上的笔法相同。但是我不明白，为什么您给这个外放的字收得这么紧？"

黎肆行代答："你看这奇怪老头儿，他自己给我起的名字又嫌调太高，一笔一画要给我镇住了。爷爷，我是哪一世的魔王下来的？"

老爷子伸拐杖敲他的腿。

这些都是逗乐的玩笑话，实际上因为黎肆行小时候体弱多病，除了科学地养着，黎家人暗地里神佛也没少求。

黎肆行奶奶拜到一个得道高僧那儿，高僧给出了主意："名字里的肆字太扬，孩子过慧，不宜再用此字，改过可解。"

黎肆行差点不叫这个名字。

他爷爷是坚定的唯物主义，不信这些神佛，但在他奶奶的嘀咕下妥协，想了个折中的办法，就是写下这个端正安稳的"肆"字给他绣在衣服上，

/ 139

以期镇住其中的扬和狂，保他一生平安顺遂。

这个标志性的字就跟着他一直到现在。

在整个黎家，是独一份儿。

在归园待了没多久，黎肆行爷爷就开始赶人了。老爷子睡得早起得早，让他们年轻人该干吗干吗去。

元双不算空手来，也不算空手回去。

老爷子不念旧，当年搬过来就是一身轻，旧物全放在老宅，唯一留的念想是一些照片，在书房里的一个书架上专门放着。

元双看中了一张黎肆行小时候的旧照，老爷子让她拿走。

"我拿走了您会不会舍不得？"

老爷子豪横地从抽屉里掏出另一本相册："我这里多的是。"

黎肆行的车没开进来停在路口，两人走在路边昏黄的灯光下，元双捏着黎肆行的照片夸他："你小时候真的好可爱哟。"

照片上有年份记录，是他七岁生日时照的，那时候身体还弱着，蛋糕也不爱吃，庆生都皱着眉。明明不出彩的一张，却被她说可爱。

他说也要一张她小时候的照片，元双没什么不愿意的："等我回家找一张给你。"

元双把照片宝贝似的放进包包夹层里，她挽上他的手臂，仰着脸看他，有一个问题要得到答案："我悄悄从宁陵来找你，你开心吗？"

"你是悄悄来的吗？"

好吧，结果算不上悄悄，连他爷爷都惊动了，简直称得上高调。

元双为他这句话升起些不安，几根手指无意识地绞在一起："你是不是有点不高兴？"

"元双，"他把她的两只手分开牵到自己手上，认真回答，"在宁陵我就想把你带过来，怎么会不高兴？"

"真的吗？"

"真的。"他确实要反思，有些问题该正面回答，否则她会多想。

他能察觉的都会解释清楚，万一有些他察觉不了的，她恐怕会一直憋着不说。

元双立刻就被他的话治愈，并且用言行叫他知道——行至路口，她指着他的车兴奋地道:"我喜欢这辆车!"

黎肆行没参透她喜欢的点,好笑地问她:"不爱你的立标了?"

元双拉着他凑近看车牌:"你看车牌。"

语气里满是遇到好东西要跟他分享的雀跃,好像他自己的车牌他是头一次见。

黎肆行配合她仔细瞧了瞧,还贴心地念一遍:"2244S,怎么着,哪里得你的心?"

她笑着揭开谜底:"里面有你和我的名字呢。"来的时候心头积着各种紧张杂乱的思绪未曾注意,现在看到也是惊喜。

有"2"又有"4",确实分别合上他们的名字。

黎肆行对生活中这些数字组合没什么执念,号靓不靓的从不在意,这误打误撞的车牌让她开心,他就陪她开心。

"我是4,你是2?"

"嗯嗯!"元双头不停地点着,给这两个沉闷的鼻音注入一些动感的欢快。

她这么无厘头地开心,黎肆行也随着她无厘头:"So, I'm double you.(所以,我是你的两倍。)"

"Yeah.(是的。)"她没什么反对意见,曲解到谐音上,"You are W.(你是W。)"

黎肆行说:"'double 又'该叫你。"

元双没懂,他拉起她的手,食指在她掌心里写字,她名字的"双"拆开正是两个"又"。

他给人起外号的DNA动了:"是你吧,元又又?"

唇间念完这个称呼,意外地觉得上瘾又好听,起外号的业务开展了十几年,这一单最叫他满意。

他又叫了几声:"元又又,又又。"

实在顺口,他直接宣布占有:"元又又——is mine.(是我的。)"

郊区山间空气质量格外好,夜幕中一弯月清冷孤悬,半盏不成圆,光辉未曾减,不消几日就会满。

天上月遥不可及,眼前人被元双抱紧。

/ 141

她的情绪轻易被他摆布，他可能是开玩笑随口一说，可在她心中砸下极大的分量。

元又又是他的，那他是不是等价地属于元又又？

她指着月亮让黎肆行看，虚空抓了几下："我刚才好像够到月亮了。"

他当她是突然的浪漫主义发作，问："说说看，什么感觉？"

"不是冰凉的，是暖的，光把我都模糊掉了，但我喜欢在光里。"

有些隐喻在，黎肆行暂时未能破解，摸到的方向还是对的："谁是你的光？"

"元又又！"她藏了一半，为了藏严开始打岔，"我以前的小名真叫又又。"

"现在怎么不叫了？"

黎肆行原以为是个悲伤的故事，没料到是个难得的喜剧。她说："我们家以前养了只拉布拉多叫一一，它老婆是邻居家的金毛，那只金毛叫又又。我不想跟它老婆重名。"

她小时候真挺幸福的，说不想叫这个名字了，大人们就随她的愿改叫她双双。

黎肆行听后跟她"请示"："那我以后能叫吗？"

她把特权给他："只给你叫。"

车子开到繁华地段的一处住宅区，从地下停车场上了一楼，黎肆行又带元双去了开在住宅区内部的一家小型购物中心。

黎肆行推了辆购物车，元双跟着他在货架前转，看到想吃的零食拿了两包。

黎肆行买了几瓶水，说："这里我不常来，没准备你用的东西，你看看缺什么。"

她出来玩，该带的东西都收在行李箱里，但不妨碍她抱着黎肆行的胳膊说你怎么这么好。

买完东西没直接上楼，黎肆行拎着购物袋带元双去了旁边一家花店，正是打烊的点儿，他快速挑了几朵结账。

元双接过花："怎么又买了？"

之前在宁大，黎肆行每天一束花送到她手上，数量不一，她一开始以为是他随便买的，时间长了发现规律，他是根据圆周率的数字来的，每天送一位数，逢零进十。

无限不循环的一个数字，她这辈子的花都被计算好了。

每天数量不多，可积少成多，宿舍那么大点地方很快就放不下，她又不舍得扔，都制成了干花保存下来。

等到后来放暑假不在学校，元双不敢把花带回家，就不让他送了。

为此他还生过气，元双使出浑身解数哄了三天才让他开心。

黎肆行答："在我的地盘还不能送？"

元双笑眯眯地道："当然能送，我很喜欢，今天到'4'了吗？我最喜欢'4'啦。"

/ 143

第十章
- 她在乎 -

元双和易枝枝打着出来旅游的幌子,也是有点行程安排的。

易枝枝喜欢的一个乐队正好在首都一家酒吧演出,提前抢了票和元双一起去看。

元双看到票面上的乐队名称——Cigarettes,她不喜欢,压根儿也没听过,但易枝枝是乐队的铁杆粉丝。

演出地点倒比乐队更有名一点——FU House,国内排得上号的娱乐夜场,有条与调性不符的规矩:禁烟。

元双会知道,是因为跟黎肆行报备自己要去看演出时,他顺嘴提了一句:"FU 就是付城屿的付。"

黎肆行今天晚上在黎家老宅,回不来主城。因为演出地点是付城屿的地盘,他放心元双和朋友单独来,提前打了招呼,让她们玩得开心。

FU House 的酒水起了些奇奇怪怪的名字,元双点了杯酒神安德烈,易枝枝要了杯度数高一点的威士忌,名字倒温柔:玫瑰梦。

"开始了,开始了。"

舞台中央蓝调的灯一打,满场都是掌声,乐队成员上场,气氛很快嗨起来。

演出有原创歌曲,也有改编作品,元双的音乐素养不太够,一句"确实好听"评价所有。

中场休息,乐队成员跟台下观众互动,有人问到他们接下来会去哪里演出,主唱报了几个城市,有一站是宁陵。

元双想也许到时候可以和黎肆行一起去听。

前排空出的位置忽然迎来主人,元双认出众星捧着的月是即将成为黎肆行大嫂的付语嫣，落座后一排服务生自动送上各式各样的酒来。

大概是婚礼前的单身派对。

演出继续，付语嫣点了几首歌，她似乎和乐队的人认识，有两首刚才唱过，为了她又唱了一遍。

元双喝的酒神安德烈估计是酒神特供，刚喝完没什么感觉，现在劲儿渐渐上来了。

"枝枝，我去下洗手间。"

元双问了服务生，左拐右拐转了几个弯才找到洗手间。

她掬了点水洗脸，脸上倒也没有上头的红，大概是现场躁动的鼓点和暗调的灯光的原因，听觉和视觉都被沉沉地压着，离远一点觉得舒服多了。

来之前，黎肆行很有先见之明地说她未必会喜欢这种环境，果然叫他说对。

洗手间的门又开了，进来两个补妆的女生，元双从镜子里无意间瞥到一眼，认出是付语嫣那群姐妹里的两位，其中一个身高直逼一米八，太过显眼。

她们看到元双以为她不舒服，不吝啬地释放善意："你没事吧？FU House可以帮你叫车回家的。"

元双说了句谢谢，表示自己没事。

高个子女生补了些唇彩，轻抿后接上不知几时的话题，对同伴道："我还是喜欢小黎公子这款，黎家老大看着就凶，在床上估计都不带笑的。"

"你还挑上了。"

元双要离开的步子顿住，感应水龙头持续出水，一根手指也不放过地洗着。

"做梦还不行？不过也就语嫣能把他们兄弟俩都拿捏住，如果我是她，今天要哥哥，明天要弟弟。"说着做了个"我全要"的手势。

同伴笑出声："人家青梅竹马长大，谁能比得了？说实话，我一直觉得语嫣和小黎公子更般配，也就他一直'圆圆''圆圆'地叫语嫣，起这种独一无二的昵称，我寻思哪能没点什么。"

"黎家老大今夜就把你灭口。"

"听说小黎公子有女朋友了是吗？"

/ 145

"好像是，Cindy悄悄跟我说的，特清纯的一个乖乖女，是他学妹。"

这一票人聚在一起，花名艺名比真名更常用，元双知道Cindy就是紫头发女人。

"校园恋爱？那我还有机会。"

"美得你，人家宝贝着呢。"

"再宝贝又能怎样，玩玩罢了，他那样的身家还能娶一个没背景的学妹？"

洗手间的烘手机轰隆作响，掩盖掉她们说话的声音。

类似的话元双并不是第一次听到。

几天前的游艇派对上，元双见识了付城屿大手笔地送紫头发女人生日礼物，满船人赞紫头发女人真是付少的心尖宠。

过后，元双在甲板上遇到紫头发女人，并祝她生日快乐，客气地说付城屿真上心。黎肆行当时不在元双身边，紫头发女人对她说："这算什么？你和小黎公子在一起，得到的会比游艇上任何人都多。"

在他们眼中，她和黎肆行在一起是有利可图，至于情意几何，从不重要。她不至于因为无关人员的几句话动摇，但听到总不会高兴就是了。

元双从洗手间回来，情绪明显低了些。时间很晚，易枝枝问她是不是困了，元双确实不想再在这儿待着了，点头说是。

"那我们听完这首歌就回去吧，我今天也听过瘾了。"

一首歌唱完不过三五分钟，延宕的这三五分钟，元双差点没走成。

她们左边的座位上有个人手上一直转着一只打火机，他似乎不是为看演出来的，低着头，打火机被他开了又关，可能是顾忌FU House的规矩，桌上放着一包烟始终没点。

他接了个电话，酒吧内的音响效果极好，盖住了他大部分的声音，唯有一句传到元双的耳朵里："谁也改变不了，我姓黎——"

听到这个姓，元双忍不住转头看了一眼，隔着昏暗的灯光，他暴躁的情绪依旧传递无误，元双心里迅速有了判断：他可能要惹事。

果然，这一次打火机燃出来的火被点到了一根烟上，他没抽，就那么拿在桌下让烟燃着，烟味儿无声地散开，不该出现在这里的气味引得四周的人张望着寻找源头。

FU House 反应迅速，立刻出动安保排查。

点烟男突然拖着椅子坐到元双她们这边，并且准确地叫出了她的名字："元双，黎四的……女朋友？"

"女朋友"三个字被他说出了不正经的意思。

易枝枝一脸疑惑地问元双他是谁。

元双根本不知道，只能确定他跟黎肆行有关系就是了。

他吸了一口指间的烟，烟圈朝元双身上吐："来听 Cigarettes 的歌，怎么少得了烟？"

元双皱着眉远离他："先生，FU House 禁烟。"

他嗤了一声："黎四在的时候所有人都不能抽烟，他不在，还有这破规矩？"

这话不是玩笑，他看起来挺恨黎肆行的，元双升起防备心来，示意易枝枝随时离开。

"不认识我吗？昨天连我爷爷都见过了，怎么，谁也没跟你提起过我吗？"

元双在黎肆行爷爷那里见过一张全家福，面前这号人根本不在其中。

可他说自己姓黎，又和黎肆行同一个爷爷，难道是瞎攀关系的亲戚？

元双拿上自己的包拉上易枝枝："枝枝，我们走吧。"

"急什么？"他拽着元双的胳膊，吞云吐雾做出痞态。

易枝枝也看出来了，他明显不是好人。元双挣不开他的手，易枝枝直接指着他的鼻子警告："你赶紧放手！我马上要报警了。"

他把烟夹在手上："我在酒吧跟未来弟妹谈谈心，犯了什么法了？"

周围座位的人也注意到异常，但都保持观望态度。

没等易枝枝报警，FU House 的安保先反应过来了。

经理立即带人赶来，在事态更严重之前制住引起这一切的人："李先生，请您把烟灭掉，FU House 是无烟场所。另外，小黎公子特意交代过，要确保元小姐及其朋友的安全和舒适。如果您不放手的话，我们只能请您离开。"

"你搞清楚，我也姓黎。"

"是，"经理调整了称呼，"黎先生。"

二声和三声的细微差距，一般人不会注意，被叫的人却格外敏感。

豪门世家总要出个不学无术的纨绔。黎以山和黎肆行个性截然不同，但有共同点，都是名副其实的天之骄子。黎家的纨绔名额由老三黎子潇补上缺。

黎子潇随母姓，他的母亲是黎肆行的姑姑，他的父亲正姓李。

听起来相近的两个姓，背后代表的权势地位完全不同。

黎、李之交，是典型的女强男弱，世家娇养的千金看上了父亲的下属，好日子过够了，不顾反对誓要成全一段轰轰烈烈的感情。

签婚前协议，生下孩子随女方姓，对双方父母都叫爷爷奶奶——这些是黎老爷子同意他们在一起的条件，也是为自己女儿的恋爱脑设下的保障。

只是可惜，女方生下两个孩子后身体积弱，不久病逝，男方的狼子野心逐渐暴露。

姓要改，权要夺。草包黎子潇，没有任何自己的主见，他爸说让他改姓李，他对外介绍就说自己姓李；他爸被老爷子威慑，改了姓一分都拿不到，他又到哪儿都强调自己姓黎。

只是此时此刻在 FU House，不管姓什么，他都必须要撒手。

经理拎得清，知道自己更得罪不起谁，一个眼神招呼身后两名安保上前。

"我看谁敢！"

"得罪了。"

训练有素的两个大块头肌肉男拧着黎子潇的肩胛，他顷刻间便使不上力，元双的手臂得以恢复自由，易枝枝连忙拉着她远离。

"放开我！"安保制住了黎子潇，但不敢有接下来的动作，经理尚在权衡是否有必要彻底得罪他。

小范围的事故处理现场并未影响前方乐队的演出，歌手低沉的嗓音流动在各个方位。

却在下一瞬断掉——音响不知为何被关掉，整个酒吧骤然沉寂下来，有客人的疑问声，但未被解答。

FU House 二层是包厢，与楼下的演出场不相干，此时二楼平台的栏杆上靠着个人，声音清晰有力，吸引楼下所有人的注意："老三，姓黎的不都在黎家老宅吗，你怎么有空来我这儿？"

是戳肺管子的话，姓黎的在老宅，不在老宅的就不姓黎。

黎子潇抬头："付城屿。"

"啧，论亲戚关系你得叫我声大哥吧，没礼貌。"付城屿笑了声，"陆经理，黎三公子再不回家就得改姓了，耽误了可要怪你。"

经理得了明确的命令，果断招呼安保将黎子潇架出去。

黎子潇被丢了面子，放了一路无用的狠话："付城屿，你给我等着！你以为你妹妹嫁给老大就可以高枕无忧了，老大也成不了气候！迟早有一天我让你们所有人跪下来求我！"

连眼神都懒得施舍给他，付城屿看向元双："栀子花，黎四被烟味儿封印了，你上来吧。"

"他也在？"

不是说，在老宅？

"骗你不成？"

元双摇摇头："我想先去洗一下。"

她身上肯定沾到烟味儿了。

付城屿让经理带她和易枝枝去，接着善后："打扰各位好兴致，今晚所有酒水消费免单。"

新风系统运行到最大功率换气，音响重新开，乐队保持良好的素养继续演唱，酒吧里像什么也没发生过。

只有付语嫣姐妹群里的两位心里涌上不安："付少刚才叫的栀子花……是什么人？"

在场只有付语嫣知道元双是黎肆行的女朋友，听说过他很宝贝，没想到放暑假还带她一起来了。

"刚才我们在洗手间遇到的女孩，是她吗？"

高个子女生和同伴确认后，说："完了，我们可能说了些不该让她听到的话。"

她们隐去谁跟谁更般配的事，把不看好元双和黎肆行在一起的话告诉付语嫣："这个路数的看起来确实够乖，我还以为她是被什么烂人哄过来的，看她不舒服还关心来着——这够将功补过吗？"

付语嫣把手中的酒放下："我上去看看。"

洗手间里，元双用湿纸巾把裸露在外的皮肤都擦了一遍，连头发都用水沾湿一层，反复让易枝枝闻："还有味道吗？"

"没了，真没了，黎肆行有那么娇贵吗？"

黎子潇不过抽了半根烟，酒吧空间那么大，早就散得差不多了。

"他闻到会很难受。"

易枝枝表示不理解："那先不见好了，你搞得自己衣服都湿了。"

不见是绝不可能的选项，元双说："他原本有事不来的，说不定是特意来找我的。"

"行吧，行吧。"

洗手间外有服务生专程等着，她们出去后，易枝枝说自己不掺和："酒水免费哎，我还是在下面听歌吧，双双你想走的时候叫我。"

"你别喝醉了。"

于是，元双自己随服务生上二楼去找黎肆行。

包厢门推开，付城屿的话戛然而止："黎四你可够大方的，我这个当哥哥的都不敢说送的礼物有你用心。"

付城屿手上把玩着一颗蓝宝石，光彩夺目。

元双站在门口，步子顿住，看见里面的三个人，没来由地怯上心头，不想进去了。

她和黎肆行对视了几秒，仍然没有往里进的意思，黎肆行直接起身，在离她一米多远的位置被她伸得笔直的手臂拦住："你别过来了，我身上有烟味。"

当然拦不住他，他扣住她的手腕将人往怀里带。

"衣服怎么湿了？黎子潇弄的？"

他回头看付城屿。

"刚不说了吗？赖你自己，黎子潇弄了她一身的烟味，就你矜贵这闻不得那闻不得，她自己去洗的。"

黎肆行以为元双是吓到了，她腕上被黎子潇捏出的红痕还没完全消掉，黎肆行给她揉着，另一手摩挲她的脸安抚："没事了，他不会再出现在你面前。"

150 /

他让外面的服务生去车里把他的外套取来，再拿一条干净的毛巾来，拉着元双的手进门坐下。

付城屿看了都忍不住道："雨打过的栀子花，你要不要这么可怜？你让他呛一回，他也死不了。"

元双来了点脾气呛他："你管我。"

"哟，不是被雨打了，是吃枪药了。"

服务生将毛巾和外套送来，黎肆行给她裹上擦拭，她垂着脑袋，目光被室内最亮眼的蓝宝石吸引。

进门听到的话茬，这是黎肆行送给付语嫣的礼物，还很用心。

元双太想知道了，用心到什么程度呢？

她指着宝石说："好漂亮。"

付语嫣从她哥哥手里拿回礼物："我就说嘛，你们男人审美都有问题，你看，我们女孩子都觉得好看。"

"付语嫣，拿上东西，听你的歌去。"黎肆行放话。

是在赶人了，付城屿识趣地起身："得，我们给您腾地儿。走，妹妹，哥也去感受一下艺术家的熏陶。"

付语嫣临走前看了元双一眼，两个男人并未在意，女人的第六感互相感应，付语嫣知道元双的情绪所在，元双也明白她那一眼的意味。

门合上，元双沾湿的头发差不多都干了，她让黎肆行不用擦了："不是说晚上要住在家里吗？"

"家里太无聊，找你比较有意思。"

没承想，到了 FU House 有意外收获，遇到黎子潇在这儿耍横，还把主意打到元双身上，单把人扔出去已经算他顾及黎子潇的黎了。

黎肆行捞着元双的腰将她抱到腿上坐着，摸她的衣服还是潮的："脱掉，我拿去让人烘干。"

她自进门就不对劲的情绪终于有了让他看懂的起伏："不要。"

"你穿我的外套，该盖住的都能盖住。"

"也不要。"

"那你要什么？"

元双抱紧他，将脸埋进他的颈窝："想要你。"

元双眼泪流出来的时候，心里明白有三分的故意在。

/ 151

她得到了一些，本能地想要更多，仗着对他的了解，知道他挺吃这套。

她很享受他捧着她的脸问哭什么，他也确实这么做了。

得到想要的反应也就满足了，元双在他面前哭的次数不少，没有哪一回是因为他，这一次也不必是他的原因。

她故意误导他："我长这么大，第一次遇到这样的坏人，那个人好像很恨你？"

"谈不上恨我，他是我姑姑的孩子，被姑父教歪了，没什么头脑。"

黎肆行挑重点给她讲了黎子潇的事："上午他也在老宅，我跟爷爷说话的时候他可能听到了，所以知道你。"

至于他出现在这里，十有八九是巧合，黎子潇和 Cigarettes 乐队的贝斯手有些交情，所以才来。他蠢点坏点，但没那个脑子和耐性搞跟踪这一套，否则也不会等演出快结束才惹事。

元双知道自己在首都不会待太久，因此也不怕再遇上他。

她在黎肆行身上靠了一会儿就说想回去了，黎肆行让人把易枝枝送回酒店，开车带着元双回家。元双一晚上经历这些事情极困极累，没一会儿就睡着了。

车载音乐随机播放，跳到了一首 I'm yours，黎肆行让这首歌一直循环播放。

This is our fate.（这就是我们的命运。）

I'm yours.（我是你的。）

她说想要他，还有哪里没要到呢？

婚礼前两天，首都接连下了两场特大暴雨，城市内涝，交通出行都受限制。官方反复提醒，避免外出尽量待在室内。这种恶劣天气元双不可能抛下易枝枝让她一个人待着，因此整理了行李箱，又拎回了酒店。

黎肆行拦不住，只是给她们换了个酒店，在离他公寓很近的一家五星级酒店开了个行政套房，有专门的管家负责。

两人的家长都打来电话关心她们的安全，两人再三保证会好好待在酒店不出去，家长们才放心。

黎以山和付语嫣的婚礼地点在西郊黎家的一处庄园，这处庄园也是聘礼之一。婚礼以付语嫣的想法为主，筹备到现在。

黎以山上心得很，每一个环节都过目，问过付语嫣的意见再敲定。

根据天气预报，最近两天雨都不会停，室外婚礼的方案几乎宣告泡汤，所幸一开始就做了两手准备，还有室内方案备选。

但付语嫣十分不满意，她心中属意碧空晚霞、湖边草坪、浪漫落日。室内装点得再奢华梦幻，也难入她的眼。

这两天，她脾气发了不少，到处折腾人，说要换主婚纱，因为和室内主场景不搭，她的手捧花也不好看，使唤不同的人立即给她解决，言语间甚至透露出改婚期的想法。

伴娘伴郎共十二位，提前入住庄园，造型团队也被付语嫣叫过来，她临时起意要试另一套妆造。

伴郎伴娘的服饰随着她变，全得陪她折腾，只有黎肆行懒得搭理她。

占地五千平方米的法式庄园，先前布好的景都撤掉，暴雨下谈不上任何浪漫。

黎肆行站在庭院的走廊里，视线里只有蒙蒙雨幕，戴着蓝牙耳机跟元双打电话。

元双和易枝枝在酒店里待着，这样的天气哪儿也去不了，但她说一点也不无聊。

"枝枝给我介绍她在国外的同学，有好几个蓝眼睛的看起来好迷人。"

她是单纯欣赏美的目光，太单纯了，黎肆行不但不会吃醋，甚至以此诱惑她："婚礼宾客里不只有蓝眼睛还有绿眼睛的，你不来看岂不可惜。"

"你最好看，我看你就够啦。"

隔着电话，不知元双是理解有误故意嘴甜还是真的嘴甜，总之让黎肆行在这个阴沉的雨天获得一份舒心。

走廊那头来了个付语嫣的小姐妹喊他："小黎公子，语嫣叫你呢。"

"你是不是有事啊，我先挂了。"

"没事，你接着说。"

电话通着，黎肆行回到特意给付语嫣弄出来的一间妆造室，靠近窗边摆着几款重工婚纱，阴雨天仍不减其光彩。

付语嫣看到他进来，说："黎四，他们准备了一套新的伴郎服，就差你没试了，我觉得比之前的好看。"

黎肆行不受她摆布："付语嫣，你作也要有个限度，赶紧定好哪套，

/ 153

谁有那么多时间陪你换来换去的。"

付语嫣在试戴不同造型的头纱，分出一点眼神从镜子里斜他："换个衣服你都不愿意，难说你们黎家的诚意有多大。"

"要诚意你找老大去。"

黎以山直到今天工作的事也没落下，又因为暴雨被困在东郊园区的集团总部没赶回来。

他不在，倒是元双在电话里承担调解任务："婚礼一定要完美才行，新娘的意见最大啦，你不要生气嘛，虽然我没看到，但我觉得你肯定穿哪一套都很好看的。"

和黎以山的震慑不同，她像小猫似的软软地顺黎肆行的脾气，他被顺得舒服了。

付语嫣看着窗外阴沉的天气，越来越烦。

她把头纱扯下来，赌气道："我的婚礼就该完美，既然下雨办不了室外，那就等不下雨的时候再办好了。"

这次被她亲哥先骂了："你发什么疯！那么大的厅走不开你了？两家人张罗了这么久你要改日子，黎以山都不带这么惯你的。"

付语嫣才不管这些，越不同意她越要干，反正黎以山会支持她。

她直接拿手机给黎以山打电话，大概也知道这个要求过分，开口是撒娇的语气："以山，我们的婚礼推迟几天行不行？最近下了这么大的雨，我不想在室内办，等雨过天晴，我期待了好久，不想留遗憾。"

一屋子人，连黎肆行都期待老大会是什么反应。在他的印象里，老大连句重话都没对付语嫣说过。

电话那端的声音沉沉地传来，是付语嫣的强大靠山："语嫣，你想推迟的话，就推迟吧。"

付城屿第一个反对："黎以山，你们家我们家上面都还有人呢，这事儿我妹做不了主，你也做不了主。"

"我会解决。"

"你解决什么？你对我妹好我没意见，但没有这么让她上天的宠法。"

黎肆行觉得蹊跷，问了一句："老大，你是淋雨淋坏了脑袋吗？"

婚礼不仅仅是给付语嫣打造的一个梦幻仪式，更多的是黎、付两家正式联姻的标志。集团许多合作项目都在启动中，他们成婚后的股权分配也等着正式交割。因为这种无缘无故的理由改期，必然会受到来自多方的压力和质疑。

黎以山再宠着纵着付语嫣，心里也该知道底线在哪儿。

电话那端没有回应，付语嫣把免提关掉，亲亲热热地对黎以山说你真好，没一会儿就挂断了。

一屋子人震惊，这是说改就改了？

手拿卷发棒的发型师不知所措："付小姐，这……发型还试吗？"

付语嫣心里高兴了："继续。"

元双在电话里旁听了这一切，问黎肆行："婚礼真的会推迟吗？"

黎肆行虽然不看好，但不得不承认老大一句话的分量："很有可能。"

傍晚雨停，黎肆行离开庄园，去酒店接元双吃饭，带上易枝枝一起。

易枝枝第一次正式接触黎肆行，因为高中时的滤镜，对他有种难言的敬畏感。

坐在一张桌子上吃饭，交谈间发现她在读的学校和他之前交换去的学校是同一所，只是不在一个校区，因此又有了点浅薄的校友情分。

易枝枝很快就放松了，天南海北都能聊，有一个好奇了很久的问题终于问出口："你高三下学期转走，真的是因为女朋友吗？哎，你别看双双，她也很想知道，没好意思问你。"

白天她们在酒店瞎聊，确实谈到过这个问题，元双说她也不知道。

虽然这个问题如今不重要，但了解一下也没什么损失。

元双等着他的答案，听他说："你也这么以为？"

"当时……有人这么传嘛。"

"高中时那么关心我，别人传的话记到现在？"

很好反驳的话，现成的例子就在眼前，好奇嘛，易枝枝也记得啊，但元双不会了。

易枝枝是偶然记起的好奇，而她是真正放在心底的在意。

以为被戳中心事，她一时编不出任何话来。

黎肆行再接再厉多问几句，或许就能套出她的话来，类似"对啊，其实我高中就很关心你"，或者"我认识你比你知道的要早"。

可偏偏，他此时接到付城屿的电话。

元双难以想象付城屿严肃的样子，此时隔着电话却轻易听出来了，他说："黎四，语嫣不见了。"

付语嫣离家出走是家常便饭，起初谁也没当回事儿，她留给付城屿一条消息：哥，我不结婚了。

随即人间蒸发。

她真是被宠惯了，任何事不满意，哭哭闹闹后都会遂她的愿。

即使黎以山想答应她婚礼推迟，但有上头长辈压着，他也做不了主。一开始的猜测是，她去找黎以山商量延后的具体日期，但黎以山斟酌利弊后反悔了，所以她想通过发脾气玩失踪让两家人妥协。

这种招数讲究有来有往，不能真的消失不见，你进我退才好谈条件。

但这一次，一点线索也没有。

付城屿收到消息后，不管愿不愿意，都得配合他妹妹演这出戏。

电话打不通，他不着急；家里没回去，也不是大问题；等黎以山打来电话说照顾一下语嫣的情绪时，他才意识到她是动真格的了。

全世界付语嫣最依赖黎以山，全世界黎以山最会照顾付语嫣的情绪。他不去照顾，那就谁都照顾不好。

付城屿意识到这一次不是小打小闹，发动所有关系去找她，杳无音信。

她的电子设备、所有的住处、常去玩的场所、车辆行驶信息、出行购票信息，干干净净没有一点痕迹。

第一次觉得，想找一个人怎么这么难。

最让人觉得奇怪的是，黎以山看起来完全不为所动，他甚至还有心思在公司加班。

付城屿找上门的时候，直接被黎以山的助理和保安拦在外面，他气得骂人，可声音再大话再脏也奈何不了黎以山疯了似的不动如山。

黎肆行和元双、易枝枝的这餐饭刚开了个头就要散场，出了这样的事他必须出力去解决。

他让她们吃好玩好再回酒店，他一会儿会找一个司机开车过来负责她们的出行。

元双拉住他的手臂，和他在一起很长时间都用不到勇气这种东西，这一刻却迅速生出一些来："我想跟你一起。"

黎肆行早就想带着她，只是顾念她对朋友的关心才妥协，她主动提出来，他当然不会拒绝。

只是一时没想通，她为什么忽然改了主意。

"我不会给你添乱，我只是想陪着你。"元双怕他不答应，补了一句很显懂事的话，随即目光带点歉意地落在易枝枝身上。

易枝枝完全理解："你们赶紧走赶紧走，这么多东西我要一个人慢慢享用。"

黎肆行开车带元双去了东郊园区集团总部的大厦，事到如今谁都明白，他大哥黎以山是症结所在，别人或许敲不开黎以山的门，但谁也拦不住黎肆行。

雨又开始下，道路积水严重，黎肆行今天开的是一辆底盘高的越野，一路畅通无阻，涉水无所畏惧。

元双没跟他上楼，她说陪他，就真的只是陪他。

知道自己帮不上任何忙，她就在车里坐着等他："你不要生太多气好不好？你一点都不像弟弟，弟弟不用这么操心哥哥的事。"

路上，他一直打黎以山的电话，当然都没打通，已经看出他情绪不好了。黎肆行深呼了口气出来，他早该带着元双，得罪她朋友也该带着。

"我不生气，老大他自己得有个交代。"

车没往地下停车场开，在集团大厦门口倒不用担心她一个人不安全，只是不知道需要待多久。黎肆行如下午在庄园一样，戴上蓝牙耳机和她保持通话："有事叫我。"

元双认真地点了头："你去吧。"

外面还在下雨，黎肆行撑了把伞下车，雨在风中没个方向，打了伞也遮不完全，元双目送他进去，眼见他的裤脚很快湿掉。

手机地图上显示他们所在的位置，声鸣大厦。

进一步搜索，声鸣大厦，声鸣集团总部所在。声鸣集团前身始建于一百二十年前，肩负历史使命，靠黎氏一族在商界的影响力和海外的资源发扬光大，历经劫难和辉煌，发展至今，涉足行业包括零售、地产、金融、汽车制造等多个领域。

手机里能听到他进门后别人恭敬问候的声音，还有电梯门开、上升的声音,两人都没有说话。

大厦顶层黎以山的办公室外,秘书接到前台通知就出来拦:"小黎公子,黎总今天不见任何人。"

黎肆行手一挥,面上的表情叫秘书都吓一跳,他们不愧是亲兄弟,气势发作起来足够震慑这一群人。

几名保安做出手势阻挡,但谁也没敢真拦他,就这么由着他敲办公室的门:"老大,你开门。"

门内毫无动静,黎肆行开始试门锁密码,"验证失败"的机械音不断传来,再一次输错将会把门锁锁死的时候,他输入黎、付两人原本的婚期,密码正确,门开了。

黎肆行猛地推开门进去,办公室里黑漆漆的,他摸到灯的开关打开。黎以山躺在沙发上,似乎被突如其来的光线刺到了眼,揉着眼睛坐起来。

兄弟俩静静地对视,黎肆行走到他面前,看不懂他为什么会表现出如此失去心力的颓丧。

黎以山,是真的像山一样,没人觉得山会倒下。

黎以山端起茶几上的一杯水喝了一口,抬头看自己的弟弟:"肆行,你跟语嫣结婚吧。"

黎肆行耳机里的通话断掉,他拎着黎以山的衣领把他拽起来,声音和青筋一起暴怒:"黎以山!你要死了是吗?你是不是要死了!"

他从小到大从不守规矩,也没这样对过他亲哥,因为他亲哥从来不会说这种触碰他底线的话。

黎以山咳了两声:"语嫣小时候一直跟你更亲近,当初和付家商量婚事,考虑的也是你和她。"

"所以呢?后来呢?是谁去找爷爷改主意?是谁在付语嫣回国的时候第一时间赶回来?是谁说会一辈子疼她爱她纵容她?不是我吧,黎以山!"

黎以山比付语嫣大三岁,付语嫣又比黎肆行大三岁,左右的三岁之差,一点都不影响她拥有两位感情好的竹马。

比起自己的亲哥付城屿,付语嫣对黎家兄弟的感情甚至更深。黎以山是她永远稳固的靠山,而黎肆行是会招她逗她的坏蛋。

少女情窦初开之时,也曾做过比较,姓黎的哪一个更得她的心。感情观没有成熟时,时常摇摆,还会受电视剧影响,流行沉稳魅力熟男时,心里就给黎以山加分,走红一位酷帅少年感跪哥时,又想黎肆行也不错。

后来真正长大,知道这不是她能选的,黎肆行明显拿她当玩伴,而黎以山对她太好,超越朋友情、兄妹情的男女之间的好。

世家联姻,事先就有感情已算难得的幸运,付语嫣再任性,也知道黎以山绝对是她的良配。

黎以山心思深沉,他早看出来黎肆行对付语嫣没有男女之情,即使有,他也会用他的方式得到付语嫣。

黎肆行不明白,当初那么坚定的一个人,怎么会在婚礼前放弃。

他松开黎以山的衣服,自己都觉得累。

"老大,付语嫣现在还没找到,你真的一点都不担心吗?今天下了这么大的雨,万一她是被困在哪里出了事,你要不要后悔一辈子?"

黎以山的表情有了明显的波动:"该找的地方都找了吗?"

"你自己去找吧。爸妈和爷爷都等着你呢,老大,你这种理由说服不了家里人,也别想拉我下水。"

付语嫣还是他的软肋,黎肆行看得分明。黎肆行问不出来他突然发疯的原因,但这个原因他迟早得告诉所有人。

黎肆行转身离开,拉开门的时候,黎以山叫住了他:"肆行,这么多年我是哥哥你是弟弟,什么时候我们也换一下,我感到累了。"

黎肆行这二十年之所以能如他的名字一样肆意任行,有一半要归功于黎以山是个好大哥。

作为黎家这一辈的长子和幼子,两人的成长经历千差万别。

黎以山从小就被当作继承人来培养,读书跳级,十九岁就修完大学课程,二十一岁接任集团公司的重要职务,在爷爷和父亲的扶持下,五年时间已经成为名副其实的掌权人。

而黎肆行从小因为身体的关系被黎家所有人捧在手心上,他聪慧过人,又不必承担过多的压力和责任,活得自在洒脱、无忧无虑,一度骑在他哥头上称王称霸。

黎肆行回头看黎以山:"老大,你永远是我大哥。"

他下了电梯离开,大厦门前的车上不见了元双。

元双去年十月满十八岁,过后就考了驾照,但平时没什么机会开,还是个新手。

黎肆行把车钥匙留下来了,但她不敢开。车子没锁,在他自己的地盘肯定不会有闪失。

雨势忽大忽小,她抓住忽小的那一阵,撑了自己的一把黄伞下了车。

声鸣大厦这一片是非常成熟的商业区,想买任何东西都能买到。

走进最近的一家商场,一楼是各个大牌的鞋子专柜,元双锁定了一个休闲品牌,迅速挑了一双合她审美的男士鞋,报的黎肆行的尺码。

导购是个爽朗的姐姐,亲亲热热自来熟,两句话就称呼元双妹妹:"这一款是我们大热的情侣款,妹妹你要不要试一下女款?"

元双心动了。本来是应急买的,黎肆行今天穿的是轻便的运动鞋,这样的雨天,走一会儿鞋面就湿掉了,她今天穿的是一双浅口的漆皮平底鞋,湿不湿的无所谓,总之马上就能晾干。

但"情侣"两个字作为卖点真有魔力,她现在需要一点魔力的支持。

出了商场,她又去了旁边一家便利店,时间不早了,窗边餐台上还坐着几个正解决晚饭的打工人。元双转了一圈没什么收获,黎肆行挑得很,便利店里的熟食他大概不爱吃,只拿了两个包装好的雪媚娘。

付款的时候,黎肆行的电话打来,元双没反应过来,点付款软件的手指一不小心戳到了挂断。

但挂就挂了,不急这几秒钟,她还是先结账好了。

还没等她再次点开付款码,黎肆行的电话又打来了。

无心之失不会犯第二次,元双刚接通,就听到他问:"元双,你去哪儿了?"

声音很沉,隐隐压着急躁,或许是跟他大哥谈得不好。

"我在这边商场买东西呢,"元双边说边结完账,拎着东西走出去,"你下来了吗?"

"位置给我。"

"我买好了,这就回去了。"

"你要回哪儿?"

"车里啊,你难道丢下我先走了?"元双想说点玩笑话让他舒缓一下心情,哪知他听了并不觉得好笑。

她好本事,叫他险些以为她丢下他先走了,还是走苦情路线那种,一个人默默淋雨黯然神伤,连他的车都不知道开走。

"我看到你了,站门口别动。"

电话里能听到他在风雨中行走的声音。

"你别过来了呀,我往回走了。"说不给他添麻烦的,还要劳他在雨里找过来,元双加快脚步。

繁华的商业区到处都是明亮的灯,雨中不乏忙碌疾行的人,偶尔还能遇见穿着雨衣雨鞋被家长带着踩水的小朋友,踩一下"咯咯"笑一声。

雨天也不都是讨人嫌。

很快,元双那把颜色清新的黄伞和黎肆行那把宽阔玄青的大伞在路口会合。

她立刻把自己的伞收起来钻进他的大伞里,没拎东西的那只手挽上他撑伞的手臂,他的肌肉绷起来,风雨中依然很可靠,元双靠他靠得很紧很紧。

黎肆行把她手上的东西拎过来,伞面倾斜,尽力护着她,她还不满:"哎呀,我的东西要淋湿了。"说着,她还把伞往他那侧推。

那个纸袋上的logo(商标)黎肆行并不陌生,一个知名的轻奢鞋服品牌,不知道她为什么突然有兴致去买,也不知道她怎么这么宝贝。

看不见她的短时间里,他忽然产生了很多问题要问:"去买什么了?"

"雪媚娘!"便利店的袋子还在她手上,她高高扬起给他看。

"电话怎么挂掉了?"

"刚刚买东西付款的时候,不小心误触了,真的。"不知道为什么要强调一句"真的",明明是正常又普遍的理由,听起来像编的。

"那刚才在车里呢?"

通话是她掐掉的,这一题属于明知故问,老大说的那话她肯定不愿意听。

"也是不小心点到了。"

"真的"是给这儿铺垫呢,黎肆行也不追根究底,走到车边拉开副驾驶的门让她上去。

他顺手把她买的东西往后座放时,被她拦住,说现在就有用。

他由着她,又送到她怀里。

等他坐回驾驶位,她开始拆盒子。

黎肆行没发动车子,有些话必须由他说清楚:"元双,我不会跟付语嫣结婚的。"

/ 161

元双手上的动作卡顿了一下，随即道："我知道的，你都还没到法定结婚年龄，怎么结婚嘛。"

"即使我到了法定结婚年龄，我也不会跟她结婚的，你明白吗？"

元双点点头，认真地看着他，眼神告诉他，他说的话她都会信的。

她很快从盒子里拎出一双崭新的鞋子给他看，眉眼搭着细腻的笑："给你买的，你要不要试试？"

黎肆行这时候才明白她为什么冒着雨去购物。

他的鞋子湿了，鞋子湿了穿着不舒服。

他大哥不在意，一贯周全的秘书没敢多言，甚至他自己都不觉得是事儿。

但元双觉得重要，重要到值得她立刻冒雨去买一双干净舒服的新鞋给他换。

这辆越野车空间大，换双鞋子绰绰有余。黎肆行接过她递来的一样又一样干燥的物品：纸巾、袜子、鞋子。

潮气被拭干，密闭的车内只剩温和干燥的爱意。

在这个风雨飘摇、事事未定的晚上，这样一个纯粹的人纯粹的心思，在他的灵魂深处悄无声息地盖上了一个印迹，经久不灭。

他换好，她很满意，说："我的眼光还不错。"不能耽误他的事情，又说，"事情是不是还没解决，接下来要去哪里？"

黎肆行俯身过来，握住她仍在晃动的小腿。她百宝箱似的小包里有湿纸巾，他取出来沿着膝盖往下一点一点给她擦拭。她的鞋子没湿，但裙摆以下的腿上难免溅了些污水泥点。

"没解决的事明天解决。"

付语嫣有人去找，老大的嘴有人去撬。

这一刻别的事都不重要。

元双没回酒店，路上说起等暴雨结束交通恢复，她和易枝枝就要去规划好的下一站了。

黎肆行用元双的手机给易枝枝打电话，有商有量地说今晚元双归他，易枝枝哪敢说个不字，隔着电话一个劲儿地点头。

回到市中心的住所，门一开，黎肆行发现了不该出现在这里的第三人。

众人久寻不见的付语嫣，在黎肆行房子里的吧台上喝酒。

她和黎以山不愧是即将成婚的夫妻,在黑暗里都不开灯,被突如其来的光亮刺了眼:"关掉,好亮。"

黎肆行没搭理她,直接通知付城屿来接人。

元双知道他们有话要说,她实在震惊,几个小时前明媚张扬的准新娘为什么会颓丧到仿佛末日来临,又为什么会出现在这里。

但有前车之鉴,明白很多东西她听到了未必会高兴。

"黎四,我好困了,我先去洗澡睡觉好不好?"

黎肆行吻了吻她的额头:"你先睡。"

他径直走到付语嫣面前,台面上七零八落散着他酒柜里的酒。

"付语嫣,你挺会藏。"

这里连他都不常来,谁也想不到她会往这儿躲。她虽然没有门禁卡,但物业经理认识她,放她上来是一句话的事儿。他的密码锁常年都是那一种组合,和他手机密码如出一辙,付语嫣知道一个就等于知道所有。

"但被你找到了啊。"她不知是喝累了还是哭累了,趴在台面上。

黎肆行把她的手机开机,弹出来的消息差点把手机卡死:"你知不知道两家人就差把天翻过来找你了。"

"不是你说的吗?我迟早有一天要把我们家跟你们家都掀了,我来试试。"

"付圆圆。"

付语嫣又倒了一杯酒,一口灌下: "好久没听你这么叫我了。"

付圆圆是黎肆行给付语嫣取的外号, "语嫣"连读听起来就是"圆",再加上她成年以前确实圆乎乎很可爱,所以就这么被叫出了名声。

少女的爱美之心从小培养,对身材亦有追求,怎么会喜欢"圆"这个字眼,因此不让别人这么叫。付家千金不乐意,谁敢叫她不顺心?只有始作俑者她拦不了,就以牙还牙叫他"小病秧子"。当时她还找黎以山帮她报仇,但黎肆行的靠山是他爷爷,亲大哥也管不了。

后来黎以山和付语嫣确认关系,黎肆行就收敛许多,只连名带姓地叫她。

不叫她嫂子是因为觉得别扭,还因此被他爷爷教训过,但对他来说,付语嫣跟他更直接的关系是发小,无性别和年龄大小之分,而不是他大哥的未婚妻。

付语嫣呛到一口酒,猛烈地咳了起来,黎肆行把她喝完的没喝完的酒瓶都收起来。

"付圆圆,无论如何我希望你幸福,对我来说,老大和你同样重要,你们结不结婚都一样。"

她没看他:"我知道。"

黎肆行没什么好劝她的,他不认为自己在这件事中有任何作用。

老大的那句让他和付语嫣结婚,绝对是昏了头的下下策。他只要跟元双解释清楚,其余人再怎么想都不重要,这种下下策更没有任何再次被提起的必要。

黎、付两家当时为婚事专门拉的一个群已经吵翻天了,黎肆行扫了一眼,全都是问黎家老大要一个交代。

当事人不露面,再怎么吵也没结果。

黎肆行直接退了群,眼不见为净,隔了一会儿收到黎以山的消息:明天下午爷爷那儿见。

这是要准备交代了,这个雨夜总算有了一件尘埃落定的事。

黎肆行进了卧室,元双果然已经躺下了,只是灯还开着,轻易叫他看出来她没睡着。

她睡相不算好,熟睡时往往会把被子都卷走,第二天醒来他想借题发挥问点罪,她也不耍赖,只是很娇气地说:"我真的冷。"

还能拿她怎样?

黎肆行坐到床侧,手指搭在她的眼皮上轻点,她的睫毛颤着,没一会儿装不下去,睁开的眼睛里真有困倦:"你干吗呀,我刚刚做了一个美梦,都被你吵醒了。"

软着的嗓音,无理取闹的抱怨也是娇气的。

黎肆行挺享受,问她:"什么美梦?"

"记不得了,反正在梦里很开心。"

"现实里不开心吗?"

就是想逃避一会儿现实才说的做梦。

元双没忍住,刚刚她其实去偷看了一眼。她听到黎肆行喊付语嫣"付圆圆",这才参透FU House卫生间里高个子女生和同伴说的"独一无二的昵称"是怎么回事。

难免想到属于她的"元又又",很幼稚地想做比较,可她竟然掂量不出哪个更重一些。

等付城屿来接的那段时间,付语嫣一直在哭,她说:"我不想回家,我不想见任何人。"

可是她却藏到黎肆行的房子里,是不是可以说明,任何人里不包括黎肆行?

黎肆行没说话,端了杯水给她,静静地看着她哭,在她哭得虚脱,几乎要从高高的椅子上滑落时,黎肆行扶着她去沙发上躺着。

元双靠着墙壁想,类似的场景,她其实也才见过。

归园里黎肆行爷爷摆出来的那些照片,绝对主角是最得他心的小孙子黎肆行,而第二主角,不是其他任何姓黎的人,是付语嫣。

其中一张照片里,付语嫣也是号啕放声哭的状态,孩童的幼稚定格在镜头里,身侧有一个更幼稚的黎肆行,皱着眉不耐烦,像在哄人。

元双当时还问过他:"是不是你把人家惹哭了?"

他说不记得了。

黎肆行的爷爷记得,把他的糗事都抖落出来:"语嫣丫头过生日,你把她最喜欢的蛋糕先吃了,以山说要揍你,你才不情不愿地去认错。"

万一黎以山再"揍"他一次呢,他再不情不愿,有些事是不是也得去做?

首都之行,元双说不上后不后悔。

在宁陵,黎肆行是她的四号;在首都,黎肆行是黎家的小儿子,是黎以山的弟弟,是付语嫣的竹马。

她确实更了解他了,可有些事情,她宁愿一点也不了解。

元双伸出两只手臂拢在黎肆行的脑后,他配合地低下头来,离她很近很近。

不想给他添任何烦心事了,有些情绪她可以自己消化,于是只说:"现实也没有不开心,只是梦里更能随心所欲。"

天气预报不准,两日的雨水过后,意外得到一个艳阳高照的晴天。

婚礼正式取消,对外需要一个冠冕堂皇的理由,两家人陷入争执。联姻不成,责任在谁要好好清算,涉及的利益更是半点不能退让。

庄园的婚礼现场,新郎新娘无一到位,本该和和气气参加婚礼的两家人针锋相对，黎肆行的父母尚能掌控局面。

归园里，黎以山挽着衬衫袖子，蹲在他爷爷的菜地里锄草。暴雨过后，泥土湿滑，他穿着雨鞋，怎么脏都不在意。

黎肆行被他喊来，站在走廊里看他干了一个小时的活儿。爷爷每日这个时候在书房里写几篇字，不为任何人任何事所扰。

黎肆行挺不理解的："老大，你打算跟爷爷一样归隐田园？"

"不好吗？"

"你也学他不管事，姓黎的趁早分家好了。"

"我不管事，"黎以山放下手中的工具，"你来管。"

"老大，你——"

黎以山不是开玩笑，黎肆行立刻就感知到了。

"以山，肆行，都进来。"老爷子写完字喊他们。黎以山换上自己的鞋洗了手，袖口理好，又是一副天塌下来有他撑着的靠山模样。

谁都觉得，这样的靠山在任何洪流中都可以安然无恙。

客厅里，老爷子坐在长沙发的一端，黎以山拉了把椅子坐在他对面，而黎肆行就站在两人之间。

茶几上新泡了茶，老爷子说："这还是上次你给我送来的大红袍。"

黎以山端了一杯，黎肆行茶也不喝，谁都没招呼他。

"老大，说说吧，你怎么了？"

黎以山指着他带来的公文包，说："肆行，包里有个文件夹，你帮我拿出来。"

透明的文件夹，才拿出来就让人看清主题：病历。

黎肆行心中莫名恐慌，突然就想把东西撕了。

他小时候不知道攒了多少本病历，慢慢长大才跟这个东西解除了瓜葛，那时候一边吃药一边羡慕嫉妒自己的哥哥身强体壮健健康康。

可是这个病历本上怎么会有黎以山的名字呢？

"拿来吧。"黎以山的催促不紧不慢，明白他这个聪明的弟弟已经猜到了。

黎肆行把东西交给爷爷，老爷子戴上眼镜。

"肆行，你昨天问我是不是要死了，我可能……真的要死了。"饶是黎以山向来强大无畏，面对生死终会胆怯。

他昨天下午接到医院的电话，说体检复诊的结果很不好，不好到什么程度，医生称必须当面跟他说。

那时候，他就做了些心理准备。他平日里忙起来，工作和身体很难两全，大概知道有些问题，但还乐观，结完婚他会休很长一段时间的假，慢慢调养好了。

直到听到医生说的"死亡率很高"，才迟钝地意识到，他这短暂的一生获得了很多东西，也有很多东西再也抓不住了。

"爷爷，我会配合治疗，但是语嫣的婚事只能退掉，我赌不起她的一生。我妈那边，恐怕也瞒不住，她在国外养了这么久才见好，知道这件事恐怕又要病一回。公司的事——您当年怎么带我的，还请您出山一次怎么带肆行，他不会比我差。"

黎以山和黎肆行的父亲近几年主管集团海外事务，他们的母亲身体不好，黎肆行年少积弱，母亲常常责怪是自己的原因。直至黎肆行成年，黎以山也足够挑起集团重任，母亲和父亲就常驻海外，半退休的状态边休养边处理工作。

但黎家的根基仍然在首都，倒下了黎以山，黎肆行必须成为下一个黎以山。

第十一章 ♥♥♥
- 月 亭 亭 -

宁陵大学秋季学期开学，元双顺利转进了外国语学院。

她的人生走过一个岔路之后，渐渐回到最开始期待的大道上，只是一切还瞒着她妈妈。

她几次想要坦白，毕竟事已成定局，可话到嘴边往往又咽回去。

太害怕了，高三那个暑假的窒息感不想再经历第二次。

搬宿舍的那天，204几个女孩子一起帮她，新宿舍仍在东二园。

斜对面的楼栋，距离不远，但积攒了一年的生活用品数量可观。

搬完，元双请大家一起吃了饭。

说是散伙饭，几个人都有不舍。这一年遇到相处和谐的室友算她们运气好，总体来说元双和卫冉走得更近，另外两个室友玩得更好，但四个人也非泾渭分明的两个小团体，集体活动常常有。

元双会有新的室友，她搬走后也会有一个成功转进数学院的同学搬进204。

新室友合不合得来都是未知数。

饭毕回到宿舍，元双和她们三个人挥手再见，一个人去往新宿舍整理自己的东西。

她的零碎物品分门别类放在几个大收纳盒里，元双打开来想做些断舍离，杂乱繁多中，注意力被一个圆形的蓝色塑料绣绷牢牢抓住。

这个东西是她暑假在首都匆忙得来的，后来和易枝枝去其他地方玩，在当地买了少量的特产和纪念品带回宁陵。这个绣绷不会第二次使用，可她不舍得丢掉，随着那些东西一起塞进行李箱。

和易枝枝去计划的下一站之前，元双知道了黎以山的事情。

这种极容易威胁股价的消息暂时没有对外公布，但对黎家和付家的人都得交代清楚。

最先受不了打击的是黎肆行的母亲。黎肆行再怎么委婉地说，也抵消不了母亲询问医生朋友得到的"死亡率很高"这几个字的冲击力。

她当时就接受不了，心脏险些又出问题，家庭医生随时待命，黎家乱作一团。

父亲焦头烂额地给付家人交代，老爷子从归园回到老宅，表面不动如山主持大局，拄着拐杖走路却不安稳。

以前爷爷的拐杖只是个摆设，他自己说要倚老卖老才弄了根拐杖，用途就是恐吓黎肆行。现在这根拐杖摆正了自己的位置。

也不缺幸灾乐祸的人。

黎肆行的姑父李中原和他那个不成器的儿子黎子潇，刚开始还收敛，关心的话就算假意也说了两句，但真面目很快暴露。

李中原不是个好人，但不可否认本事不差，当年在爷爷手下就颇受器重，只是野心太大，大到不匹配他的本事，因此费尽心机抓住黎肆行姑姑这条捷径。

他这么多年经营，在集团拉拢了一派高层势力，但撼动不了黎以山天然的立场和凌厉的手段。

黎以山倒下，没有比他更痛快的人了。

他们自大到以为一切尽在掌握的时候，在老宅的院子里毫无顾忌地恶毒宣泄，无非就是希望黎以山"早死早超生"，声鸣集团很快就会姓李之类的。

黎肆行以前不会在乎他们父子做什么白日梦，但他们的嘴此时脏到黎以山身上，就是不行。

他最后的理智用来绷紧"李中原是长辈"这根线，挥起的拳头只对准黎子潇。

黎子潇废物到一定境界，毫无还手之力，而黎肆行下了狠手，李中原根本拉不开他，大叫道："出人命了，肆行想把子潇打死！快来人！"

老爷子出来，拐杖敲地才让黎肆行冷静。

黎肆行松了手，浑身脱力般垂着头，他太需要一个发泄的出口了。

老大担起一切责任，成全他肆意任行的二十年，他从来没想过，一夜

/ 169

之间他要面对突如其来的生死考验。

　　黎肆行不无孩子气地想过：小时候身体不好的是自己，长大了也是自己就好了，反正他习惯了，老大肯定没有他习惯得好。

　　老爷子宣布，下周的董事会他会出席，扶持黎肆行接替黎以山的位置。

　　当然会有质疑，最直接的理由是：黎肆行还是个在校大学生，怎么能担此大任？

　　不用他爷爷，黎肆行自己就能击溃这些质疑。

　　他不是他大哥沉稳凌厉那个路数的，但自有一身本事，不施展时掩其锋芒，需要发挥时所向披靡。

　　黎家所有人都知道这个老幺的本事，声鸣集团交给他不会比在黎以山手上差。

　　黎肆行在老宅决定接下黎以山的担子时，元双在他公寓给他在衣服上绣字。

　　她明天就要和易枝枝去计划里的下一站了，留在这里帮不上他任何忙，知道照顾好自己就是不给他添乱了。

　　临走前，她想给他留点东西，只是他什么都不缺，思来想去灵光乍现，决定给他绣一个自己写的"肆"字。

　　她从没绣过东西，现找了教程学，跑了几家超市买工具都没买全，最后在一家手工旗袍店里借到了店主的一个绣绷，店主听闻她的心意，直接说送给她了。

　　黎肆行的衣服看起来都不便宜，元双怕给他绣坏，且大多数的衣服上早已经绣好了字，就又去买了一件白衬衫。

　　她直接用水消笔在衬衫的侧边线处写了一个大小合适的"肆"，估摸着位置正好可以扎进西裤里，有点若隐若现的意思。

　　她学了简单的针法，对这类手工制作的东西都挺有悟性，绣好后很漂亮。

　　衬衫上的"肆"和在归园里写给他爷爷看的那个如出一辙，存着她的希望：愿他洒脱又舒展。

　　走之前，她没告诉他，挂在他一众衬衫中间，希望他发现的时候是个惊喜。

但他真的太忙了，后来两人几次联系，他言语中都没有察觉到惊喜的意思，大概连公寓也很少回了。

元双有点遗憾，但不忍给他添任何麻烦，已经能感受到，他连吃饭睡觉的时间都是奢侈的，学业都暂时搁置，还要顾念着她这个远在宁陵的女朋友。

十月的长假，元双妈妈带她去西部整整玩了七天，元双原本想去首都找黎肆行的计划泡汤。

等再回来，中旬就是她的生日了。

元双爸爸发了好大一个红包给她，还提出今年想带她出去庆祝。

元双把钱收下，生日还是跟妈妈去外婆家过。

十月的宁陵，满城都是桂花香。生日这天是周四，元双过完生日还得回学校，妈妈送她到校门口，元双下车后，迎着一路的桂花香，溜达着到了黎肆行的别墅。

这一天她是很想和他在一起的。

元双陪黄阿昏撒欢，玩到筋疲力尽时决定今晚住在这里，哪怕他不在，这个地点和他有关，她也会觉得开心。

暑假时最后一次住这里，还是她抱怨自己的房间没有落地窗时，他说让她以后住有落地窗的这间。

她推开门进去，一室的冷清。

恒温系统始终运转，温度的舒适并不能弥补心里的遗憾。

在期待什么呢？院子里的车纹丝未动，玄关没有换下来的鞋，黄阿昏没有格外兴奋地叫，只有她亲耳听到的抱歉。

元双躺在床上辗转反侧睡不着。她喜欢很大的床，可以随意翻滚，可只有一个人的时候，又嫌床太大了。

落地窗的窗帘没拉，月光照进来，她窝在墨蓝色的被子里，好像海上一座从未被发现的孤岛。

她索性起来，找到黎肆行的一件外套裹着，到书房里翻他送自己的礼物。

他在电话里跟她说过抱歉，生日不能陪她过。礼物是几天前就送来的，一直搁置在书房里没拆。

好像她不拆，就能等到别的礼物。

两个包裹，一个是一套签名钤印本的《兰亭秋夜录》，书的原作者已经离世，这一本是他生前最后的签名本。当初在归园和黎肆行的爷爷探讨书法时，元双有提到这本书，作者造诣颇高，遗憾未有机会讨教一二。

这签名本数量稀少，市面上几乎不流通，元双以前在各种二手书网站里淘过，都没结果，不知道黎肆行是从哪里找来的。

他好像总有办法找到这些很难找的东西。

另一个扁扁的丝绒盒子，很明显是首饰，元双打开来看，很漂亮的一条项链，坠着的鸽血红宝石顶大个儿，从哪个角度看都能折出亮眼的光。

黎肆行当时跟她说这两件礼物是雅俗共赏。

实际上一个心意不俗，一个价格不俗，出自他手，她都喜欢。

收礼的人总要给出反馈，元双拍了礼物的照片发给他，还有文字：我好俗，更喜欢俗的那件。

黎肆行很快回了电话来："还没睡？还有更俗的你要不要？"

元双说要。他给的任何东西都要。

"那你准备一下，门铃是不是响了？下楼签收。"

手机和楼下同时传来别墅大门的有客来访信息，"叮咚""叮咚"提示所谓更俗的礼物。

元双小跑着下楼，拖鞋在半路被踢掉，门打开的一瞬，看到风尘仆仆的黎肆行。很怕是自己在做梦，真的太想见他了，她上手掐他的脸，瘦了些，但是触感真实温润。

黎肆行将人抱紧，她的声音被压进他的胸膛里，软软闷闷的："你怎么突然回来了？"

黎肆行回宁陵不算心血来潮，早些时候跟她说回不来确实是回不来。

他刚刚接手他大哥的位置，工作并没那么好做，不服他的人太多，合作方信任的也是黎以山坐镇的声鸣集团，病重的消息瞒不了多久，多方都在保持观望，商海沉浮，见多了因为决策人的一个失误而全面崩盘的例子。

小黎公子陡然变成小黎总，需要建立的信任却不是一夕之间能完成的。他必须尽快做出亮眼的成绩才能服众。

黎、付联姻正式宣布取消，之前的合作事宜、股权转让都要重新评估，牵一发而动全身。

不止外患，还有内忧，黎肆行的姑父虎视眈眈，拉拢的董事明里暗里找他麻烦，自损一千也要伤他八百。

大哥已经去了海外，请最好的医疗团队治疗，爷爷经此打击身体大不如前，强撑着做他的隐形靠山。黎以山抱着九死一生的决绝，彻底和付语嫣分手。

原本两家姻亲几乎反目成仇，但成也利益，不成也是利益，一切都有价可谈。

短时间内，黎肆行感到心力交瘁。

唯一的一点安慰，是远在宁陵的元双。

她是游离于黎家和声鸣集团之外的存在，是仅仅属于他的乌托邦。

她知道他没有太多时间，连电话都是等他打来，接起来她总是说，自己一切都好。

哪里是一切都好呢？

卫冉在朋友圈里帮她抱不平：不会吧，不会吧，不会真的有人搞小团体排挤室友吧？长了大学生的脑子别干小学生的事儿行吗，你们可真棒棒哟。

底下傅云北评论问怎么了难道新室友欺负她，卫冉回复：不是我，是双双。

黎肆行偶然看到，觉得元双现在可真厉害，以前教她撒谎会用到他身上了，她半真半假跟他说："我换新宿舍了，舍友现在还不太熟，以后应该会更好吧。"

他给人家当男朋友也太不合格了，女朋友受了委屈都不跟他说，女朋友过生日居然也不在人家身边。

再这样下去，他该没有女朋友了。

黎肆行抱着元双上楼，她挣扎着要下来："你好累，别抱我了。"

他身上还是西装。以前也见他穿过，是不同于日常休闲服的英俊挺拔，总体还是合他肆意的状态，一点都不拘谨压抑。

今天没戴领带，领口解开两颗扣子，疲累中刚刚得点放松的样子，大概是直接从公司出来的。再快的航班也得半天才能折腾到宁陵。

"不累。"他不放手，元双也不再添乱，安安心心地伏在他的肩头。

"你会在宁陵待几天?"

他明早就得走。

这话他说不出来,她眼里期待的光会瞬间灭掉。

黎肆行扣住她的下巴,很用力地亲上去。她闭上眼睛,暂时忘掉这个问题,跟他在一起,就享受当下的一分一秒。

他洗完澡出来,元双给他吹头发。他的头发长了,长一点也很好看的。下颌骨的线条比之前更分明,元双好心疼地摸摸,问他是不是还在挑食。

他诚恳地认错:"以后听话,不挑了。"

实际上都明白,挑食是成年人的权利,还有挑食的意志,说明对食物存有兴趣。黎肆行再怎么挑都会被变着花样满足,他瘦了,说明连挑选过后的东西都吃不下。

元双把风筒靠近一点,自己的声音被挡住大半:"你不要生病好不好?别的都无所谓,你一定……不要生病。"

元双想,黎以山的事于她而言是蒙了一层恐惧在心头的。黎肆行跟她说过自己小时候是"病秧子",即使现在身体很好,可黎以山不是一直都很好吗,依然无法承受突如其来的病痛,万一落到他身上呢?

这是最无法保证的事情,黎肆行拉住她的手腕把吹风机关掉,让她坐到自己腿上,很郑重地答应她:"我不会生病,我会一直好好的。"

他问她新宿舍的事情。

"你想搬回原来的宿舍跟卫冉她们住也可以,打个申请,会有辅导员沟通。"

他说的辅导员会去沟通,是一定会成功的意思,元双知道,但不想用。

不同学院作息差距很大,尤其是早上的课程,而且已经有人搬进去了,她搬回去还要劳人家搬走,没道理干这么蛮横的事儿。

她说不用,黎肆行还有建议:"不想住宿舍的话,以后就住这里,黄阿昏给你做伴,不想走路的话,陈叔开车接送。有些人不值得花费心思建立关系,就当烟消云散。"

元双决定听他这条建议。

第二天一早,元双知道了昨晚被略过去的问题答案是什么了,黎肆行送她回学校,司机陈叔开的车,他开玩笑说:"元小姐,很快我就把小黎公子再给你送回来。"

元双期待着"很快"的到来，但如果代价是进一步压榨黎肆行的时间，她又宁愿没有。

陈叔将车开出去两分钟又开回来，后座车窗降下来，黎肆行伸出手臂喊她："元又又。"

元双很惊讶地回头，几乎以为他不走了："怎么了？"

"你还欠我一张小时候的照片。"

元双差点忘了这回事，在首都答应好的，他没回宁陵，连想起的契机都没有。

"我周末回家挑一张，等你下次回来拿好不好？"

不想寄过去，等他回来是她的盼头。

黎肆行抓着她的手说好："等我回来。"

元双放平心态，跟室友保持同一屋檐下的陌生人状态。

班上大多数人对她还是很友好。

她成绩漂亮，人也漂亮，转进来的时候就被打听过为什么转来，有没有男朋友。

前者只有她本人知道，后者……看她身边一直没有男生出没，应该是没有。

学业上逐渐顺利的时候，以前一起做小组作业的一个男同学突然向她表白，元双尴尬地把人拒绝："我有男朋友了。"

男生很生气："你可以拒绝我，但为什么要骗我？我问过你室友，她说你根本没有男朋友。"

元双听到这儿也不必对他客气了："你那么相信我室友的话，就去追我室友吧。"

转身离开的路上，她突然也觉得，自己看起来大概真不像有男朋友的人。

她和黎肆行有多久没见了？两个多月了吧，这期间他大哥的病情一度恶化，他要两头跑。

她上次回家翻到小时候的相册，精心挑选了好几张等他回来取。

照片就放在别墅书房的抽屉里，不知道还要等多久。

天气预报预计下周会有大范围降雪，她还没有跟他一起看过雪。

/ 175

她真的怕冷，一年四季最不喜欢冬天，老天不公，这样的天气都不给她配一个喜欢的人在身边安慰。

临近学期末，外国语学院公布春季学期有一个国外交换的项目，面向整个学院所有学生开放申请。

元双很心动，宁大的外国语学院不是强势学科，交换的学校开设顶级的口译课程，这种难得的机会对谁来说都大有益处。

但如果出国就必须和她妈妈坦白转专业的事情，而且，她不想离黎肆行更远了。

报名申请时间有限，她如当初转专业一样陷入左右为难的纠结，可这时候没有黎肆行在旁边帮她解决纠结了。

元旦前的一个周末，元双的奶奶过七十五岁寿辰，元双去参加，时隔很久再次见到父亲。

元双坐在席间专心吃饭，元风坐在她旁边，关心道："双双，你和黎……你男朋友怎么样了？什么时候带回来给爷爷奶奶看看。"

元双第一次犹豫了，若要带回来也是先带给她妈妈看，可她至今还瞒着，甚至不用她怎么瞒，她确实好像没有交男朋友。

脑子里竟然跳出一个念头：也许很快就不算瞒了。

元双连忙喝了口水压下，声音低低的："他很忙，很忙。"

元风说："上次闹出那么大的事，他的伤好了吗？"

元双手上的筷子险些掉落："哪次？什么伤？"

元风后知后觉："他没跟你说？"

这事原本轮不到元风知道，他在声鸣集团位于宁陵的分公司，首都总部高层的私事传不了这么远。

但集团在动荡之际，上一任总裁一病生死难料，这一任刚担大任做出成绩，又被传进了医院，集团上下很怕再生变故。

后来出了简单的公告安抚人心，说是意外受伤，伤情不重不会影响工作，很快就会康复。

有关这个意外的八卦消息很多，元风告诉元双他听到的版本："原本和黎家联姻的那位付家千金自杀，小黎总夺刀阻止时被意外划伤了手背。"

元双之后再没吃下过一口东西，勉强撑到了散席。

　　回家时父亲提出送她，元双本想拒绝，父亲说："双双，我跟你谈一下你和你男朋友的事，就我们俩。"

　　元双站在饭店停车场寒冷的风中想逃。她现在迫切需要知道黎肆行是不是真的受伤了，受伤了又为什么不告诉她。这个问题她要他本人的答案，别人说什么她都不想听。

　　"爸爸，你想谈什么呢？让我跟他分手吗？"

　　"我听说了，黎老的小孙子接手了声鸣。双双，当初爸爸不反对你们在一起，因为你们都还是学生，黎家有老大黎以山担着，黎肆行相对自由，想做什么都有人兜底。但他现在没有了，折了付家一个姻亲，会有孙家王家补上。双双，你们现在分手，对你对他都是好事，爸爸不想你越陷越深，受到的伤害越来越大。"

　　"爸爸，这世上还有真情真爱，你没有，不要觉得所有人都没有。妈妈说我像你，真庆幸这一点我不像你。"

　　"双双，你别太天真了，再多的真情真爱，在利益面前都得让步，你以为黎家的门好进吗？爸爸当年在黎老手下做了那么久，看得清清楚楚。黎肆行父母的豪门模范夫妻是怎么来的，你知道吗？是黎肆行的爸爸舍弃了五年的初恋换来的！"

　　"所以呢，爸爸你又是为了什么舍弃我和妈妈呢？"

　　"双双，我在说你和黎肆行的事情！"

　　"嘀——嘀——"

　　驶进来的是元双妈妈的车，她显然看到了他们。

　　元双一点都不想跟她爸爸说话了，她拉开车门就要上去，却被拦住："爸爸刚才说的话你好好考虑，爸爸真的是为你好。"

　　"元业立——"元双妈妈降下车窗，"双双今天是来看她奶奶的，你松手，她跟你没关系。"

　　"任珂，你以为你这些年对女儿好吗？你了解女儿都经历了些什么吗？"

　　"爸！你不要说了！"元双感到了不妙，她爸爸的话直刺她妈妈的痛处——

　　"你当年逼着女儿转到理科，大学又让她学不喜欢的数学，女儿的天赋都被你埋没了！你知道她瞒着你又偷偷转了专业吗？她什么都不敢跟你说，事到如今你不觉得愧对女儿吗？

"还有她跟黎老的小孙子在一起的事，你我都知道，黎家的门庭是那么轻易出入的吗？你从来不劝她，你眼睁睁地看着她跳进去，你这些年到底是怎么照顾女儿的！我当初就不该放弃抚养权，双双养在我身边起码能自由自在做她自己……"

任珂听完元业立的指责，打开车门下来，元双立在风中忽然觉得一动也动不了。

她耳边还是父亲的话，错乱地在脑中播放，句子和句子之间连不上，她抗拒接收这些话说出口的后果。

车门"砰"地被大力关上，元双搭在门把手上的手跟着震了一下，心脏好像受到了发令枪的指示开始赛跑，急速跳着要从身体里叛逃。

元双盯着她妈妈的身影，只剩本能的恐惧。

任珂凭着对女儿的了解足够确认元业立这些话的真假，她看到元双瑟瑟不敢有任何动作，就明白百分之八十都不是虚言。

理智上知道结果，感情上却难以接受："双双，你一直在骗妈妈吗？"

"妈妈，我……"元双的声音抖着，说不了完整的话。

元业立还在煽风点火："任珂，你看看女儿怕你怕成什么样子了？"

"你闭嘴！"任珂知道自己该把矛头对准谁，"双双，外面冷，你先上车，妈妈有话跟他说。"

"妈妈，我错了，我们回家好不好？"

"上车！"

元双不敢再说任何话，拉开车门坐到副驾驶座上，眼睁睁地看着她的父母时隔多年再次陷入争吵。隔着密闭的车，她其实听不太清楚，但他们的面目神态实在太熟悉，曾经她一闭眼脑中就会自动播放这样的影像，一整晚都睡不着。

这样的争吵永远不会有结果。

元双等待着他们再一次不欢而散。或许是顾忌着停车场还有人和车辆来往，他们渐渐收敛，一度好像达成和解似的冷静交谈。

气象台预报今年冬日的初雪终于降下，鹅毛大雪纷纷扬扬。元双暂时转移注意力去感受一点大自然的美好，纷纷扰扰都先盖掉。

地面温度暂时难以积雪，雪触地就化掉，前仆后继，终于铺上皑皑一层。

　　她父母直到这时候才说完,最后又给对方撂了脸色,先前的和平相处成了短暂的假象。各自回到车上,元双知道,妈妈跟爸爸的账算完,接下来该她了。

　　车内弥漫着沉默,元双没等到发落的话。
　　她爸爸的车先开出去了,而她妈妈似乎被激起了莫名其妙的胜负欲,油门一踩紧追其后。
　　这一段同路,两人在宽阔的四车道上较量着。
　　"砰——"
　　雪天路滑,终有意外,元双妈妈的车撞向路中央的绿化带,元双惊魂未定地被安全带拽住,再看驾驶座上的妈妈,没有明显的外伤,但似乎头碰到了哪里,昏了过去。
　　元双慌张地打120,她爸爸到底将车子掉头回来查看。
　　送到医院急诊,医生确认任珂是脑震荡,需住院留观。
　　元双对父亲的忙前忙后表示感激,可又没法不联想,今晚一切的起因都是他故意刺激妈妈说的那些话。
　　病房外,元双低着头不知该拿什么态度对他:"爸爸,你回去吧。"
　　"双双,爸爸问你,这件事你会跟黎肆行说吗?"
　　元双茫然,为什么又扯到他?
　　"跟他说……什么?"
　　不同于停车场疾言厉色的利益论,元业立打感情牌,试图从根本上瓦解这段关系:"你妈妈住院这几天,你要劳心劳力地照顾,还要兼顾学业,到时候医院学校两头跑,你会告诉他这些吗?你的辛苦能得到他的关心和安慰吗?"
　　"我……"这话有效,元双思考不出结果磕巴了,"不用。"
　　她知道说了肯定会有,但从什么时候起不想说了呢?一直一直怕给他添任何一点麻烦,尤其是他大哥出事以后,他们之间好客气,连嘘寒问暖都是点到即止。
　　有限的交流时间里,只剩抱歉来抱歉去和一次又一次的没关系。
　　她在校外他的别墅连续住过一阵,可很快就住不下去。那不是她的地方，她一个人住，会被无边的孤独和心慌吞没，她会觉得连黄阿昏都不属于她，于是宁愿回到室友关系并不融洽的学校宿舍住，起码那里有看得见摸得着的人和关系，会让她觉得落在实处。

后来黎肆行也有问过这件事，她随口一答，说自己两边都住，其实只有遛黄阿昏的时间在别墅。

她从来没想过骗他。

蕴含苦衷的谎言也是谎言。

元双这时候理解了为什么黎肆行不跟她说自己受伤的事情，因为毫无用处。

说了，她干着急，帮不上任何忙，索性不说，反正迟早会好。

他们一边为对方着想，一边陈述一个事实：我不需要你，你也不需要我。这种不需要真的会把她打败。

"双双，我跟你妈妈只在爱你这件事上立场始终一致，她听得进去我为什么不同意你跟黎肆行在一起，等她醒来，你可以问问她。"

元业立作为父亲其实看透了自己的女儿，她心思浅却陷得深，她跟黎肆行在一起会事事以他为先而忽略自己，这是做父母的最在乎的一点。

黎肆行不是不好，是在元双心里太好。

而元业立以一个男人看男人的立场，不相信黎肆行这种人中之龙会因为任何一个女人驻足，哪怕是他女儿元双。

元双妈妈住了三天院，确认身体没有大碍。元双一直等待着妈妈的质问，或许是因为医生说情绪要保持稳定，又或许是她爸爸真的一度说服了她妈妈，总之这三天风平浪静。

一直到出院回家，任珂像个寻常妈妈一样问起一些她和黎肆行在一起的细节："每周五送你回家那个？"

黎肆行的车不管是低调还是拉风，懂的人都能看出价格不菲，停在他们小区门口几次被业主惊叹又好奇地议论着，话题自然也会连带车内坐的人。元双妈妈之前有耳闻但没当回事儿，如今联想起来就明白了。

"你跟枝枝暑假去首都是为了找他？"

元双连说是，她妈妈没有一点脾气，竟然说了一句"那他还不错"。

元双震惊得几乎以为她妈妈不会反对。

母女关系远比父女关系亲近，任珂看得透自己的女儿："可是，你为什么从来不敢把他介绍给你妈妈？如果没有你爸故意说的那些话，你打算一直瞒着我吗？如果我一直不同意你们在一起，你会和他分手吗？你们之间的感情就这么脆弱得不堪一击吗？"

元双被戳中要害。

她其实明白，自己对他们之间的感情没有太大的信心，很多时候觉得自己捞上来的是水中月，摘到的是镜中花，小小的波动和转折就能毁掉这一切。

她逃避过很多问题，包括所谓家世门当户对、情感付出对等与否，以及一直瞒着她妈妈，本质上是没有考虑好这段感情的未来。

她有赌徒心理，能赢一时是一时，但又没那么大的瘾，想彻底撒手也不会太难。

"双双，这一点上妈妈确实同意你爸的看法，黎肆行可能很好，但不适合你。妈妈不会逼你怎样——这一次说话算话，你自己考虑清楚了再做决定。"

宁陵的雪又开始下了，断断续续算不上初雪了，可她依然要真诚地许个愿。

元双打算最后一次需要黎肆行：*下学期有个出国交换项目，我想让你帮我做个决定。*

黎肆行隔了很久回她：*见面说。*

这场全国大范围降雪自南向北铺开，有的地方下了三天，有的地方刚见雪就停；有人在给初雪赋予意义，有人在怨恨雪下起来真是误事。

从首都到宁陵，十个小时的车程被雪况耽误至十三个小时，黎肆行到达目的地时已接近正午。

宁陵连雪都是懂事漂亮的，夜里悄悄下完，浅浅积了一层，叫人清早起来收获一份"看，下雪了"的好心情，日头一热就化干净，绝不给你添丁点烦忧。

元双跟黎肆行说过，她虽然怕冷，但真的好喜欢看雪。

她很愿意相信初雪的意义，说如果有机会想跟他一起看。

类似的有机会他不知道还要让她等多少回。

别墅里只有管家阿姨和黄阿昏在，黄阿昏见到黎肆行激动得四条腿乱蹦，绕着他来回转。

他打了个电话给元双，她还在上课，知道他在别墅，就毫不犹豫地回来了。

她背着书包，身上穿一件看起来很暖和的羽绒服，戴着帽子、围巾，该保暖的一件不少。

天气最冷的时候，他从不在她身边。

黎肆行感到懊恼，却清醒地知道自己仍然弥补不了什么。

元双一进门看到他，发现他气质很不一样了，明明也有几次视频通话，真人在眼前，仍忍不住要心酸。

"你的眼睛好红，吃过东西先去睡一觉好不好？"

好像回到了上学期，她和他一起吃午饭，黄阿昏在一旁趴着，没有几个月不见的鸿沟，他们平常又温馨。

吃完饭，她拉着黎肆行去主卧休息，他闭上眼睛，一会儿就沉沉地睡过去。

元双看到他手背上真有一个伤疤，两三厘米长，已经愈合。

只是他不提，她也默契地不问。

她手指摩挲着那道伤疤，忍不住心疼。

和付语嫣有关也好无关也罢，伤疤怎么来的她不太想知道了。

她轻手轻脚地离开，继续在这儿看着他，她会不忍心。

黎肆行只睡了一个小时就醒了，睁开眼心慌的一瞬，确认了自己在宁陵。

他推开门直奔书房找到元双，她精力过于集中，冷不防被开门的声音吓了一跳，手里的东西都掉落了。

她愣怔地看着他走近，东西都忘了捡。黎肆行弯腰捡起来拿在手里把玩，是一支录音笔。

知道她会用录音笔录下自己平时练习的内容用来复盘，他按下播放键想听一听，却被她拦住："它坏了。"

"怎么坏的？"

"出不了声了，可能时间太久了，这支是我高中时买的。"她把录音笔拿到手上，"你睡好了吗？"

"嗯。"他拉住她的手腕，"走，带你出去。"

"去干吗？"

"买新的录音笔。"

他们有些心知肚明的默契，知道这应该是在一起的最后一个下午。

出门没带司机，怕黎肆行仍没休息好，元双开的车。

她想叫他知道，该会的生活技能她都在慢慢掌握中，她离开他会过得很好。

"我开得慢，你再睡一会儿吧。"

黎肆行说不困。

好多事没有第一次了，预见到最后一次的时候要留着珍惜。

目的地是他们第一次单独出来时去的那个大型商场。

有始有终这个词说不出来，但脚下走的每一步都是这个意思。

当时也是黎肆行给元双买一个电子产品。意外摔坏的手机，出不了声的录音笔，更新换代他都在。

挑了一个同品牌的最新款，黎肆行让店员包好，元双说想让他录第一句话："就当是……礼物，好不好？"

他送她礼物从来不需要由头，这里被她省略的却是一个正经的由头。

什么礼物？分手礼物。

黎肆行不会拒绝她的任何要求，更何况是这样的时刻。

他把录音笔取出来，嘴唇微张，脑子里竟然一片空白。

如果不是时机太差，他大概会说："黎肆行牌录音笔，诚挚为主人元双服务。"

又或者，他会趁机夸赞她："My baby girl will be an excellent interpreter.（我的宝贝女孩会是一个出色的口译员。）"

"这里按下就可以录了，第一句话应该很有意义，先生可以给女朋友说几句祝福的话或者贴心话。"一旁的店员很有眼色地及时提示。

这两位顾客看着也奇怪，应该是情侣吧，一直牵着手，可是气氛怎么怪怪的？又不太像吵架了。

黎肆行沉默过后终于有了决定，开口录上他要说的话："愿身能似月亭亭，千里伴君行。"

犹记得她很喜欢月亮，在首都归园那晚，她说够到月亮了，他大概能沾点月亮的光。

元双险些以为他什么都知道了。

书房那支坏掉的录音笔里，文件翻到起始，记录着她很久以来的心事。

她不能免俗，遥遥看着他时，会把他当成独一无二的高洁皎月，类似表达不计其数，甚至同样一句词她也录过。

知道他转学回首都的时候，以为以后都不会见到，只能期待自己化身明月常常伴他左右。

元双看向他的眼睛，随即否定了这个可能，他是太直白的人，如果知道，一定会跟她说。

她几乎能想象出他具体的话："是谁在高中时玩暗恋？不是我们元又又吧？这个四号是谁？哦，是我。"

他会很得意，也会很尊重且珍视她既往的情意。

以前期待过这样的时候，可是以后永远不会有这样的机会了。

黎肆行把录音笔递给元双，她按下播放键，效果出来，明明听到这话该开心的，他们有这样的默契，他愿意始终做她的月亮，可嘴角牵牵，怎么也腾不出心思来笑。

他以前是她得不到的月亮，以后是她不必得到的月亮了。

吃饭的地方倒不是第一次那家。

元双那时不知道他对食物的挑剔程度，宁陵传统老字号的口味偏甜，他其实不太爱吃，当时他什么也没说，礼貌姿态都足足的。

后来在一起知道他那么"难伺候"，她对他的吃食也格外上心。

他们去了一家西餐厅，很棒的氛围，适合甜蜜地在一起谈情说爱，也适合冷静地说"以后不在一起了"。

入口的食物很少，但元双吃了很久才停下用餐的动作，她骗不了自己，即使做好了一切心理准备，还是想尽力拖延真正下刀的时刻。

那是不用想象就知道的刻骨的疼。

嘴巴接下来只用来讲话了。

元双扬起一点笑："我妈妈说，你不是坏孩子。"

黎肆行早就放下餐具，一直看着她，听到她的话，应声："阿姨如果知道我教你撒谎,不知道还会不会这么想。"

"她以后都不会知道啦。"元双手上叠着餐巾纸,折痕杂乱,不成规整的形状。

隔了一层的言外之意,冲击力仍然不小,接下来一句比一句明显。

黎肆行问:"黄昏你还想养吗?"

元双毫不犹豫地点头,又顿住。如果她申请交换成功的话,会有半年的时间在国外,那就照顾不了黄昏。

更何况,那别墅是他的,她简直连给黄昏一个安稳的家都做不到。

像体面的离婚夫妻分割财产,黄昏是仍得两方家长关爱的孩子,其他都很顺利,唯一难交割的就是这份抚养权。

可又没法儿把黄昏真当个有心智的孩子让它自己选。

元双问黎肆行:"你要把它带回首都吗?"

"我总得从宁陵带点什么回去。"

他已经带不走她了,就把这只得她心的狗带回去吧。

元双还想操心黄昏会不会不适应去那么远的地方,但又相信有他在黄昏一定会好好的。

而黄昏,其实谈不上跟谁更亲更不亲,天性快乐的狗子跟在谁身边都会快乐。

元双喝了口水,手握着杯子无意识地轻轻旋转,终于说到正题:"昨天跟你说的交换项目,申请时间截至周五,你帮我做个决定好不好?"

他问她交换项目的时间、地点、具体内容,以及她家里的意见,认真地评估值不值得去,良久把结论给她:"妈妈不同意的事也可以做。"

元双明明心里所求也是这个结果,可真听到他讲出口,心口仍会泛起细密的疼。

她既然要他的决定就会遵从:"那我回去就交申请表啦。"

一时只剩安静。

元双如今经不起跟他对视,目光游移落不到准处。

她没分过手,也不讲究所谓的流程,一切交代清楚了,才说出那句提纲挈领的话:"黎肆行,我有点累了。我明白,你比我更累。我不想连给你发个消息,都要担心会不会打扰到你,也不想你忙得焦头烂额的时候,还要抽空关心远在宁陵的我,更不想让你再坐十个小时的车不睡觉地来找

/ 185

我。步调不一致真的有点难,我们在一起不该这么累的对不对?"

最后一句,她提起勇气看着他的眼睛说:"我们先分开,好不好?"

黎肆行知道,她说有点,从来不是有点。

她的有点是很多很多,多到她承受不了,才会放出"有点"来探路。

她真的乖到不行,向他提任何要求都会加"好不好",柔软又铿锵,连这时候也不例外。只是其余时候他还说得着一声"不好",今天没有选择的余地了。

黎肆行双臂伸过桌面,握住她的两只手。

手是凉的,餐厅的暖气开得很足,却焐不热她。

"你妈妈说,我不是坏孩子,还有下文吗?"

"下文就是,不是坏孩子,也未必是适合她女儿的好孩子。"元双的手被他紧紧包裹住,竟然找到一点回头的力量,"妈妈不同意的事还可以做吗?"

黎肆行问的是她家里人的态度,这样的答案也不意外。

普降大雪前,他去歸園看爷爷,久违地听爷爷谈起往事和故人。

爷爷说:"业立打电话过来,问我对你和小元丫头在一起的意见。"

这事在这种时候被谈起绝不是什么好兆头,黎肆行当时正帮爷爷修暖气片,拧螺丝的动作停下来:"您怎么说?"

"我不看好。"

"我还以为,您当时见她,很喜欢。"

"两回事。"

黎老爷子对元双的赏识和喜爱是一回事,对她成为他孙子的另一半是另一回事。

不是简单的家世背景相当与否的问题,老爷子不至于顽固不化到这种地步,黎、付联姻取消他没多说一个字,也不曾逼着黎肆行接下这份额外的责任。

强强联合是锦上添花,事事都指望联合就是废物做派。

"业立觉得你和他女儿不适合,担心小元丫头会因你受伤害。"

黎肆行扯出笑,说:"爷爷,我们家也没遗传什么渣男基因吧。"

"伤害未必是说你干了什么坏事,谁在乎谁多一点少一点,仔细计较起来都是问题。你这个人从小被捧得高,不缺多一分少一分的关注。小元丫头是跟你一样的人吗？你连这些都想不到，我才不看好你们的感情。"

黎肆行把暖气片修好，回到好久未踏足的公寓，试图找到元双存在过的痕迹。

他不抱希望的时候发现，还真有，藏得也不严，就是他不曾施舍一点注意的地方——她什么时候在他衬衫上给他绣的"肆"字？如果他没发现，是不是要永远蒙尘？她还有多少这样的事没让他知道？

黎肆行手上描着"肆"字的笔画走势，这一刻居然发现他打不出一个电话跟她说他发现了。

迟来的回应还剩多少意义？

她一定会体贴地宽他的心。

是受过多少委屈才会这么体贴？她也是被人捧在手心长大的小孩，怎么偏偏在和他的这段关系里如此迁就呢？

黎肆行想，不管她爸爸还是她妈妈说的话都挺对的，他再怎么不得已，舍弃的是元双，牺牲的也是元双。

他握着元双的手异常用力，把那一点重燃的小火苗碾灭："妈妈不同意的事不可以做。"

回去时，黎肆行开的车，状态还不像两个分手的人，元双坐在副驾驶座上没有任何回避地看着他，一如每一回她坐在他的车上。

黎肆行说把别墅留给她，还有她非常喜欢的两辆立标的车子，他会安排人来处置产权过户问题。元双摇着头说不要。

她怀里抱着新买的那支录音笔，说道："我要这个就够了，用书房里那支坏掉的录音笔交换，也不算我占你便宜对不对？"

她生出一点狡黠的表情来，叫黎肆行以为她是想冲淡一下气氛，于是顺着她说："嗯，很对。"

便宜从来是他占得多。

黎肆行送她回到学校，下车前说不出再见，元双觉得自己嘴巴里又干又苦，简直难以张开。

她露出一个勉强的笑："我想看着你走。"

她最后的一个要求仍然得到满足，元双眼里的泪水逐渐把他离开的情景都模糊掉，在车子转弯时砸下好几滴来，连带着她整个人都失力地坠下来，蹲在路边无声地释放悲伤。

　　和她第一次见到他时的状态两相呼应，只是这一次不会得到他有心或无意的关照。

　　而所谓第一次，他永远也不会知道了。

第十二章
- 录音笔 -

四年后。

七月盛夏，天气炎热。

元双下了出租车，进入宁陵国际展览中心。

今天有个国际珠宝品牌的晚宴，邀请了一众明星和政商名流参加，欧洲总部的总裁都来了，元双是这位总裁的陪同翻译。

晚宴在展览中心最顶层的宴会厅，元双陪同的欧洲总裁Thomas（托马斯）无疑是核心人物，尚未开餐就不断有人来寒暄问候，整个厅里星光闪耀。

元双尽职尽责地当好沟通的桥梁，Thomas的母语是法语，说英语有很重的口音，汉语算一窍不通。

他骨子里带着绅士基因，上电梯时会帮她挡门、上车时会帮她开门。品牌赠送嘉宾的伴手礼也都给了她一份。他来宁陵这两天的行程都是元双在跟，遇到这样一个优质客户实属难得。

宴会厅里冷气太足，今天穿的小礼裙也搭不了任何外套，她被冷气冻得快没有活气儿，两手交叠，尽量不失礼地暗暗摩擦生热。

元双的小动作被Thomas敏锐地察觉到，绅士的Thomas见不得女孩子挨冷受冻，他直接脱下自己的西装外套给她。

元双摆摆手没敢要——该有的分寸还是要有，她只是个小小的翻译。

Thomas不管，直接将外套披在她肩上。

元双这时候再拿下来会显得不知好歹，于是恭敬不如从命地向他道谢。

晚宴宾客陆续到齐，马上就要开场，Thomas右手边两个位置还空着，桌上未设席位卡不知道是什么人，但显然极受Thomas重视。

小提琴的悠扬声中，其中一位贵宾被侍应生引来。

Thomas 起身欢迎，元双随着起身时，肩上的外套不小心滑落，以至于分神去捡的时候错过了贵宾第一眼看到她的神情。

贵宾是一位非常有气质的豪门太太，直接用流利的法语跟 Thomas 交流，省去了元双的翻译。

元双对这位太太有一闪而过的熟悉感，但想不起来在哪里见过。

她吃口译这碗饭能接触到各行各业的佼佼者，也许是以前会上遇到过的人。

Thomas 称呼这位太太为 Stella（丝黛拉），还说很巧，他的翻译也叫 Stella。

元双外文名是这个，太太很给面子地说和元双挺有缘，元双这时还不知道有缘的弦外之音。

两个人似乎是多年旧友，相谈甚欢，Thomas 问她怎么一个人来，太太说陪她的人马上就来："我儿子陪我逛完展，就想抛下我去找老朋友叙旧，我该告诉他，这里也有老朋友。"

太太说的马上有十分钟之久，踩着正式开餐的点儿，全场最后一位宾客终于到来。

太太招着手让她的儿子过来，元双这时才恍然大悟地确认她对这位太太的熟悉感来自何处——太太的儿子是她的前男友，她看过前男友的全家福。

台上的演出换成了一个摇滚乐队，重重的鼓击声把气氛掀上一个高潮。

元双的心里毫无规律地涌起一阵又一阵的波涛，随着他的走近声势高涨，终于在他站在她面前时把她吞没。

她的世界失聪而后失焦。

他此刻全场瞩目，简单不失庄重的一身黑色西装，身高腿长，表都没戴，只有一枚胸针算装饰。

他唇边搭着有礼的笑，姿态让人清楚地知道，他是给这个场子面子，而不是需要赔笑。一路走来的仪态是会被当作翩翩公子的范本，认识不认识的都要感叹一句极品。

他这么晚到场已经算失礼，但没谁敢质疑。

太太给 Thomas 介绍："我儿子，黎肆行，他法语不精，还请这位

Stella 翻译小姐多担待。"

  元双简直受宠若惊，这是她的工作，哪有什么要担待的。

  黎肆行和 Thomas 问候完握过手，换了左手伸向元双——元双是左撇子。

  元双裹在外套里的手握上了拳。他真奇怪，哪有人会主动跟翻译握手的？他偏偏伸出手来，不握到不罢休的样子。

  晾着他是她失态，元双只能伸出手去握黎肆行的，碰上的那一刻被他用力抓紧，她还没来得及作出任何反抗又被他松开。

  戏弄她一样，短暂温热的接触好像送她的一份错觉。

  几人落座，方才和 Thomas 相谈甚欢的太太竟然把她的位子让给黎肆行。

  黎肆行说中文不说法语，元双这个翻译就要干活儿。

  他们是有商业合作要聊，宴会上只是初步构思，具体细节还要后期正式商谈和落实。

  元双发挥专业的态度和能力，忠实地传递双方的想法和意见。

  可偏偏有人让她忠实不了。

  黎肆行居然仗着 Thomas 听不懂中文直接跟她开聊，拿腔拿调地叫她元小姐："散场后，元小姐还有事吗？我想跟元小姐接着叙叙旧，元小姐不会拒绝吧？"

  他说了话，元双只能硬着头皮编了几句无关紧要的说给 Thomas 听。

  他还没玩儿够："元小姐翻译得好像不对，我没有说那些话。"

  元双职业生涯中第一次想撂挑子走人，他是什么人呀？合格的前任就算不是死了，也不该这么欺负她吧。

  还有黎肆行的妈妈，她真想打小报告：别跟人家聊了，快管管你的小孩呀。

  这时候有人上台致辞，全场安静下来，黎肆行才放过她。

  嘉宾们碰了杯，舞曲奏响，舞池开放，Thomas 邀请黎肆行的妈妈跳舞，元双偷得一点闲，专心吃东西。

  元双能感受到他的目光在自己身上，也只当他不存在。

  有个女明星大着胆子来邀他跳舞，妆容明艳精致。元双认出来，这位女明星的现场生图还挂在热搜上，路人评价都是"绝美"，单看外形是和黎肆行搭得上的那种。

元双很希望他去，他不在她会更自在一点。

耳朵捕捉到他的答复，他温和有礼地回复："不了，有主的人，还请另觅良伴。"

元双终于分出目光来看他。

她嘴里的食物还没嚼完，也没打算说话。

黎肆行接住她的眼神，问："看我做什么？"

元双裹着黑色的外套坐在那里安静无声，女明星根本没注意到她的存在，以为黎肆行的话是对自己说的。

这种很像找碴的问题有调情的嫌疑，女明星大方接："一支舞的时间，小黎公子可以看回来啊。"

元双差点要点头，看你，你就看回来嘛。

黎肆行俯身展臂到元双面前，屈指叩击桌面："我问你。"

女明星见状尴尬地别了下头发，元双咽下嘴里最后一口食物后，决定跟女明星站在一头，斟酌了用词，小声道："你怎么这么……封建呀？人家只是想请你跳支舞。"

什么有主没主的，他妈妈和 Thomas 难道各自没主吗？还不是一样一起跳舞。

黎肆行琢磨了两秒才明白她是怎么给他扣的这顶大帽子。

她可真会抓重点。

帽子没有白扣的，黎肆行痞笑道："元小姐不封建，我请元小姐跳支舞吧。"

黎肆行跟女明星说了句失陪，直接起身站到元双身侧，做出一个标准的"请"的手势。

女明星算看出来了，在场有几个人敢这么质疑黎肆行的？就算他不对，也得好话陪着。这个不显山不露水的女生估计就是他嘴里的主，两人跑这儿玩恋爱游戏来了吗？

由不得元双拒绝，黎肆行直接抓着她的手腕将她带起来，她肩上的外套因为抬臂的动作直接滑落在椅子上。

红色的礼裙实现价值，衬得她肤白若雪，显得她仪态端方。

两根锁骨占据存在感，像适合把玩的上好玉器，叫黎肆行想到，以前亲她这儿，她总是格外敏感地凹出深深的锁骨窝，像躲避，更像引诱。

迷离片刻，他收回神思。这时候不适合生太多暧昧，她要是反感，全白搭。

元双瞬间感到冷气的侵袭，皱着眉头不满道："我冷。"

黎肆行完全没怜惜之情，拉着她转到舞池上："陪我跳完给你穿。"

会不会跳舞都没关系，随着音乐动起来就行，舞曲舒缓，元双的手礼节性地搭在黎肆行的肩上，另一只手和他的交叠，中间虚虚地留着空。

如她先前所说，只是跳支舞，他和女明星跳还是和她跳，没什么区别。

黎肆行落在她腰上的手存在感十足，不冒犯，但也不容忽视。

温热感透过衣料传过来，元双抬头对上他的眼神，否认不了几年过去，他依然对她有足够的影响力。

黎肆行看出来她在走神，绅士也不当了，虎口卡着她的腰侧施力捏了一下，她轻呼一声"你干吗"，反应倒叫他舒心了。

"lady（女士），您跳舞这么不专心？"

"lady 没有遇到一位绅士。"

今天是 lady，不是以前他口中的各种 girl（女孩），元双心想这几年她没白长，身上这件礼裙也算发挥价值。

一曲毕，下一首切成了激昂的探戈，元双跳不来，而且看到 Thomas 回到座位上了，她得去待命。

"我不想跳了。"

黎肆行带着她回去，边走边把自己的外套脱下来给她披上："我向 Thomas 学习，元小姐不会不给我这个机会吧？"

座位那边，Thomas 和黎肆行的妈妈都在往他们这边看，元双有种骑虎难下的困窘感，她难道要说"你不能学"，然后把他的外套扔下去吗？

其实他哪里用学？以前他车里常备的外套就是给她穿的。那种行为大概不能用绅士来形容，更多的是私人的关心和照顾。

只是现在不合适了。

回到座位上，Thomas 已经穿上了自己的外套，眼神让元双知道，大概黎肆行的妈妈刚才跟他说过什么了。

她只能装不知道，穿谁的外套不是穿，反正宴会快要结束了。

Thomas 回欧洲后不会跟她再有瓜葛，黎肆行以及他妈妈也有去处，大概……也是一样的结果。

　　晚宴结束，黎肆行在元双想还他外套之前自行离开。
　　他回到当初在宁大外住了许久的别墅。
　　房子有人定期维护，黎肆行开了密码锁进门，像新客来访，一间一间屋子看过。
　　曾经的生活痕迹被完全抹掉，房子如样板间，干干净净，空空荡荡。
　　唯有书房里的书还保留着被翻阅的痕迹。
　　书架最方便拿取书的几层放的全是元双的外文书，西语、法语、俄语，她都精通。
　　他取下那本西语原版的《百年孤独》，翻开看独属于元双的读书笔记。
　　翻涌的心绪奇妙地镇定下来，他坐在书桌旁，想找支笔，拉开书桌右手边的抽屉，看到了静静地躺在里面的一支录音笔。
　　光照下的某个角度，刚好能看到笔身激光刻的品牌名。
　　录音笔是元双的，不过已经坏了。
　　大学时，她做练习经常要录下自己的表达便于纠正复盘，这支录音笔她高中就开始用，时间久了不知怎么出不了声了。
　　不太贵的东西，也不值得去修，黎肆行就送了她一支新的，是他们最后的分手礼物。
　　元双说用坏的这支换他新买的，也不算占便宜。
　　黎肆行把录音笔拿出来，像小孩子看到感兴趣的电子产品，不管会不会都要上手捣鼓一样，研究得再仔细都没发现这支录音笔还有药可救。
　　零部件都拆开才发现一线生机——录音笔的内存卡是完好的。
　　他又在别的抽屉里找到好久没用的读卡器插进电脑里，这一刻就很想听听元双的声音。
　　目录按时间倒序排，最近的也是五年前的了。
　　他点开播放，都是元双的翻译练习，很枯燥的内容他也觉得好听。
　　文件一个接一个自动播放，他闭上眼睛，脑海中想象她做这些练习时的表情，大概都是认真而专注，遇到磕绊时估计秀眉会皱一皱。
　　他便沉沉地要在这如梦的声音和画面里睡去。
　　直到窗外一声雷鸣，仿佛穿越剧的开场，入耳的翻译练习突然转换风格,变成少女小心翼翼诉说情思。

"四号真的转学走了。"

声音郁郁的,随后是很长一段沉默,接着是染了哭腔的自我安慰:"我一定能再见到他的对吧。"

话是用英文讲的,汉语分辨不出来 TA 是男是女,"him"却直接暴露出四号是男生。

黎肆行睁眼看文件记录的时间,应该是元双高二第一学期。

或许是她学号为"4"的某个朋友,转学分别自然伤心。

他想起来元双也曾因为他的名字叫过他 No.4,只是他们高中并不认识,此 No.4 非彼 No.4。

录音接着放:"今天是新年,放假了,可恶,这三天都见不到四号了。

"今天在操场上见到四号啦,他真的好高,好像一伸手就能把天抓下来。篮球赛他们队赢啦,我买了个蛋糕,替他云庆祝。"

黎肆行这时确定元双喜欢这个男同学。

凡是小心翼翼藏着悲伤落寞的皆用英文叙述,若是兴高采烈就用中文母语直白表达。

少女心思用到这个地步,哪怕是经年往事,也足够令黎肆行生出妒意。

原来除了他,她对别人也曾有清澈深重的爱意。

甚至连那个他不喜欢的称呼都不是独一无二的。

No.4 是给她集邮用的吗?她喜欢的都搞这么个称呼。

黎肆行很不愿意听了,眉头锁着,有气要出,鼠标悬在暂停键上,要点下去时又克制不住想把这个四号扒开看看。

"听说四号下学期要转回首都了,小道消息不能信对不对?"

"今天是校运会。四号怎么这么厉害,参加了好多项目,一千米跑了第一名哎。"

……

"他的球衣是四号,有什么含义吗?不如以后我就叫他四号。"

木质椅腿在地板上突兀地划出厚重的响声,打断了电脑里录音文件的声音。

黎肆行忽然起身去翻自己在宁大附中得过的奖杯奖牌。

一整个陈列柜里多是厚重华丽的数学竞赛奖杯,他从下面的抽屉里翻出毫不起眼的一张校篮球赛冠军奖状，时间久了褪色明显，炭素笔手写的日期还清晰可见。

对比录音文件的日期。

重合。

一千米的奖状，重合。

他的球衣，四号。

他比元双高一级，高三那年元旦，转回首都上学。

录音文件播到尽头。

他必须立刻见到元双。

蓄势已久的狂风和雷鸣终于激发出暴雨，黎肆行的车灯在雨幕中破开一条一往无前的独行之路。

她当时是以什么样的心情说旧的换新的？

她把记载了这样心事却坏了的录音笔给他，是期望他发现还是不发现？

她占了什么便宜？天大的便宜都是他的，他却从来不知道。

所有冲动的意愿在停到元双楼下时哑了声。

黎肆行脑海中浮现出两个陌生的字：资格。

他人生二十来年，从来没被这个东西拦在门槛外。

首都黎家最小的儿子，赞誉满身的天之骄子，他要什么资格没有？

他开动自己的脑筋，锈掉一样。怎么这一刻，偏偏找不到见她一面的资格？

他在车里坐了三个小时，天地间声势浩大的风雨要把他吞没。

直到雷声再次惊响的某个瞬间，像火石打火，引亮了元双房间的灯。

元双拉开窗帘站在窗边，手机铃声突然响起。

老小区的车位紧张，元双楼下固定停一辆白色的大众，此时望下去，车却换了一辆。雨线在橘黄的路灯光下根根分明，打在车身上掩盖住车的绝大部分细节。

车头的三叉星徽立标却在风雨中挺拔。

雨刮器徒劳地工作，车内有人。

下着雨的午夜，没有备注的号码。

如果今天没有遇到黎肆行，没有看到楼下的车，她会当成扰人清梦的骚扰电话拒接。

黎肆行手里拿着那支坏掉的录音笔，没什么分量的东西，却像他拿不起的雷神之锤，压得他一动也动不了。

他望向四楼唯一亮着灯的一室，窗边立着身影模糊的她。

她接通了电话。

"元双。"

他喊她，声音里却是她从来没有见识过的颓感。

沉默蔓延，雷鸣声填补空白，在风雨大作中酝酿出可怖的慌。

"四号是谁？"

"你什么时候认识的我？"

"你还有多少心思是瞒着我的？"

被风雨浸得哑透的声音，他用最原始的方式，在重新找一份资格。

元双把窗帘拉上，视线落在床尾用衣架挂着的那件黑色西装上。

她翻开衣襟，果然，如同他所有的衣服，上面绣着一个金色的"肆"字。

她用手指一笔一画描过。

她写"肆"字的时候，笔画是错的。

右半边的长竖应该是最后一笔，她总要写在两短横之前。

一笔一画规整写完看不出来，连笔的时候就显露无遗。

她也曾手书过一个"肆"字给他绣在衣服上，潇洒张扬的行书，错笔也错得漂亮。

但错了就是错了。

知错要改。

"黎肆行，是你自己不愿意当 No.4 的。"

元双没想到，黎肆行的车在她家楼下停了一晚上。

雨夜滋养的万种情绪于日光中归于平静，元双站在窗前，主动给他打了个电话。

他们不该是现在这样。

铃声响至机械音提醒用户可能在忙，请稍后再拨。

第二遍仍是如此。

元双蓦地攥紧手机，乱七八糟的念头在脑海中闪过。

不会出事了吧？昨晚下那么大的雨，他为什么不走？

来不及多想,她穿着拖鞋跑下楼,跨过路面的积水,直奔黎肆行的车去。

主驾的车窗被她连续敲击,却没有降下来的迹象。隔着车膜,她连里面是否有人都看不清。

"黎肆行!黎肆行,黎——"

"元双。"

清晰的声音从另一个方向传来。

元双回头,黎肆行向她走来。他手里拎着早餐,看包装明显是刚在附近买的。

所以他没事。

元双自己看不到,她松了口气的表情是如此明显。

但落在黎肆行眼中,就明白一切都还有挽回的余地。

因为她在意他。

黎肆行一扫昨晚的颓败,在元双口是心非赶他走之前,拿住主动权:"我的外套你打算什么时候还我?我明天就不在宁陵了。"

明天就不在了吗?

原来短暂的重逢只是一段无所谓的插曲。

元双平静地道:"我上去拿给你。"

黎肆行迈着步子,随她一起上楼。

她没想让他进门的,但他想进来,胳膊一挡,元双就拦不住。

她匆忙进自己的卧室把他的外套拿出来,黎肆行看到玄关的挂衣架上有几件她的衣服。

她的衣服在玄关。

他的外套本应该在玄关,却放进她的卧室。

黎肆行难免想琢磨出一点区别来。

元双拿着衣服出来,交到他手上,言语间不带情绪:"好了,你赶紧回去吧。"

他站在原地,没听话:"早饭我都买了,一起吃吧。"

他自顾自走到餐厅,从橱柜里拿出餐具:"卖豆浆的阿姨说你不喜欢喝加糖的。元又又,你变了。"

"人都会变的。"

黎肆行将吃食都摆好,望向她:"元双,我想我们坐下一起吃顿饭的交情还是有的。"

他明天就离开了。

吃一顿饭而已。

元双说服了自己。

两个人相对而坐,元双还有一件挂念的事,不问可能以后都没机会了,她缓缓开口:"黄阿昏怎么样了?"

他不是会在社交平台晒狗的人,这么多年他们联系方式都在,只是互不打扰,元双从没刷到过他的任何动态。

她能从财经新闻和昔日旧友那里抠出一点有关他的消息,可是关于这只她没养成的狗,完全没有一丝获得消息的渠道。

"养在我爷爷那儿,给他看门做伴。"

"哦。"

元双觉得也挺好,黎肆行爷爷那儿起码环境很棒,山水田园之间,有足够大的地儿给它撒欢。

早饭很快吃完,元双的逐客令准备再下一遍,话没落地就听到敲门声。

"咚咚——"

紧接着传来一道黎肆行并不陌生的中年女声:"双双,你在吗?给妈妈开个门。"

元双自第一次当同声传译以后就再没这么紧张过,她眼睛里全是震惊、无措和慌张,看看黎肆行再看看她的门,大脑一时不知道该下达什么样的指令。

她妈妈有她这里的密码,只是尊重她等她开门,要是以为她不在,下一步就会自己进来了。

元双没有思考的余地,只剩本能发挥作用,她拽着黎肆行的胳膊把他拉进卧室里,很急地命令他:"你不要说话。"

她匆忙带上卧室门,朝外面应着:"妈妈,等一下。"

黎肆行就这样被封印在元双的房间里。

她住的这一片是宁陵顶级的学区房,又老又破又贵,应该是她家里上一辈或者上上辈的房产。

内部看起来重装过,是温馨现代的审美。

受制于房屋结构条件,卧室没有落地窗。

她喜欢有落地窗的。

房间里有一个小书桌，上面放的都是她平时工作用的东西，看着工整简洁，每一样物品都很有她的个人特色。

可有一样东西是属于他的。

桌子右上角有一个很大的干花相册，封着四十四朵蓝色妖姬，每一朵在她的精心排布下，组成了一个数字"4"。

花是他曾经送的，这个相册是她亲手做的，也是她说过最喜欢的。

可是再喜欢他们也分手了，怎么值得她留这么久？

黎肆行把相册拿到手上，隔着玻璃罩仔细描着数字的形状。

还需要多少证据证明她心中的NO.4就是他？他到底有多粗心，才没能发现她从高中开始的情意？

宁大初见，她的心思稍一试探就无处躲藏。

喜欢、爱慕，他收到过好多，可从没想过，乖巧内敛如她，怎会在毫无了解的情况下对一个男性一见钟情。

他以为她看自己的第一眼，其实是她单方面的久别重逢，而他完完全全忽略掉了。

他接着打量，书桌左上角有一个显眼的章子，黎肆行在纸上印了一下，不是"元双"是"元又又"。

外面，元双的妈妈是来给她送食物的。

当初她一个人搬出来的时候，元双妈妈也有反对意见，她长这么大都不会做饭，一个人住不知道会不会饿死。

元双一再坚持，任珂只能退而求其次地时常过来投喂，大多是自己做的半成品，方便她直接下锅。

元双分神留心卧室的动静，心跳好久才压下来。

母女俩闲聊着："楼下那是谁家的车？以前都没见过。"

能让她妈妈注意到，必然是黎肆行那辆，元双小心地答："可能是……临时停一下吧，反正这里住的有钱人也不少。"

"上次你爸说要给你买车，你挑好了没？"

"还没。"

"他又要你开他那款是不是？他那车不好，你选我们家现在这款，你之前开过，上手也习惯。"

并不是车好不好的问题，关键是谁挑的。

元双父母之间的仇恨演化成了暗戳戳的攀比，尤其是在她工作以后。

一开始是给她提供工作机会，她爸妈都有一定的人脉资源，会议时间错开还好，撞了她就得选。

后来是给她挑车挑房子，再到现在，给她介绍优质青年当男朋友——但这事儿谁也不敢强求她。

她父母尚能磊落承认，当年她和黎肆行分手有他们不同意的因素在。

那年寒假过年，元双妈妈发现她没有一天是开心的，但是不哭也不闹，对他们也没任何怨言，一如既往地乖巧懂事。

腊月冷极的一天，她买回来一个小蛋糕。就是那天，她情绪爆发，吃完以后哭了好久："我没有陪他过过一个生日。"

她妈妈后来了解到，那天是黎肆行的生日。

他们反思过自己是不是做错了，但几十年的阅历让他们相信，女儿受的这点情伤算不了什么，时间会治愈一切。

她从国外交换回来，确实如他们所期待的那样，放下一切了。

元双妈妈把女儿拉到自己身边，找出手机里的一张照片，又是一番相亲介绍。

"还有，你别相信你爸给你介绍的人，他看中的肯定跟他是一类货色，到时候有你罪受的。"

这好像才是她妈妈的重点，元双必须认真回应："我一切都听妈妈的。"

"那你去跟人家见见面。"

"见见见。"

元双送走妈妈，门刚关上，一回头就看到黎肆行从她房间里出来。

该盘问她为什么要把他藏起来的，黎肆行预感答案他不会爱听，他如今生气了也没人顺他的气，于是话到嘴边又咽了回去。

早晚有一天，他得光明正大。

家里没开空调，餐厅和客厅阳台的窗相对，清晨的风穿堂而过，温度称得上舒适。

他们站在其中，不考虑任何现实因素，画面也当得起一份美好。

/ 201

梦要醒，这种太假的更是要快点醒。

事情得按照原本的流程来，元双脚步略僵地走到客厅阳台，隔窗往下看，确认她妈妈开车走了。

"你也回去吧。"她开口赶人。

他眼神一错不错地落在她身上，盯得元双开始反思自己的语气是不是太过分了。

黎肆行继续朝她的位置走："你想买什么车？"

他这话让她知道，刚才和妈妈的对话他都听见了。

"我还没看好。"

"你慢慢看，不要着急选。"说的好像不是车。

他也向下看自己的车："今天开的这辆你喜欢吗？"

再喜欢她也要不起，元双选择不喜欢，于是摇头："你的车不用我喜欢。"

她真有本事，一句话差点把这次的重逢一笔勾销。

黎肆行手上摩挲着从她房间里顺来的一个东西，没让她看见。

销不销的，她口是心非，如今做不了主了。

她第三遍开口让他回去，黎肆行应了。

元双一直站在窗前，看着他上车，躲避他看上来的目光，然后看着他的车开走。

回到自己的卧室，她才发现黎肆行根本没把外套带走，外套还稳稳地挂在她的衣架上，而她桌上的一枚章子没了。

不用做什么推理猜测，摊在桌面的纸上还有一个新印的痕迹，只能是刚刚在她房间里的黎肆行干的。

她忍不住想斥责他的小偷行径，微信通讯录里翻了好久翻到他的名字，又想也许自己错怪他了，万一他只是随手把章子放在哪里忘记了呢？

时隔几年，她第一次主动给他发消息，对话框里以前的消息记录也都还在。元双克制住向上翻的心思，把他印的痕迹拍下来，问得委婉：你有没有看到我这个章子？

他倒磊落，直接把"赃物"拍给她看：*外套换的。*

第十三章 ♥♥♥
- 两个月 -

元双昨天答应好相亲，再敷衍也得跟人家见一面。

两人加了联系方式，对方据元双妈妈说是大集团的法务，大概忙得很，根本没说几句话，直奔主题约好见面的时间和地点。

元双心想，对方可能也是被家里逼迫的，两人互相敷衍应付一下家里最好。

她提前十分钟到了见面地点，在咖啡厅里选了个靠窗的位置，等了十五分钟对方才匆匆赶来，这个态度已经十分明显。

对方看着确实是行业精英的模样，像是刚结束工作，穿着板正的西装，如她妈妈所说，长得也挺帅。

他坐下来，两人正式认识。

"方进。"

"元双。"

方进看到元双是有惊喜的，先前见过照片，以为修图修得厉害，真长这么漂亮的女孩子怎么会缺男的追？没想到真人比照片更漂亮。

他原本是想敷衍一下的，所以明明是晚饭的点却约到了咖啡厅，还故意迟到，现下有点后悔了。

"抱歉，公司刚才临时有个会议拖延了一会儿，让你久等了。"他端出良好的态度，叫来服务生打算买她点的单，"我请你吃饭吧，附近有许多高档餐厅。"

元双却不想折腾了："方先生，容我把这杯咖啡喝完吧。"

喝完她就走人了。

方进对她有兴趣，积极地引导话题，一方面展现自己的能力学识，另

/ 203

一方面照顾她的感受。元双能感觉出来，他是个挺优秀的人。

晚间的咖啡厅比较冷清，没有多少客人进出。

元双不想耽误彼此的时间，但他好像没有停下来的意思，她眼神开始飘，一边听他讲，一边数门口进出的人头。

又进来一个白领精英式的人物，无意间和元双的眼神对上了，元双没在意，因此不知道这位精英点完单等候的时候一直在往她这边看。

咖啡交到他手上后，他没离开，而是朝元双这桌走来。

精英露出一个标准的职业微笑，客气又有礼："元小姐，你好。"

元双蒙了一瞬："你是？"

"元小姐可能不认识我，我是小黎总的秘书。"

精英及时拿出证据来，他在手机上点了几下，元双收到一条来自"周秘书"的消息。

当初黎肆行在首都抽不开身回宁陵的日子，是周秘书负责送各种各样的礼物，因此和元双加上了联系方式。

她没删黎肆行，也没删任何和他有关的人，周秘书一直能刷到老板前女友的相关动态，行走在八卦的第一线。

元双看到消息就认出来了，周秘书的头像是本人的职业照。

只是疑惑，他不是黎肆行的秘书吗？黎肆行都不在宁陵，他在这儿干什么？还特意跑来跟她打招呼？

元双总不能赶人："你好，周秘书。"

"元小姐是不是来等小黎总下班的？要不跟我上去等吧。"

"他不是离开宁陵了吗？"

周秘书："没有啊，小黎总这次来宁陵，应该会待上……"

周秘书话没说完，看到元双皱起的眉头，意识到不妙。她得到的消息应该是直接来自黎肆行，可是和他的说法显然是相悖的。

小黎总难道诓人了？

诓就诓吧，但绝不能从他这儿露馅儿，周秘书解释一句："小黎总的行程临时有变动，他可能没来得及和元小姐说。"

黎肆行这一趟来宁陵，一是陪他妈妈，二是处理分公司的事务。

黎家老大黎以山于鬼门关游历几遭，最终没有辜负他的名字，如山一样安安稳稳地保全下来。

黎以山回来后,黎肆行给自己放了一个月的假,那一个月谁也不知道他去哪儿了,唯一有点眉目的可能就是秘书周添翼。

周秘书给他订的机票,目的地是欧洲的一个小国——不是元双当时交换去的那个法语国家,但那一片自驾跨越国境线基本无碍。

只是当时元双早已交换回来,周秘书很难确定他是单纯去休假还是感怀往事走一遍她走的路。

之后,黎肆行去国外读书,三年的金融硕士课程他一年半就修完。毕业回国后,他选择接手声鸣集团在宁陵的汽车板块。

总裁办的人手他用惯了,直接跟着他走,这次来宁陵也带着周秘书。

周秘书今晚要随黎肆行加班,下来买些咖啡,万万没想到遇到老板的前女友好像在跟别人相亲。

这个别人,还是他们公司的法务,刚刚在楼上的会议室里,他们小黎总才听过这个人的工作汇报。

周秘书忍不住在心里竖大拇指,这个法务真是好独特的眼光,好厉害的胆色。

他悄悄拍了张照片发给黎肆行,预感他今天可能不用加班了。

方进看到周秘书,又听到他和元双的对话,才意识到面前这个跟他相亲的女孩儿不简单。

公司早有传言,新来的小黎总心里有个难忘的初恋女友。

方进认清形势及时抽身:"元小姐,权当认识一场,我们再会。"

他起身:"周秘书,就当咱们今天没见过。"

元双大概明白了,方进和周秘书认识,那他工作的大集团指的应该就是声鸣在宁陵的分公司。

方进想溜之大吉,元双却不能让方进因为这个原因走。难保他不会说是因为她和黎肆行的关系才相亲失败的,两边一通气,让她妈妈知道,那更完蛋。

"方先生——"元双叫住他,"我和周秘书第一次见面,并没有其他关系。"

几个人都听懂了,她说的不是和周秘书没关系,而是和周秘书背后代表的黎肆行没关系。

方进也是聪明人，稍微权衡就知道，他沾惹不起更得罪不起。
"元小姐，是我跟你没有眼缘。"
元双回了一个了然的笑。

方进离开后，元双也该走了，周秘书急忙拦住。
"元小姐，小黎总今天身体不太舒服，我听司机老陈说，好像是因为受到了什么打击……"
他话说一半，没说出来的那一半意思也很明显：是不是元小姐你给了他什么打击？
再引申一下：元小姐你是不是该去看看？
元双听出他的言外之意，且不论真假，就算是真的，她哪儿来的义务？
"周秘书，身体不舒服你该劝他看医生。"
"劝不动啊，小黎总这两年一心扑在工作上，身边也没什么知心人，吃饭都不规律，之前小黎总的姥姥来劝都没用，他一直绷紧一根弦，如果再受什么打击，我真怕他像之前的黎总——"
后面的话是真不能说的，周秘书自觉演过了，看到元双的脸色果然变了。
那是她曾经最担心的事情，没想到时过境迁，这种可能性对她依然存在杀伤力，仅仅是听人提一句都难以接受。
元双垂眸看周秘书手上的东西："他不舒服怎么还要喝咖啡？"
"今天晚上还不知道要工作到几点，得备着不是？小黎总最近每天至少三杯咖啡。"周秘书伸出三根手指，比到元双眼前，生怕她看不见的样子。
在元双的印象里，黎肆行从来不用靠外物提神释压。他抽不了烟，酒很少喝，茶也不怎么爱，更不依赖咖啡。
怎么现在压力这么大吗？

周秘书的手机适时响起，正是黎肆行的电话，他立即接通，一句话跟电话那端通了气儿："元小姐，你跟我们小黎总说吧。"
周秘书直接把手机交到了元双手上，退了两步，一副给他们空间说话的周到模样。
一时沉默，元双到底拿着人家的手机不敢耽误，先开了口："你……哪里不舒服？"

那边，黎肆行缓了一会儿，犹豫着把骗取同情这个选项划掉："我没有不舒服。"

元双这时被周秘书忽悠过头，反而不信黎肆行说的话了，觉得他是在强撑着，说话前的那段无声沉默就是他酝酿着骗她的心理建设。

想起他以前答应过自己不会生病的，但现在没立场提这种要求了。

元双下意识地咬唇："你不要喝太多咖啡，不要没日没夜地工作，你们家都那么有钱了，难道还要再搭进去一个你吗？"

这话是元双所能想到最重的了，他听了应该会上心吧。

"元双，"黎肆行听出她声色有变，意识到不该拿这个逗她，"我不爱喝咖啡，以前现在都是，周秘书的咖啡不是给我买的。"

咖啡店里的招牌饮品是榛果拿铁，连包装都和其他品类区别开来，今天还有限定的买三送一优惠活动，点单牌上印着又大又闪亮的花字"活动最后一天"。

元双脑子里闪过刚才周秘书拎的一提四杯，清一色的紫红色纸杯，好像都是这款招牌饮品。

再多想一步，黎肆行是对坚果过敏的。

所以周秘书的"三杯打底"其实是骗她的？

元双眉心皱着，一脸疑惑："你的秘书为什么要骗我呀？"

为什么？黎肆行能猜出个一二三四，但这笔账到底还是要算在他头上。

黎肆行直接跳过，问她："你吃晚饭了吗？"

"没有。"元双反应过来，先开口堵住他的后文，"我要回家了，你好好工作吧。"

不待那边回应，元双直接挂断电话，想把手机还回去，可周秘书人呢？

元双在店里找了两圈都没见到人，问了一个店员说看到他走了。

走了？

连手机都不要了吗？他一个秘书还能犯这种粗心大意的错误吗？

元双走出咖啡店，还得给这个秘书善后。隔壁大厦就是声鸣集团在宁陵的办公大楼。

她原本打算让前台转交，但前台有考虑："这么重要的东西，还请这位小姐和周秘书当面交付，中途如果有什么问题我们负不了责任的。"

"那麻烦你通知他下来取一下。"

前台打电话确认后，回复元双："周秘书说他忙得抽不开身，麻烦您直接送上去。"

元双简直有点生气了。

这个周秘书真的有本事给人当秘书吗？

她只能好人做到底，前台工作人员直接带她刷卡进电梯，还贴心地给她按好楼层。

电梯门开，她居然看到周秘书随黎肆行正在外面等着。

元双直接把手机还回去，黎肆行见状也搞清原委，她不是来找他的。

"元小姐，谢谢你特意跑一趟。"

周秘书挡住电梯门让黎肆行先进，美滋滋地想着自己这个月的奖金该翻倍了。

按了负一楼去停车场，元双按的一楼被黎肆行长按取消，他本来就要去找她的，她自己送上门来更跑不掉。

元双固执地又按了一遍，又被取消。两只手腕被他单手捉住，强势的动作，温和的语气："不绑架你，带你去吃饭。"

元双上了黎肆行的车也不折腾了。

刚才在电梯间里，她看他脸色正常，精气神也很足的样子，好像真的没有哪里不舒服。

身上的商务西装既正式也不正式，三件套齐全，可他不爱打领带，看起来不是精英那类，而是掌握游戏规则、领导各类精英的人。

今天他戴了眼镜。

元双一直以为他近视。不论高中还是大学期间，各种光荣榜上他的照片都是戴着眼镜的斯文模样。

他戴框架眼镜的次数不多，以前猜测其他时候是戴着隐形眼镜。

直到跟他共同起居，元双才发现，他根本不近视。

他从来没有佩戴隐形眼镜的需要，好视力是他天生的，后天也没遭毁。

元双当时拿他的眼镜试戴，都是平光的。

问他为什么不近视还要戴，他说："高中时想显得正派斯文一点，沾点好学生的光，老师少找我的麻烦。"

这算谦虚的说法，直说就是他身为学校风云人物要收敛一点气焰。

论成绩他是绝对的好学生，论做派嘛，他确实是会令老师头疼的那种，规则纪律套不到他身上，他也不是故意犯错给老师找不痛快，真就无所谓。

　　车子驶出停车场，晚高峰还在进行中，一路都是红色的刹车灯。

　　在车上，元双突然想到："你昨天明明说今天不在宁陵的。"

　　"临时变动，"这是万能借口，和周秘书的说法直接对上，黎肆行接着摊牌，"最近两个月我都会在宁陵。"

　　哦，两个月。

　　元双有点失落。

　　到了地方，是黎肆行以前常带她来的一家中餐厅，这家做汤一绝。夏季胃口清淡，元双喜欢喝各种各样的汤，胃口小又喝不了太多，黎肆行会专门让人准备小盅装的，每样给她来一点，这样都能尝个够。

　　餐厅包厢的冷气让元双觉得舒服得恰到好处。在衣食住行这些物质方面，更挑的是黎肆行，但被照顾的一方从来都是元双。偶一回想，黎肆行当初当她男朋友真的很称职。

　　餐陆续送上来，元双尝了几样汤，久未尝过的味道牵动着记忆。

　　招牌汤品的口感没变，她和他在这里吃饭好像时间也未流逝。

　　黎肆行大概是翘班来的，中途一直有电话进来，没吃几口就站在窗边接电话，耳边听着，视线落到元双身上。

　　她今天去跟人家相亲，看起来是有好好打扮的，穿得不出错也不出挑，得体的连衣裙，背一个方形的红色漆皮小包，照黎肆行看，只够放她的手机的。

　　她夏天是很喜欢穿裙子的，当初黎肆行给她买了好多好多放在别墅的衣帽间，可是一条也没值得她带走。

　　周秘书回到公司跟他提了一嘴，说和她相亲的方进言语神态间对她是满意且喜欢的，如果自己不去掺和一下，可能就成了。

　　这话有夸张的成分，前半部分黎肆行却是信的。

　　谁会不喜欢她呢？

　　当初跟元双分手，他被家事和公司事务缠身，好聚好散的结果是他希望的。

　　什么时候发现散不了的？

　　是在首都时选择常住公寓，是不敢把黄阿昏养在身边而送去他爷爷那

/ 209

儿，是从国外回来目的地选在宁陵而不是首都，是把她绣的那个"肆"字拓在纸上临了一遍又一遍——他早就做不到姓名里"肆"字的意境了。

如今她就在眼前，是再说什么都撒不了手的。

元双喝汤间隙抬头看他，每次都能对上他灼灼的目光，想不通他接个工作电话眼神里怎么还蕴含这么多难懂的情绪。

他挂断电话坐回去，吃不了几口就说饱了。

元双苦口婆心地劝道："你这样不好，会生病的。"

"别操心，我今晚不饿。"他一点也不虚心接受，反而找她的毛病，"你的嗓子怎么哑了？"

"哑了吗？"元双清清嗓子又喝了口水，"好像一直都这样。"

"一直是多久？"

"一个月吧。"

黎肆行近几次听她声音都带点哑，以为她是伤风感冒，可又没见其他症状，她又说这个状态一个月了，难说是什么好事。

"明天去医院看看。"

"不用了，我多喝点水就没事了。"

"去查一下，你比我清楚你自己平时用嗓子的情况，你们业内是不是有类似的职业病？"

口译前期练习就要投入大量精力去听去说，不注意保护嗓子很容易出问题。

元双属于天赋加努力一样不少，付出有回报，也暗暗埋下可能的隐患。

她之前没在意，听他这么一说倒有点害怕。

不过她比黎肆行听劝："我找时间去看一下。"

"别找时间了，明早我去接你。"

黎肆行说明早来接，不到七点就到了元双楼下。

元双昨晚跟他说自己去医院，全是废话，他一句也不听的。

他敲开她的门理直气壮讨一份早餐，完全没拿自己当外人，甚至安排好了去完医院跟她去超市买他穿的拖鞋。

"元双，我以后会常来，待客你得周到。"

元双气到，第一次觉得他也有当无赖的潜质。

210 /

"黎肆行，你也变了。"

"嘘，小点儿声。"

他没反驳，反倒满脸关切，让元双摸不着头脑。

"注意嗓子，什么事儿都不值得你这样吼我。"

元双彻底拿他没办法。

去医院挂了耳鼻喉科，医生看她的情况说要做喉镜检查。

检查报告出来，她的嗓子真有问题，里面长了个息肉，需要住院做个微创手术。

医生说手术加恢复期，她大概有两周的时间说话要受限制，元双原本安排的最近三天休息，之后还有口译的工作要做，现在都得推掉。

回家收拾住院要用到的东西，元双坐在黎肆行的车上给客户一一发消息说明情况，再三表示歉意。有理解的也有不满的，元双都能平静接受。

可是现在她绞尽脑汁，找不到一种合适的方法跟黎肆行说接下来的话。

她去住院，她妈妈一定会在身边照顾。

如果见到黎肆行，会怎么想呢？

元双惧怕任何可能的后果，同样的事她不想经历第二遍了。

车停到她家楼下，元双下车前跟黎肆行说："今天谢谢你，下午我会自己去医院的，你回去上班吧，耽误你这么久了。"

他不接受她语言上的感谢，想要点别的："怎么谢我？"

她客气得过分，叫他品出点别的意思来。

黎肆行戴着墨镜，眼神藏在镜片之后，单向的视线输出属于无效沟通。元双此刻正好不敢面对他，于是她不看他，一鼓作气道："住院这几天我妈妈会陪在我身边，你继续忙你的工作好不好？你来宁陵也不是为了玩的，哪有那么多空闲时间。你不用管我，你本来也……不该管我的。"

她一番话说得体贴又委婉，听在黎肆行耳朵里只有一个中心意思：我们没有关系，你不要出现在我妈妈面前。

黎肆行脸上浮出一丝不善的笑，十分顺手地将车门落了锁，元双听到声音小小地慌了一下，手摸到门把手上拉动："你……干吗？我要下车回家了。"

灼灼日光下，他的表情居然让元双冒冷汗，她后知后觉地意识到：他其实不好惹。

他摘下墨镜凑近她，五官没有一个表现出不悦，融在一起微妙地展示出他的情绪。

他把她头上的遮阳帽摘下来，食指顶着中心让帽子转起来，问她："你觉得我想干吗？"

元双以前哄他开心有一套，只是现在使不出来，她尚能分辨他不会真把她怎么样，于是跟他硬碰硬："不管你要干吗，我要下车了。"

黎肆行又把帽子送回她头上，方向盘一转，好像他落锁是有正经事："元双，我的拖鞋你还没有给我买。"

还买什么拖鞋？他真打算常来吗？

"我住在医院，你难道要一个人去我家吗？"

"也不是不行，"他居然觉得这个想法有可行性，"你的门锁密码是多少？"

这个问题没被期望过答案，她不说，黎肆行也无所谓，反正有的是机会去试。

车开到附近一家超市，黎肆行比元双还熟门熟路的样子，直奔家居鞋服区，他也不挑品牌材质，拿了两双合适尺码的鞋子就去结账。

他让元双结账，一板一眼有理有据："你是招待客人的主人。"

之前两人在一起，元双少有花钱的机会。他大包大揽，单独的心意礼物另算，只要有他在身边，哪怕是在自动贩卖机买瓶水，他都不会让她掏钱。

现在这种异常的举动无疑是在彰显他的脾气。

他现在不痛快。

元双顶了他一句："哪有强迫主人买这买那的客人？"

"我就是这种客人，"他不以为耻反以为荣，"你要尽快学会接受。"

日头西斜时，元双吃完晚饭出去散步。

天色擦黑的时候准备回家，她就接到了黎肆行的电话，问她在哪儿。

"元双，别跟我说你已经去医院了。"

这其实是个骗他离开的好理由，但元双本能地不会对他撒谎："我在外面散步，还不知道什么时候回去。"

这话是想让他不要等她直接走，但他不按照她的思路来。

听筒里传来四道电子"嘀"声，紧跟着"验证失败"的机械女声，黎肆行在试她的密码。

几次都没成功，他猜不出来，直接问她密码，附赠客观理由："你这楼道里有人抽烟。"

也不知真假，楼里的老烟枪这时候一般在外面遛弯。反正黎肆行做戏做全套，跟着咳了两声。

元双听到他咳嗽的声音会揪心："那你赶紧下来吧。"

他不，咳得声音更大些，元双只能把密码告诉他让他先进去，反正她随时能改就是了。

她在回家的路上果然遇到了五楼遛弯的老烟枪。

老烟枪抽了一辈子烟，和元双妈妈是一辈人，两家认识，元双遇到也会叫声宋叔打招呼。

他遛着狗嘴里还在吞云吐雾，元双以往会快点走开避免跟他同路，今天心念一转跟他搭上了话。

她想了个由头，假装跟他打听养宠物的事情。

他还有点爱护小辈的心，怕烟味熏着元双暂时掐了，元双却说没关系让他接着抽。

"你们小女孩可以养只博美，又漂亮又听话，还不用勤遛……"

元双心不在焉地听着，足足等他抽完三根烟，才说"嗯，我好好想想"，转身回家。

她嗅着自己身上的味道，够熏够难闻，一般人闻到都要嫌弃地远离，更别说黎肆行这种一点烟味也闻不了的。

进了家门，元双看到被她藏起来的那两双男士拖鞋已经被黎肆行找出来了，一双在他脚上，一双摆在鞋柜下面。

黎肆行正在阳台上给她的花花草草浇水，听到她进门的声音头也没回，给半死不活的植物打抱不平："元双，绿萝都快被你养死了。"

这个画面过于美好，比夏日晚霞人间烟火更得她心，可她马上要亲手敲碎。

黎肆行的嗅觉对烟味格外敏感，话没说完就捕捉到若有似无的味道，随着元双在这个空间时间越长，终于受不住咳出了声。

室内开着空调空气不流通，元双及时说话："黎肆行，我身上沾了烟味，你先走吧。"

黎肆行几乎立刻确认："你是故意的？"

是啊，故意的。

否则要怎么办呢？当断不断地拉拉扯扯两个月，分开时再互相折磨一遍吗？

元双走到餐厅，把离开的路给他让出来。

黎肆行却不走，直直朝她走来。他咳得越重，本该势弱，居家的拖鞋反被他踩出了深沉的压迫感。

元双被他的步子踩出窒息前的紧急意识：上午在车里他故意落锁吓她都算小打小闹，他现在才是真的生气了。

她明明是有了"武装"的人，该镇定得不动如山，可是却被他步步逼退，又惊又怕道："你不要过来了。"

退无可退时，黎肆行一手掩唇，另一手生出力气捏住她的手腕，元双用力挣扎。

她后悔了，她不想让他这么难受的，一定有更好的办法的，她却选择了这种对他伤害最大的。

"黎肆行，你离我远一点好不好？"

应是关心的话，情境不对，气氛不对，被解读成厌恶和嫌弃。

"不好！"

他提起她的手腕，轻巧一用力将她扛到自己肩上，咳得厉害，步子却保持稳定，熟门熟路摸到她的卫生间。

面积不大的卫生间里，元双被黎肆行放下，禁锢在淋浴间的角落里。

他提着一口气，做出平静无恙的样子摸着她的脸颊。

元双甚至觉得他是不是真的没事了，他的手顺着她的面庞一路向下，指尖点着她的脖颈，抚过她的锁骨。

"Babe——"最亲密时，他总爱这样叫她。

可送进她耳朵里的声音终有破绽，短短几个音节都稳不住气息似的："洗掉。"

再不稳他的意志都是坚定的，这两个字不是在征求她的同意。

夏季衣服太好脱了，外衣就一件连衣裙，黎肆行摸到她后背细细的拉链，链牙错开的声音簌簌轻细,在元双耳朵里无限放大,两肩的吊带被他扒下来,裙子顺势落在她脚边。

这个画面谈不上任何暧昧情欲。

他脱她衣服的次数屈指可数。

这一次目的再单纯不过,他的情绪也再冷淡不过。

黎肆行勉力支撑到此时,如搁浅的鱼呼吸困难,眼尾沁红,连咳出声来都显奢侈。

淋浴间的花洒被他打开,刚放出来的水微凉,元双被浇,连激灵的反应都做不出来,只呆呆地站在那儿。

她好想去拍拍他的背,可是不敢有任何动作。

"黎肆行,对不起,对不起……"她急到两行泪落下都不自知,哭着求他,"你先离开好不好?"

黎肆行眼睛红着,吐出一句完整的话,他的声音被水流声掩住大半,却字字敲痛元双的心:"元双,你是唯一一个拿这个当武器攻击我的人。"

第十四章
- 倒计时 -

元双得偿所愿,黎肆行再没来找过她。

元双妈妈提前从隔壁市赶回来,照顾女儿住院。她心里自责,元双嗓子哑这么久她都没上心,还好及时去检查了。

做术前检查这两天,元双行动无碍,她妈妈中午和晚上送两顿饭,其他时候也不用陪着。

元双吃完晚饭,陪妈妈去停车场,送走妈妈之后,她在医院入口处的广场上溜达。

傍晚气温正舒服,天边的晚霞灿烂正当赏,好多病人都在广场上活动。元双融入不了任何景或人,脑海里颠来倒去只有一个人。

如果不是之前故意把黎肆行气走,此时他大概会陪在自己身边。

不知道他身体有没有事,手机上再也没有收到他的消息,她也没资格过问了。

术前各项检查结果都很好,手术前一晚,护士来叮嘱,因为明天要麻醉,晚上八点以后禁食禁水。

到底是个小手术,元双也没有任何行动不便,不需要人陪床,吃完晚饭她妈妈就回家了,等第二天早上手术前过来陪她就好。

她手头有几个笔译的单子,打算趁这段时间完成,端着笔记本却怎么也沉不下心来做。

她拿出手机漫无目的地刷着,互联网上有趣的人和事失去吸引力,时间怎么也打发不掉。

心有指引,不对,都不对,她有想见的人。

手机短时间内多次锁屏,再解锁,提示要输入密码。

5474。

当初骗黎肆行,用这个密码是方便她左手输入,后来也被他破解,是打出"黎四"时的拼音按键。他那时真被取悦到,捧着她的脸像得了天下最宝贵的心意:"baby girl 这么喜欢我吗?"

是啊,真的好喜欢他的。

以前是,现在也是,和她的密码一样,从没变过。

朋友圈里有诸多动态,日常分享、生活感悟,千姿百态,可是好像都离她很远。

她意外被一条抓住视线,来自黎肆行的秘书周添翼。

周秘书这个号应该只是工作号,平时的动态只有转发集团的相关消息,从来没有私人生活相关。

今天他发了一条日常,照片背景是医院,文案内容:来宁陵出差解锁新地点,感受了一把 VIP 病房的高级待遇。

定位就是元双现在待的这家医院。

大概是有很多人关心他怎么了,他直接在下面评论,所有人都看得到:我没事,陪我老板。

元双心提了上去,黎肆行生病了吗?是因为那天……被她害的吗?

她坐立难安好久,得不到答案她今晚恐怕都睡不着。

反正就在这家医院,VIP 病房也很好找,她下床踱了好几圈,决定悄悄去看一下。

她出了病房,时间尚早,多的是下班后来探视病人的人,整个住院楼人流不断。

元双根据楼层导览搭电梯上了顶层的 VIP 病房,周秘书并没在朋友圈里提到具体是哪间病房。元双在护士台询问黎肆行住哪间病房,表明自己想去探视一下,护士查过,告诉她根本没有这号病人。

护士的话算变相确认他没有生病,元双把心放下,打算回去。

等电梯的时候,她低头翻看周秘书的那条朋友圈,试图做其他可能性的解读,听到一句陌生又熟悉的称呼:"又又?"

元双闻声转头看看,以为是和她重了小名的人,不期看到和她穿着同样病号服的黎肆行的妈妈。

/ 217

她对元双招手，示意就是在叫她，元双礼貌地走过去。

"我是黎肆行的妈妈，你还记得我吗？"

"黎太太，您好。"

"别这么生疏，我姓郑，你可以叫我一声阿姨。"黎肆行妈妈亲切地拉着她，"陪阿姨进去坐坐好吗？阿姨好可怜，生病了儿子都不来看我的。"

元双明白，这是告诉她，黎肆行不在。

偌大的病房稍显冷清，元双关心道："郑阿姨，您是哪里不舒服？"

"心脏的老毛病，没什么大事。"

黎肆行妈妈给她倒水，元双诚实地告知明天手术得禁食禁水，两个人像病友似的交换病情，一时倒拉近了距离。

"您是怎么知道我叫又又的？"

"你的小名不是吗？小时候，你这么丁点儿大，"黎肆行妈妈比画了一个高度，大概是三四岁孩子的模样，"很乖很甜地叫我郑阿姨，我那时候多想有一个女儿哟。"

元双惊讶："小时候？"

"你小时候是不是跟你父母在首都生活过？"

元双点点头，她知道有这回事，但那时太小，根本没留下深刻的记忆。

"上次回家翻老照片，肆行过五岁生日的时候，你爸爸还带着你来我们家一起庆祝的，正好照片记录下来了。"

黎肆行妈妈说着从手机里找到一张老照片的扫描件，是欢乐气氛下的大合照。

元双看到了站在左侧的年轻时候的爸爸，他怀里抱着的小女孩正是她。正中央站的是小小的黎肆行，戴着一个很可爱的生日帽，可是人却噘着嘴，一张臭脸很不高兴的样子。

"他生在腊月，我还记得那天正好下雪，他一点也不喜欢。"

元双惊喜地想，原来自己是陪他过过生日的，虽然他们都不记得了。

"郑阿姨，我能要一下这张照片吗？"

"当然可以。"

两人交换了联系方式，黎肆行妈妈把照片传给了元双。

病房门被敲响，元双回过神来，连带着心脏不规律地跳了两下。

这个时间过来的，不是护士就是黎肆行妈妈口中不孝顺的儿子，明明前者的概率更大，元双却直觉是她最开始来这层楼想找的人。

黎肆行妈妈应了声，门被推开，来人低着头在手机上打字："妈，今天晚饭吃——"

是他。

他说到一半抬头看到病房里的元双，显然没想到她在，但也不算意外。

元双的视线转完一圈，简直没地方藏，落在哪里都显得不对劲。

心中无措，她想做点什么掩饰一下，竟然顺手端起桌上的水往嘴里送，没等碰到嘴唇就被喝止："别动，你能喝吗？"

黎肆行还没走到她身边，声音先把她吓住了。元双看看手上的杯子再看看他，才反应过来自己现在不能进一滴水。

她急忙放下，玻璃杯底触到桌面，发出一阵不得体的当啷声。

元双起身，她算不速之客，人家母子温情时刻，她也该走了。

"郑阿姨，祝您身体早日康复，我先回去了。"

黎太太连忙道："哎！再跟阿姨说会儿话，你当他不存在。"

元双办不到，连看他一眼都没勇气，待在同一空间里她会想逃，到时候只会更不得体。

"不打扰了，您早点休息。"

她侧身往外走，和刚进来的黎肆行保持着距离，擦肩而过之前被叫停："等一下。"

脚步还是会听他的话，元双停顿了一瞬才反应过来接着往外走，她还有什么好等的。

黎肆行这时候说一不二，他让她等一下，她就走不了。

错身瞬间，黎肆行拉住她的手臂。

肢体接触的下一步是眼神交流，元双怯怯地抬头，和他的目光软硬相接，轻易被他绞杀击溃。这时候，她下意识地挣了两下，当然没挣开，声音里涌上来一点委屈："你要干吗？"

这一回委屈没被接住。

"你来了正好，"黎肆行拉着她走到他妈妈面前，像要他妈妈给自己撑腰的小孩，"我还没告状。"

元双："嗯？"

"怎么回事？"黎太太配合地当起法官断案。

"妈，前两天我咳了半宿，都是因为她故意沾了二手烟呛我。"

元双这辈子都没这么心虚过，听他这么一陈述，她仿佛就是再坏不过的那种小孩，欺负人以后被拎到人家家长面前，未知的处罚马上下达。

"对不起。"

道歉的话说再多遍都不够，她当时就已经后悔，听他说咳了半宿，心里更加难受。

"儿子，不至于，夸大事实当心弄巧成拙。"黎太太公正严明，还不忘提醒，"手松松，又又被你拽疼了。"

"又又？"

前两天用二手烟把他呛走，转头跟他妈妈又聊上了，甚至亲亲热热叫上了很久之前的小名，他实在好奇，元双什么时候能把那点迂回的心意捋直了朝他来。

黎太太添了把柴："不是你告诉我的吗？照片也是你翻出来的。"

翻老照片的契机是黎肆行手里元双小时候的旧照。

照片一直放在首都公寓书房的抽屉里，有一回他妈妈去看他，无意发现了这几张照片，瞧着眼熟，再一问家里背景，想到照片里的小女孩曾经来过他们家，依稀记得还是某个重要时刻。

那时候真的太小，黎肆行根本留不下印象，但他妈妈不会骗他。

黎家重要时刻都有记录，照片都在老宅，黎肆行特意回去翻，几十本厚厚的相册，涉及人物太多，他翻了两天，真的给他找到那张五岁时的生日同框照。

也只有这唯一一张。

这张照片好像存储妙计的锦囊，在时光洪流中安然地被遗忘，到了关键时刻不负所望觉醒出力量。

命运的齿轮咬合又错过，他不会让下一次错过发生了。

黎肆行的状没告成，因为他妈妈偏心过剩。

元双承受不起这份情，坚持认下自己的错。

黎太太实在看不下去，她儿子也太容易把人家女孩子拿捏住了，怪不得人家父母不放心。

幸亏他没什么渣男属性，否则女孩子身心都得搭进去。

她从中调停，嗔儿子小题大做："行了，别闹了，你把人给我好好送回去。"

没等元双说"上下电梯而已不用送"，黎肆行就跟他妈妈说一会儿回来，拉着元双出去了。

当着长辈的面，实在限制他发挥。

出了病房，黎肆行反倒把手撒开了，好像刚才种种是故意演的一出戏。

进了电梯，他准确地按了楼层，元双盯着他的手指同样不敢说什么，总之他神通广大，不劳她操心他是怎么知道的。

电梯里只有他们两个人，短暂的下行过程安静得可怕，十几秒的时间在这个空间被无限拉长，直到"叮"的一声门开了，楼层里纷扰的声音灌进来，元双才得以喘气。

还是黎肆行带路，病房跟他的地盘一样。

到了门口，她不进去，他也不离开。

走廊里有其他人走动，他们好像身处另一个完全静止的时空，气氛微妙地对峙着。

时间失去意义，无声流逝也不被在乎，某一瞬间又被感知，他们又默契地同时开口——

"明天手术？"

"你晚饭吃了吗？"

两个问句，对峙的立场无声瓦解。

元双点头，黎肆行说还没。

"你赶紧去吃吧，要不然……饿出毛病又赖我。"

"赖你？难道不是你的责任？"黎肆行想笑，"生一场病，脸皮练厚了。"

元双不满他这种说法，皱着眉反驳："我脸皮薄得很。"

黎肆行毫不避讳地上手掐她的脸颊，轻轻一用力就有红印，行，他被驳倒。

元双心里捉摸不透他们现在的状态。他用告状的口吻跟他妈妈说这件事，其实是大事化小的姿态。

真计较的话，他就不会跟她站在她的病房门口。

/ 221

但黎肆行接下来的举动又让她陷入深深地怀疑。

他的小惩大诫还没结束，继续索要未果的赔偿："呛了我一回，没那么容易过去。"

她顺从地说："你想要怎样？"

她总算有点积极的态度，黎肆行舒心不少："元双，你也有最怕的东西。"

她怕蛇虫鼠蚁，难道他要幼稚地捉些来吓她一跳吗？

元双觉得也能接受。

黎肆行这句话说的时机太巧，元双口袋里的手机刚好响起来。

是她妈妈的电话。

元双想要走开去接，被黎肆行用胳膊圈在他和扶手之间："就在这儿接。"

他的声音是少见的不容反驳的强势，镇住元双想跑的脚步。

她脑子里转错的那根筋搭到正轨上：怕什么蛇虫鼠蚁？她最怕的是她妈妈知道他们的事，现在他打算亲自挑明了。

黎肆行瞧她眼珠子转了几圈，估计她想明白了。大事化不了小，她能干出故意把他气走的事，就别怪他好好利用。

不破不立，道理简单得很，下手第一步要干脆。

元双心里还有些无用的侥幸："那你……不要出声好不好？"

她想得美。

"你都跟我妈聊起来了，怎么，我跟阿姨打声招呼都不行？"

她垂下脑袋，躲避他的视线，手机铃声持续响着，她就是不接，大不了等他走了她再打回去好了。

这点心思不用戳就破，黎肆行不怀好心："要不我帮你接？"

他作势去拿她的手机，元双真急了，双手环抱着他的手臂，眼里的光漩出无辜态："不要！求求你了。"

手机铃声刚好断掉，元双那口气还没松下来，又被他的话提上来："元双，我这儿也有你妈妈的电话，你不接我可以打过去。刚才路过的护士里，有没有认识你的？万一随口跟你妈妈提起，哎，你女儿昨晚是跟男朋友一起吗？还有明天你做手术，我是不是也能出现在手术室外跟阿姨聊聊？"

被他这么一说，她简直无路可逃。

"我……"元双从他眼睛里看到势在必得的决心,可视线胶着之间,她依然抗拒接受这份决心。

她不敢看了,低头给自己想了一个很好的逃避借口:"我还在生病,你怎么一点都不体谅病人?"

"我不体谅你现在就该把电话拨回去。"

他瞥她的手机,真想夺她哪能阻止得了。

"那你再多体谅一下好不好?"

"多到什么时候?"

见他态度有松动,元双也退一步:"等我做完手术身体健康的时候好不好?医生说很快的,最多半个月。"

她把半个月说得好像半小时那么快。

元双妈妈的电话再次打来,黎肆行妥协了,示意她接。

"你保证不出声?"

"我不想保证。"很幼稚的话,元双偏偏听出可以保证的意思。

她脸上浮现一个明朗的笑,不忘给他一个甜枣吃:"你真好。"

接通电话,声音外放,元双妈妈问刚才怎么没接,元双现在可以做到脸不红地编瞎话,说手机静音了没听到。

照例是一些关心的话,元双一一应着,该挂断时又听她妈妈提起别的事:"明天下午,你刘阿姨想来看看你。"

"哪个刘阿姨?"

"不就妈妈那个同事,你以前见过的,上次你跟她儿子方进见了一面,说着说着就没下文了,人家一表人才的,你到底哪里没看上?"

说到这儿话题可得延伸了,元双接着电话,心思却在眼前的黎肆行身上,她清楚地感觉到他的保证快失效了。

她连忙止住:"妈,好了好了,刘阿姨来就来呗,你说那些干什么?"

"你刘阿姨想把儿子一起带来看看你,我觉得也行,你们再接触接触。"

这是什么赶鸭子上架的馊主意?

"妈,千万别,人家根本没那个意思。"

"怎么没有?感情要靠培养的,妈妈了解过,那孩子真是个好孩子。"

别人是好孩子,元双面前的人快要"黑化"了。

电话里,元双妈妈还不放弃劝说,声音陆续传来,但元双已经没心思分辨具体内容。

　　掩饰掉轻微的慌张，元双拿出应付的态度："妈，我该休息了，护士来催了。"

　　这是正事，元双妈妈又念叨两句，终于舍得挂断。

　　手机还没来得及收进口袋，黎肆行掐着元双的腰带她走到旁边的消防通道，她的病房是双人间，实在不方便。

　　门一关，他俯身亲下来，唇齿相撞，力道不算轻，有气势汹汹的意思。

　　元双的呼吸被他掠夺，莫名涌上久不曾体验的酸涩和泪意。

　　她喜欢他，喜欢他亲她。

　　以为自己可以忘掉的，她走过山一程水一程，把那些感觉浅浅地埋在无人知晓的角落，时间越久越往深处陷，直到腐烂分解消失不见。

　　但没办法，只要他一出现，所有的感觉都重新发芽，并在顷刻间破土而出，招摇地显示存在感。

　　元双主动抱上他的腰，刚刚给黎肆行的借口用来劝自己：生病的时候可以给自己一些甜头尝。

　　黎肆行察觉到她的动作和心意，越吻到后来越克制，终于把呼吸还给她。

　　安静地温存片刻，他开口："安心做手术，我明天来看你。"

　　元双皱皱眉，表情被他看到，他两个大拇指按上去帮她捋平，咬着牙没好气道："不让你妈妈看到。"

　　第二天，元双的手术顺利进行，手术室外，她妈妈坐在椅子上等候。

　　尽管是个再简单不过的手术，但只要有一丝一毫的风险，做母亲的也终会担心。

　　手术室里的人麻醉失去意识，手术室外等候的人才是煎熬。

　　这事没跟元双爸爸那边说，无其他亲人知道。

　　但元双妈妈不知道，此时手术室这一层的消防通道里，还站着一个悬着心的人。

　　黎肆行孤身立在那里，透过门上窄窄的玻璃可以看到元双妈妈此时的状态。

　　所爱之人身处手术室，他们虽然身份立场不同，但此时最能感同身受。

若再多一分的感同身受,黎肆行想,她妈妈只要确认他对元双是情真意切,大概不会反对元双身边有一个为她好的人。

昨天答应元双的,不会贸然出现在她妈妈面前,他就算不情不愿,可也不想这时候让她不顺心。

手术确实简单又顺利,很快结束,元双麻醉还没醒透就被推回病房。

元双妈妈去找医生详细了解术后的注意事项,黎肆行趁着这个空当进了病房。

隔壁病床是个中年阿姨,做了阑尾炎手术,看面相就知道很健谈,和元双同住这两天,就差把元双幼儿园在哪儿上的摸清了。

她注意到黎肆行进来,手机上的短视频都不刷了,目光全落在黎肆行身上。

阿姨喜气洋洋地开口搭话,声音爽脆:"哟,这么帅的小伙子呀,你来看这闺女?"

黎肆行应了一声。

"男朋友?"

这话不该应的,没一会儿就得传到元双妈妈耳朵里。

黎肆行片刻之间斟酌出结果,与其突然出现,倒不如有个循序渐进的过程,让她妈妈先听第三人传传话,也算有个心理准备。

于是,黎肆行说是。

"你怎么今天才来?小姑娘说自己单身,我还想给她介绍对象呢。"

"以后不用介绍了。"

阿姨上下打量黎肆行,那确实,单看外表他够优秀的了,小姑娘有这样的男朋友哪会看上其他人。

阿姨瞧出他气度不凡,不会是愿意跟她闲扯的人,十分有眼色地把两床之间的帘子拉上:"你们小年轻有话慢慢说。"

黎肆行坐在床边,抬手轻轻抚摸元双的脸颊,她尚未恢复意识,眼皮沉沉地合上。

手术说是简单,但她总是要受点罪的,后续还要吊水吃药,黎肆行心中有关切的疼。

元双在一片昏蒙的意识里捕捉到熟悉的触感，拼命想要睁眼，但意识克服不了身体机能的限制，怎么都看不见近在咫尺的人。

黎肆行不能多待，心里估摸着时间，在元双妈妈回来之前得走。

他最后在她额上落下一吻："元又又，我等你好起来。"

元双妈妈回到病房，隔壁床果然跟她讲刚才黎肆行来过的事情："你们家女儿那男朋友，哎哟，那么高那么帅。"

"男朋友？我怎么没听双双说过？"

"这不刚走，你没碰到？穿西装戴眼镜的，我瞧着也不简单。"

"没碰到呀。"

隔壁床大胆猜测："是不是什么明星呀？我家女儿跟我讲什么什么爱豆都偷偷谈恋爱，不能让人知道。"

元双妈妈按下心中的疑惑，客套地笑说："怎么可能，等双双醒来我问问她。"

元双在她妈妈进来的时候已经醒了，黎肆行来和去她都能感知到。

猜到隔壁床阿姨肯定不会放过这个八卦机会，元双暂时不想面对，眼睛一合躲过去了。

也不能一直不醒，把医生招来更麻烦，元双等她们聊完才缓缓地睁开眼睛，她妈妈首先还是关心她的身体，旁的话没问。

元双做手术之前，没觉得自己有毛病，因为不疼也不痒的，手术完倒觉得自己真虚。

她一直躺在床上，一来身上无力，她得隔六个小时后才能吃东西；二来不想被她妈妈问话。

无聊时，她给黎肆行发消息，她不能说话，但是突然很想很想听他的声音。

他对病人的需求全部满足，发来好多语音消息，元双戴上耳机偷偷摸摸地听——

"还有哪里不舒服吗？元又又，我以前说你好养也不太对，你够让人操心的。"

"元双，我给你十四天时间，临阵绝没有反悔的机会。"

"晚上我去看你，好好休息。"

术后的乏力不适全被他消解。

元双手术完住院观察了几天,确认没有问题就出院了。为了术后能更好地恢复,医生嘱咐她,最近两周尽量少说话,每天最多说十句。

"禁言令"十四天期满之际,黎肆行难得空闲休息,去元双家里找她。

事先没约定具体时间,一早过去居然扑了个空,黎肆行敲门没人应,直接按密码开门。

"验证失败。"

机械电子音毫无情绪起伏,却挑战着黎肆行的神经。

四位数的密码他不可能记错,只能是被元双改了。

哦,上次在她家算是不欢而散,是不是他前脚刚走,她后脚就把密码换了?

他生出一点固执来,又试了几个可能的数字组合,都不对,完全猜不透她设密码的逻辑。

他掏出手机直接打电话,心里攒着不痛快,等她接通才想起来现在不适合通话。

"元双,我在你家门口。"

"你到我家了?"她对他说的第一句话是高声的疑问。

医生交代过,十句话说得要尽量小心,声音越低越好。

"你不是不能说话?"

那你为什么打电话给我。

元双微妙地听出来一丝不愉快,这话憋着没说。他这么早来找她,元双心里是很开心的:"我今天还没说到十句。"

"已经两句了,省着点,密码发给我。"

黎肆行还没收到消息先闻到很冲的烟味。这回不是假的,五楼的老烟枪吐着烟圈下楼,看到有人站在元双门口还多问了一句:"你找谁?"

黎肆行咳嗽起来,根本答不了话。

这个地方跟他犯冲,他必须立即想办法把元双拐走。

电话那边的元双听到声音,急得什么也顾不上,连忙把新密码告诉他:"你赶紧进去,别理那个叔叔,我马上回来了。"

元双在小区门外的早餐店,知道他来了又多买了一份,回去的步子加

/ 227

速。进小区大门的时候,她刚好遇到出去的老烟枪,老烟枪很谨慎小心地凑近元双说:"刚才你家里进了个人,你认识啊?"

元双赶忙远离他,以前睁一只眼闭一只眼想着邻居和睦,今天忍不住,不能说话也要多说几句:"宋叔,您也少抽点烟吧,我们那栋楼里的人天天受您二手烟的熏陶,熏出毛病来,您要不要负责?"

老烟枪被一个小姑娘教训,面子上挂不住,骂骂咧咧甩着胳膊走人。元双赶紧回去。

黎肆行进门后,再一次没有合适的拖鞋穿,上一回他还能从顶层柜子里翻出来,这一回压根儿没影。

估计是她顺手改了密码,又顺手把拖鞋扔了。

够痛快的,简直叫他佩服。

元双回到家,她早起开窗换气,室内的空气潮热但新鲜,他应该已经缓过来了。

黎肆行站在阳台上视察她养的植物,比上次见到的半死不活的样子强多了,大概有精心侍弄过一段时间。

元双晃了晃手里拎着的早餐,眉眼关切,是想问他吃了没。

他今天穿得简单休闲,头上的棒球帽还没摘,夏日清晨的光明媚亮眼,镶了一圈明晃晃的光边在他周身。

非他借光,是他让光的存在更有意义。

唯一违和的是他脚上只有袜子,无声踩在她的地板上,存在感却格外地强。

元双原本是想把他的两双拖鞋扔掉的,可往垃圾袋里装的时候怎么都下不去手,反复挣扎后找了个理由骗自己:不能浪费东西。于是,她把鞋单独收进卧室的一个储物格里,眼不见当不存在,但心里还留着念想。

他朝她走来,一点都不掩饰自己的不开心。元双愿意顺他的毛时总是很高效,她赶紧把鞋子找出来拿给他,献宝似的对他笑:"我没扔,一直是你的。"

黎肆行穿上,这一早总算有点舒心的感觉。

餐桌上,两人面对面坐着吃早饭,烧麦豆浆,合他胃口。

元双有什么话全部打字发给他看,饭没吃多少,时间全花在问这问那上。

　　△你怎么来得这么早？昨晚没有睡好吗？
　　△你今天一整天都在这里吗？
　　△可是我做饭不太好吃，要不我们还是出门吧。
　　黎肆行回了几句把她手机扣上："小哑巴，别操心，今天全交给我。"

　　暑气难消，逼近四十摄氏度的高温在宁陵统治一个月有余。
　　昨天夜间降了场雨，来去皆快，日光一出地面顷刻干掉，不过这雨不算白下，将早上的气温压到了二十八摄氏度以下，室外还算能待人。
　　吃完早饭，黎肆行提出和元双去采购，她冰箱里食物告罄，元双本来打算在网上买直接送到家的，可是和黎肆行一起，她就愿意出门。
　　两人简单收拾了一下，元双雀跃得像跟家长出去买糖的小孩，可惜不能说话，要不然非得叽叽喳喳一番不可。
　　室外阳光很足，元双打算戴顶帽子防晒，临出门时看中黎肆行头上的棒球帽，示意自己想要。
　　黎肆行当然愿意给她，但不能白给："那我戴什么？"
　　她指着自己的脑袋表示交换，自认为这种以物换物的方式很公平。
　　黎肆行可不这么想。
　　她玄关衣架上挂的那些样式繁多的宽檐遮阳帽，全是小女生色系，根本没有他能戴的。
　　他表现出明晃晃的不情愿，元双却非常想逗他一下。
　　她直接取了一顶白色的渔夫帽，双手抬高往他头上扣。
　　他扭开脖子不想戴，她当然没办法，身高体力都不占优势，他单手就能把她的两只手腕扣住让她动不了。
　　元双急得蹦了两下，黎肆行想笑，终于放手，任由她把帽子扣到他头上。
　　玩就玩吧，谁让她是病人，又那么可爱。
　　帽子头围不适合且无法调节，将将立在他脑袋上，空空地鼓着，看起来就是字面意义上的戴高帽。
　　跟好看绝没有关系。
　　元双挽着他的胳膊走到穿衣镜前，彼此交换帽子戴这件事让她觉得新奇又开心，她拿出手机拍了好几张照片。

他们以前没留多少照片是个遗憾，现在有机会，她要尽量多记录下来。

她玩够了把帽子放回去，当然不会真让他戴出门去。

玄关储物柜有一格放了其他帽子，风格、品类、颜色，各有特色。

最左边几顶棒球帽，款式不分男女，是适合他戴的。

元双的手从排列整齐的帽檐上滑过，示意他随意挑选。

黎肆行的视线扫了一圈，定在一顶平平无奇的黑色帽子上，帽子正中绣着品牌的标，右侧跟着阿拉伯数字"04"。

其余的帽子上并不见数字，这应当是她特意选的。

他取出来看得仔细，这个数字该承载些意义。

黎肆行正面抱起元双把她放到旁边的鞋柜上坐着，高度正好让她的视线跟自己齐平。她头上还戴着他的帽子，帽檐压得很低，黎肆行将帽檐转到脑后，露出她干净无瑕的脸庞。

"元双，四号是谁？"

这个问题他知道答案，推导出答案的物证齐全，可缺少了最重要的她的心证，需要她亲口说出来。

元双这时候故意不说话了，手臂抵上他的胸膛用力推他让两人的距离拉开，随后伸出两个食指交叉敲击，既表示定量的说话份额"十"，也表示拒绝的"×"。

他不让她说话她就得禁言，他让她说话她就得乖乖听吗？

她也太容易被他拿捏了吧。

元双想造反了。

黎肆行把她的两个手指分开，靠她更近，气息和声音一起蛊惑她："还有份额，现在说一句。"

元双把头偏开，嘴唇抿紧，沉默是金，她决定把这块金子留到今天二十四点。

黎肆行选择换一种方式撬开她的嘴。他的手掐上她的下巴时，元双条件反射地配合他仰头，唇压下来的瞬间，元双的造反大业就宣告崩溃。

她双手主动勾上他的脖子，沉溺于每一次和他的接吻之中。

唇舌勾缠良久，情不自禁时亦不满足于此，手很有默契地抚着彼此的肌肤。

再进一步就不用出门了。

黎肆行克制地沉下欲望，还惦记着要她的答案："Babe，告诉我。"

元双赧然中赌着气，可惜为了保护嗓子声音提不起来，出口成了委屈又娇气的抱怨："你以前不是嫌弃我叫你四号吗？你自己都不想要了，干吗管四号是谁？"

黎肆行太吃这套了，她的性格成分中，乖和不乖九一开，这一分是完全给他的。

"所以是我，一直是我？"

时移世易，如今患得患失的人变成他，好多事他都要反复确认。

迷人的桃花眼里漾着渴望和期冀，像一个讨糖吃的小孩。

元双一点都不忍他这样，反思自己刚才是不是有点无理取闹，他很在意这件事的。

于是，她眨着眼睛，肯定的眼神全部送给他。

他得了糖，亦有不忍："坏了的录音笔留给我，不怕我永远发现不了吗？"

元双头摇得很实诚。

当时根本没抱希望他会发现。

她私自下了决心，给那段暗恋定下不见天光的结局。

她十九岁拥有过他，录音笔交到他手上是元双给自己十六岁的一个交代。

这个交代甚至跟黎肆行无关。

录音笔哑了声，他们当时也走向陌路，前人旧物最该断舍离，她以为那支录音笔早就置身于茫茫电子垃圾场中，等待掩埋或回炉重造，里面记录的声音内容也该被销毁，像从来没存在过一样。

录音笔安然处于黎肆行手中甚至被他发现其中的秘密，是元双在与他最亲密时都不曾设想过的幸事。

他把她定好的结局改写了，雨夜开车到她家楼下说他知道了。元双当时好痛苦地想：错了，错了，时机全不对。

可是他好厉害，对错之间他永远可以转圜。

他就是光啊，只消在她的世界里浅浅亮一下她就挪不开眼，她仍旧贪心地想要成为这束光的独家拥有者。

黎肆行见元双情绪低落了下来，把绣着"04"的帽子拿起来戴上，喊

/ 231

口号似的逗她:"To be No.4.(成为No.4。)"

元双脱口而出:"你一直都是呀。"

"我以前当得不合格,需要重新获取一份成为No.4的资格。"

元双把额头贴向他的,像是在盖章认证。

在她这儿,他始终拥有权限不可估量的资格。

老城区这一片生活极为便利,周围散布着几个大型菜市场,元双以为选一家近的去就行,黎肆行却开车带她去了稍远一家的大型连锁购物中心。

"不光买食材。"他讲究效率,不如一次在同一个地方买齐。

逛到果蔬区,终于到他们出门的正题。

元双说自己做饭不好吃不是谦虚,她只能确保她做的饭菜是熟的,吃了不会拉肚子,至于色香味,不说俱全,单说其中一种,做到了就是她超水平发挥。

她认清自己的技能点不在这儿,对自己做出来的东西也很包容,因此颇"不思进取",从没想过精进一下技术。

可黎肆行看起来比她更不会做饭的样子,以前跟他在一起,哪一餐都没用他们操心,要不有管家阿姨做,要不就去外面吃。

被他爷爷说"四体不勤,五谷不分"也不算冤。

只是黎肆行向来有出其不意的本事,叫元双相信他没有做不好的事情,她看着他挑菜的认真模样,甚至开始期待他做的饭。

他那么挑食,对自己的要求肯定也很高。

买得太多,结完账,他们直接让购物中心送货上门。

出来没有直接回家,黎肆行牵着元双的手去了旁边一家花店。

"九朵,黄玫瑰?"

元双短暂地呆了一下,思绪接上了四年多以前他们尚在一起的状态,转瞬明白了他的意思。

当初他们在一起,两人只要见面,黎肆行每天都会带一束花送她,后来分开,自然断了。

他现在是想重新续上。

花的朵数是按照圆周率 π 顺下来的,元双对不同的数字有自己喜欢的搭配,逢二喜欢白色的花,逢四喜欢蓝色,逢九则爱黄色。

送出规律来了,他便一直记得。

九朵黄玫瑰送到元双手上,就好像他们分开的这几年从来没有断过。

她拿着花喜笑颜开,觉得世上没有比这九朵更漂亮的花了。

她抱着花闻了一路,着急回到家把花养着,门一开尚未来得及进去,就被黎肆行拽住去鼓捣她的密码锁:"指纹,我要录。"

门打开在外面操作,元双握着他的手指帮他录入,左右手各一枚。

黎肆行很不客气地警告:"再敢改密码或者删我指纹,元双,你这破门就别想要了。"

元双重点抓得很迷,她摸摸门框,做出一个不标准的展示手势给他看,意思是我的门哪里破了?

老房子门没换新,只是重装了指纹锁,是老式的厚重防盗门,墨绿色的门身显旧,朝里那面装饰了些同色系的小物品,搭起来有复古的感觉,有朋友来看到都是夸奖的。

就他心里不爽迁怒她的门。

元双很有气势地伸出左手的三根手指做发誓状,没说话但意思传达无误:绝不再改。

购物中心没多久就把他们买的东西送上门,装了满满三个大袋,除了他要用到的洗漱用品,多数都是吃的,两人分头整理。

元双把他的洗漱用品收拾进浴室的柜子里,他跟过来看却不满意:"怎么不给我拆出来放好?"

"你暂时又用不到。"她不出声只做口型,短句速度慢一点,几乎可以和他无障碍对话。

"元双,我今晚住这儿。"

这话听着很不靠谱,她这里根本没有他能穿的衣服,同一身衣服他绝不会连续穿两天,他明天难道要光着?

她只当他瞎说。

他化身监工,非盯着她把东西拆出来摆在她的物品旁边。

元双整理完,觉得也挺好,成双成对比形单影只更富生活气息。

进到厨房,黎肆行问她中午吃什么,俨然是要下厨的意思。

元双不挑,但也知道"都行""随便"这种答案很没意思,于是指了

/ 233

几样食材表示想吃，让他尽情发挥。

黎肆行开始发挥，元双开始目瞪口呆。

单从刀功就能看出他水平高得很。

他切青红椒，切出来的都是大小一致的菱形块，元双好奇地把它们叠在一起，真的完全重合。

她两个手高高竖起大拇指给他看，口型是："好厉害！你居然真的会做饭。"

黎肆行专心处理案板上的食材，分神抬头接收到她过分兴奋的赞叹："你不会做饭才奇怪，你在国外交换那段时间，难道从没觉醒过对家乡口味的渴望吗？留学生应该都尝试过自己动手做吧。"

黎肆行断断续续在国外生活学习过几年，年少气盛时期也有过"中二"病，尤其是大一下学期出去交换那阵，不想靠家里，追求所谓自立，衣食住行全靠一双勤劳的双手。

元双不一样，她是真好养，胃不挑，中餐西餐都能包容，又因为在她交换的国家想买点地道的国内食材或调料都不容易，因此她实在没那个折腾的心力。而且她当时租住的那栋公寓里，房东太太就住在她楼下，善良热情，经常投喂她，吃食这方面，她几乎不用操心。

元双好得意地把这些打出来给他看，说明自己好养而且好福气有人愿意养她。

黎肆行突然停下手中的动作，问她："房东太太是 Madame Petit（佩蒂特夫人）吗？"

元双震惊的表情无疑说明他说得没错，太惊讶时她会忘记自己不能说话："你怎么知道？"

元双的房东太太在楼下开了一间咖啡厅，生意很好，店里临街一整面的落地窗上挂着往来客人愿意留下的照片，照片背后都有一段或长或短的故事。

黎肆行曾经去过这家咖啡厅。

他不爱喝咖啡，只是偶然从那条街上走过。

那天雪后初晴，日光亮而耀眼，从咖啡厅玻璃窗上折射出来的一束光刺进他的眼睛里。

很像某种乍现的指引，他本该偏头躲掉，却被莫名其妙的熟悉感定住，固执地令目光和日光交锋，非要看清被日光模糊掉的玻璃墙上的东西。

就这么一眼，几行汉字在大片大片的字母里轻易杀出重围，俘获他的注意后，一个最熟悉的"肆"字钉进他的视线。

右侧长竖收锋，掩于两横之间。

这个地方有多少会写汉字的人，又有多少人写"肆"笔顺是错的呢？

黎肆行没法不走进去探个究竟，他点了杯咖啡却没喝，只在那张照片前驻足。

照片里的人不是元双还能是谁呢？

胶片质感的画面里，她笑得明媚大方，房东太太亲昵地搂着她，脸贴脸靠得很近。她是难与人交心的个性，能和房东太太关系这么近，说明她出国交换的那段日子是开心的。

大概不再为他们的分手伤心，把他忘掉了最好。

——分手那天把她送回学校，她蹲在那里哭了多久，他的车倒回来就等了她多久。

可她写的什么？

上半部分是法文，叙述她的房东太太多么好，她多么幸运能够遇到，最后给这里的咖啡打广告，不吝赞美之词。

唯一的一簇汉字：

> 如果我走遍全世界
> 我会在全世界祝福黎肆行
> 平安顺遂
> 无病少忧

舒展洒脱的行书，可以鉴赏的水平，是她一贯的风格。

异国他乡的二十七个汉字，以万钧之力深沉地震撼他。

店主 Madame Petit 注意到黎肆行这个陌生的东方面孔，见他对这张照片有兴趣还主动过来攀谈。

黎肆行动了念头想把这张照片收到自己手里，提出高额的报酬，但被拒绝了，店主告诉他："所有的照片都是无价之宝，除非照片的主人有需要，否则不会进行交易。尤其是这张，她跟我说，希望在遥远的国度留下对所爱之人的祝福。"

黎肆行指着照片背后自己的名字，跟店主说："这是我。"

店主惊讶，随后热情地表示自己和元双还有联系，可以问问她的意见，他这时候却退缩了。

"如今我非她所爱。"

他在当地停留了一周，几乎每天都会路过这间咖啡厅，然后在玻璃窗外停留片刻，只是不再进去了。

黎肆行不瞒她。

爱不会满溢，爱越丰盈越好。

爱要让彼此知道。

他把当年咖啡厅所见告诉她："元双，我这几年无病少忧，全仰仗你的祝福。"

元双摇摇头，她没有那样大的本事，是他自己很棒很厉害。

"后来还有在其他地方写过吗？"

她也坦诚："有。"

因为工作，她会去不同的地方出差，行程不急时，她总会找到当地有类似功能的咖啡厅或书店，在明信片或照片上写下对他的祝福，留在那里。

去寺庙拜佛求签太郑重，她站在与他非亲非故的位置上，不敢袒露那样的心意，只能在自己匆匆路过的世界里释放一点诚心，希望借助地缘给他祈一份福。

黎肆行看着她："以后带我去看看你曾为我留下祝福的地方，我想都收集起来。"

晚饭可不敢再劳烦他，元双那水平也不好为难他的嘴巴，她带黎肆行去了附近一家有名的馆子。

回来时，两人在小区内部的广场上溜达了几圈，暮色被浓黑占领，元双觉得自己过了十四天的禁言期，放开嗓子说话："你是不是要走了？"

她声音还有点克制，更加重了其中依依不舍的成分。明明不想让他走。

黎肆行专治她的口是心非："元双，我说了，今晚住这儿。"

"我家里没有适合你穿的衣服。"

"只要我有衣服穿,你就让我住这儿是吗?"她顾虑的压根儿不值得他记挂,一身衣服而已,现变他也能给她变出来。

元双被他的逻辑说服。

"那我们是和好了吗?"

"不和好你会答应我留宿?元又又,你现在问这个问题,是不是太晚了?"

这明明是板上钉钉的事实,哪里值得她反复确认?

元双轻"哦"了一声,心中又浮起顾虑:"就在一起两个月吗?"

莫名冒出来一个时间期限,黎肆行提了口气盘问清楚:"为什么就两个月,两个月后你要把我甩了?"

"你自己说的,你在宁陵只待两个月。"她越说越没底气。

黎肆行现在还能想到自己的原话:"最近两个月我都会在宁陵。"

未言明的潜台词是:给我两个月的时间尽力挽回,不要躲开我。

她怎么脑补出的"只"字?

他先不找碴,问了别的:"我只在宁陵两个月,你也要和我在一起吗?"

拾一段露水情缘,她愿意吗?

元双认真思考其中的可能性,悲观地发现她是愿意的。

只要对象是黎肆行,一天两天,一个月两个月,时间期限全然没用,即使人为规定了结束时间,即使提前知晓无终的结局,她也想拼尽全力地在短暂的时间里和他产生最深刻的交集。

及时止损方是明智之举,元双在这场情爱中,是振翅扑火的盲目飞蛾。

她没说话,答案却也不难猜。

黎肆行心中动容,却又想生气。

他伸手揪她的鼻子:"元双,你什么时候长的恋爱脑?如果我真的只是骗你两个月,那我绝不值得你不顾一切地陷进去,任何人都不值得,你知道吗?"

她只关注她的重点,鼻子还在他手里,带着很重的鼻音道:"所以不止两个月?"

"你们学口译的不是最擅长抓人说话的重点吗?两个月以后的日子里,我仍然会常驻宁陵。两个月不是我们在一起的期限,两年、二十年都不是,你按两辈子算才接近。"

/ 237

"你待在宁陵,是为了我吗?"

"有一个离不开妈妈的 little girl(小女孩),我能怎么办?"

情话甜蜜又有分量,元双听他这么说绝对开心,可往深处细想,他需要放弃的东西未免太多。

黎家的核心自始至终都在首都,他留在宁陵,无疑是退出了声鸣集团主要继承权的竞争。

虽然他们兄弟关系极亲近,但是哪怕他志不在此,终是值得惋惜。

况且他家里人也未必接受,即使左右不了他的决定,又如何知道不会对她有微词呢?

元双抬手搭上他的手腕,想通过肢体接触获得一些力量和勇气,可说出口的话尽显勉强:"突然觉得你为了和我在一起要付出好大的代价。"

黎肆行放过她的鼻子,改捏她的手指玩。

"离不开妈妈的 little girl"是玩笑说法,但这件事不是玩笑能带过去的,她聪明极了,什么事都想得深,还要认领巨大的压力往自己细弱的小肩膀上担。

"我很想邀这个功,但不是的,元双,我本质上是为了我自己,我想要你,所以才会愿意有这些付出。我们在一起,不需要克服什么艰难险阻,我要这是命中注定,是顺势而为,我最不想你有任何压力或负担。我只要你放轻松爱我,其他都不要想。"

他说正事时声音会自动调出令人信服的质感,元双消化他的一番话,明白核心仍是他在为她着想。

他创造了一个完全无虞的环境给她,她只要做到无虞,就是最高级别的与他同心同德。

元双选择听他的话轻松爱他,找了个难题丢给他:"其实还有一个艰难险阻,我妈妈那关还没过。"

"我为了她女儿背井离乡,她应该会心软吧。"

"你刚才明明不是这样说的。"

同一件事不同人接收的效果不同,黎肆行自有谋划,简明扼要摊开来给元双知道:"这是诚意,我好拿来博取信任和同情。"

第十五章

- 坦 白 局 -

黎肆行给元双定的十四天倒计时已到终点,她耍赖的本事进化,混过了又一个十四天。

元双拖字诀用到化境,每次被问都是"下次一定"。

她还没勇气告诉家里这件事,因为担心妈妈会是一如既往的反对态度。

立秋这天落了一场雨,连带着气温降了几度,暑热势力大减。

元双下午一个半导体行业大会的翻译工作提前结束,收工后,从会场赶去黎肆行的办公室找他。

黎肆行工作结束后,带她去吃晚饭,元双没想到,地点是他们公司食堂。

他这样的身份在哪儿都很引人注目,没一会儿就有人认出他是公司的大老板,有人窃窃私语也有人大胆地开始拍照,附近的窗口沾他的光排了越来越多的人。

消息传递得很快,公司各种群里都有一线吃瓜群众发的各个角度的照片。大家揣测着,老板今天先撤了一个技术部总监,这会儿来食堂没准儿是为了敲打后勤部长。

身处公司舆论中心的两个人并不在意,只是元双收到了她堂哥元风的消息。

元风是声鸣市场部企划主管,公司群里刚刚的热闹他也看到了,别人不认识照片上黎肆行的女朋友,元风可太熟悉了,于是特意问她什么情况。

元双还没想好怎么说,问黎肆行:"我堂哥看到我们了。"

"你不想让他看见?"

她摇摇头,也没有不想,就是有点突然。

黎肆行不动声色:"他下班了吗?喊他一起吃个饭。"

/ 239

"我问一下。"

得到答复，元风正往食堂这里来，一会儿找她。

元双和黎肆行点了餐找位置坐下，方圆五张桌子内，无人敢靠近打扰。

元风十五分钟后在食堂找到他们。

三个人两两互有关系，分亲疏远近，各叫各的。

元风和黎肆行在公司打过两回照面，完全是公事，谁也没提过元双。

元风在今天之前了解的消息是，元双和黎肆行只是各自的前任，以他的视角看，好像他们眨眼之间就变成了现任。

他既然答应妹妹来吃这个饭，就是想问一问的，元双也没瞒他："我们是重新在一起了。"

朴素又简单的话，难掩其中坚定的态度，元风心里顿时有数。

"双双，下周六可可过两周岁生日，你要不带小黎总一起来？正好让爷爷奶奶也见见。"

元风结婚三年多，有了一个女儿，小名可可，马上满两周岁，元双疼爱极了，为了这个小侄女也愿意多往那边跑。

黎肆行看着元双，等她说到底要不要带他一起去。

元双根本没有说不的理由。

"好，风哥，到时候我们一起去。"

元双这几天都没睡好，脑子里翻来覆去地思考：下周六和黎肆行一起去参加可可的生日宴，那么她父亲那边都会知道他们的事。

可是她妈妈还一无所知。如果她不想在她妈妈那里罪加一等，就必须保证这件事她妈妈优先知情。

这意味着她得在下周六之前坦白。

她肯定要提前跟她妈妈打招呼，为此脑子里过了无数方案，包括选什么样的时机，用什么样的语气，推测她妈妈可能的态度，预演不同的后续。

想好一个否决一个。

她兼当甲乙两方，左右互搏，把自己为难死。

这天晚上，黎肆行再一次陪她住在城南的老房子，这个五脏俱全的小窝让她的心绪更安稳。

她计划明天回她妈妈那儿，把该说的都说清楚。可是眼睛一闭上就是她妈妈冷着脸说不同意他们在一起的画面，睡着了也得做噩梦。

黎肆行把她四肢都按住，吻她的额头安抚："放宽心，我人见人爱，阿姨会喜欢我的。"

没想到被她找到刁钻的角度挑出毛病，优点也变缺点："长辈们不喜欢人见人爱的类型，一看就不踏实。"

元双说完也觉得自己的话有故意找碴之嫌。

以往有烦躁的情绪会很快被他的体温安抚，今天见效甚微，她将一颗心提得过高，有黎肆行给她托底还是害怕坠得很惨。

她"多动症"发作，挣开他下床，鞋子都没穿，像个毛躁的暗夜精灵窜出去又窜回来，手里拿了个本子还有支笔，唤醒了卧室的主灯后爬上床，盘腿坐着，一副要跟黎肆行开大会的严肃架势。

他还躺着，手搭在眼皮上，刚适应室内明亮的灯光。

元双弓着背在纸上写写画画，她视力不佳，急切得眼镜都没戴，眼睛要凑本子很近才看得清。

笔尖不停，"唰唰唰"把三十二开的纸面填满。

黎肆行被她晾着，她直到写完才想起他有用。

元双把本子递给他，软语央求："你帮我参考参考嘛。"

她在上面列出了目前的情况，包括她妈妈可能反对的点以及可能心软的点，对应具体的点有什么有效的解决方案，再细化一下够做个PPT汇报的。

黎肆行快速扫了一眼，评价道："字很漂亮。"

元双五官都皱起来，看他的眼神好像在看猪队友："我说的不是这个。"

"你考虑得这么周全，还担心什么？"

"我……"

刀没落下来之前，她总是惶惶不安。

越不安越想折腾，她又有主意："我们先彩排一遍，我当我妈妈，你来当我，看看效果好不好？"

这是什么伦理大乱的角色扮演？

"别试了。"黎肆行把本子卷在手里点她的额头，"是我去见未来岳母，不是你去见公婆，小火人儿——"她估计是因为焦虑，体温摸着都比平时高一些，"再急你要把自己烧着了。"

/ 241

"可是我真的很担心。"

她声音听上去像要哭了，可怜得要命。

黎肆行把她的笔夹在本子里往床头一扔，勾着她的两条腿将人带到怀里，她的四肢找到归宿似的自动缠上他，下巴搭在他的肩上，依恋地和他紧紧相拥。

"相信我，元双。"

第二天，元双特意去于记的铺子排队，买了许多她妈妈喜欢吃的糕点。

到家的时候，任珂已经快做好晚饭了，元双跟着忙进忙出，化身勤劳的小蜜蜂兼夸夸机器，把每道菜都赞美得天上有地下无。

饭桌上，母女俩聊些家常，说到元风的女儿可可过生日的事情。

"妈妈，我小时候也有可可那样可爱吗？"

"你比她皮。"

元双嘴巴甜得很："真的吗？我明明这么乖巧听妈妈的话。"

小孩子天性多是调皮好动，元双从小被宠着爱着，家庭未遭变故前，性格也很活泼。

即使那时候因为父母的工作，在首都、宁陵，甚至国外多次更换住所，她收获的也不是来回奔波的疲累漂泊感，而是对世界多样的认识和与父母相依的安稳幸福。

加上家里养的那只陪她长大的拉布拉多犬，年幼的元双一度人仗狗势，在一群小朋友里混成大姐头。

偏偏她父亲对家庭的背叛在她关键的青春期暴露，元双被影响太多。

她性格中的乖巧被迫放大数倍，原本的活泼失去生存空间。

太乖的孩子都不是自由的孩子。

任珂从不后悔当初的决定，她不是那种为了"给孩子一个完整的家"就选择忍气吞声的人，十几年的夫妻感情一朝遭遇背叛，她可以清醒地说断就断。

只是她确实不是事事周全的超人，那段时间因为打击过大，忽略了女儿的感受，甚至情绪不稳定时也会迁怒女儿。

反倒是年岁尚小的元双始终心疼又包容妈妈的坏脾气。

往事看淡时，任珂反思过自己的不对，更庆幸元双这辈子当她的女儿。

她女儿是天底下最好的女儿。

任珂早看出元双今晚不对劲,不动声色地看她能演到什么时候。

元双看着筷子动得勤,实际上夹进嘴里的很少,提到可可,她忽然想到了一个切入点:"妈妈,你说以后我的孩子会像谁?"

任珂闻言,筷子往桌上一拍:"元双!你别告诉我你未婚先孕了!"

元双吓一跳,正常流程不该是问她男朋友都没有哪儿来的孩子吗?她就可以顺势说出她其实有男朋友了……

这种猜测可不是好玩的,她连忙解释:"妈,你想哪儿去了?我没有。"

"双双,你交男朋友妈妈不反对,但是敢给我搞出这些乱七八糟的事情来试试!"

气氛不对,话题却到这儿了,元双也把筷子放下,终于一鼓作气:"如果我真的有男朋友了呢?"

"嗯,有了挺好。"

这个"嗯"还在元双意料之中。

"就……他是黎肆行,我想周六带他回家,你见见他好不好?"

"好,我知道了。"

这个"好"就有点吓人了。

她妈妈居然平静地应下了,甚至有心情重新拾起筷子吃饭。

元双属实被这种轻飘飘的态度惊到了,甚至怀疑这是不是故意迷惑她的,只等和黎肆行见面的时候再正式发作。

"妈妈,黎肆行是我上大学时那个男朋友。"

"你妈妈还没到老糊涂的年纪。"

旁人或许不值得在任珂脑子里留下记忆,但黎肆行这样的想忘都难,更何况有昔日黎老这层渊源在。

"你不反对吗?你之前都反对的。"

任珂反问她:"双双,你希望妈妈反对吗?"

元双拼命摇头:"当然不。"

"你不希望妈妈反对,妈妈就不反对。"

"可是……"意外顺利的坦白局让元双不安,"妈妈,你之前都是反对的,怎么会突然变了想法?"

"小黎没跟你说?"

/ 243

"小黎？"

元双着实愣了两秒才反应过来说的是谁，黎肆行什么时候变成她妈妈口中的小黎了？事情的走向她怎么一点也看不懂？

"他应该跟我说什么？"

黎肆行和元双妈妈的第一次正式见面，元双并不在场，甚至过后才知情。

这天早上，任珂照常去城南的老房子给女儿投喂吃的，她买的过多，自己拎不上去，在楼下打电话想让元双下来帮忙。

元双还在睡，黎肆行把早饭给她留好，打算先去公司。

临走前，他听到她手机铃声响，进卧室想给她摁掉，看到是她妈妈打来的。

他犹豫了一下，电话长时间未接通自动挂断，立马又打来。

这一次他接通，听到略急切的声音："双双，你起了没？我在你楼下，你快下来，东西太多了我拎不了。"

黎肆行沉默两秒，开口自报家门："任阿姨您好，我是黎肆行。"

"黎——双双呢？"

"双双还没醒，"黎肆行的视线落在元双平静的睡颜上，决定不把她叫醒，"我去帮您把东西拎上来。"

他顺手取了副眼镜戴上，从四楼下去不过二三十秒，电话里声音的主人具象地出现在任珂面前。

看人第一眼总是先看长相，抛开别的不谈，任珂对黎肆行的样貌是绝对要称赞的，用一表人才形容都算委屈他那张脸。

他的长相是最讨长辈喜欢的那种周正的帅气。

大清早，他接了元双的电话又从元双家里出来，其中意味不言而喻。

第一次正面碰上，黎肆行保持该有的礼貌。元双妈妈暂时没问什么，态度也未表现出喜恶，他缄口，先手不该他下，以不变应万变最好，只当自己单纯来帮忙的。

车后备厢里两个大号的购物袋都装得满满当当，黎肆行一手一个稳稳地提起，走在任珂后面随她上楼。

到了门口，任珂问："双双这儿密码是多少来着？我忘了。"

双方心知肚明，这是试探。

黎肆行报了正确的四位数密码，任珂心中的猜测落实到百分之九十，她输入密码把门打开。

进了门，任珂看到他熟门熟路地换上拖鞋，百分之九十升到百分之九十五。

黎肆行直接把东西拎到厨房，再有条不紊地整理进冰箱和储物柜里。

任珂看到他这么细致有些意外，按她早年的印象，黎家人进厨房都属稀奇。那样富贵的门庭，指尖从来不必沾上阳春水，有意沾也是为了一时兴起的好玩。

把人往坏了想，黎肆行有故意做给她看的嫌疑，转念又觉得那也比什么都不做要强。

她完全不插手，反正这活儿不是他干就是她女儿干，他看着倒比元双更麻利。

"几点了，双双怎么还没起？是不是生病了，我去看一下她。"

生病是面子上的说法，黎肆行于任珂而言毕竟是一个陌生男人，她作为母亲本能地需要确认一下自己女儿的情况。

任珂朝卧室走，手搭上门把手的时候又有顾虑，转身问跟过来的黎肆行："方便吧？"

一个男人住在她女儿家里，说是纯睡觉她也不太信。万一给她看到什么不该看的，他们三个人都够尴尬的。

黎肆行面上坦荡得很："方便，您请。"

房间里他简单收拾过，早起都会开窗通风。

任珂以往过来都不会进元双的卧室，不过依然能从细微之处感受到房间里的变化。

床尾的衣架上挂着两件明显是男士穿的衬衫，床上陪她女儿睡觉的毛绒玩偶不见了，枕头变成一对，右侧床头柜上摆了一块男士腕表，价格绝不是她女儿消费得起的那种。

女孩儿家独立的闺房有了第二人共同生活的痕迹。

一个藏在内心深处的想法忽然招摇地跳出来：她女儿不仅仅是她的女儿，以后也会成为别人的妻子、别人的妈妈。

元双仍然沉沉地睡着，对进来两个关心她的人毫无感知。

八点多了，按她的生物钟早该起了，摸她的额头也没病没热的，任珂心里难免嘀咕,昨晚上不知怎么疯的。

她心中的百分之九十五变成百分之九十九,缺的那百分之一得由她女儿亲口承认。

任珂确认女儿安然无恙,便没有叫醒她。她和黎肆行的想法一致,有些话他们要单独说。

关上卧室门出来后,任珂招呼黎肆行到客厅。不一会儿,他端来两杯水,那姿态让人一时难以分辨,他究竟是作为晚辈礼敬长辈,还是作为主人招待客人。

任珂有身为母亲的直觉。

元双做微创手术住院那会儿,来病房探望她的那个"男朋友"绝不是隔壁床编出来的人。

她先前来这边看元双,有次遇到五楼的老烟枪邻居,闲聊时听他提过:"你家女儿是不是谈男朋友了,我看带回来好几次了。哎,你叫你家女儿当心一点,那个小伙子我看着像小白脸,别是图你们家的房子来的。"

这么多已经不能叫蛛丝马迹的线索指向一个结果:她女儿谈恋爱了,还瞒着她。

任珂太了解自己的女儿。元双如果有任何事不想告诉她,一定是事先评估过这件事在她这里的通过率太低。

她女儿乖的时候能做到让所有人都满意,可固执起来谁也拿她没办法。

时间没把这个人从元双的记忆里淡去,反倒把他重新送回她身边。任珂当年打下一棒,自认是为了女儿长痛不如短痛,如今想是不是错了,短痛只是假象,绵延不绝的长痛才是难挨的后果。

沙发上两人斜对面坐着,形成微妙的对峙局势,任珂问候了一句黎肆行爷爷的状况,暂时缓冲局面。

可是面对他们心照不宣的谈话主题,一时又沉默。

黎肆行在心里评估当下的状况,很清楚地知道他接下来该如何应对。

他个人条件如何出色已无须论证,甚至那也不是重点。

他有万分的好,落不到元双身上都是白搭。

他需要让元双妈妈看清,他和她有一个牢靠的共同立场,那就是始终为了元双好。

任珂的视线落到阳台上的花花草草上。

元双在养花这方面完全没遗传到她父亲的耐心和雅意。

当初房子新装修买了很多盆栽回去除甲醛，不管难养好养，一律难逃枯萎的下场。后来又从家里移过来两株吊兰用作装饰，也在她手里半死不活。

如今再看，满阳台的植物盈满绿意，俨然已起死回生。

任珂知道，这不是她女儿的本事。

她回首，架起气场来，开门见山："说说吧，你跟双双现在是什么情况？"

黎肆行抬手扶了下眼镜，姿态适度放低："任阿姨，抱歉在这么仓促的情况下跟您见面。我和元双不久之前选择重新在一起，本来打算今晚告诉您这件事，然后约您周末正式见面。您既然过来了，我作为晚辈、作为双双的男朋友，没有再回避的理由。"

任珂听出"再"后面隐藏的东西："你以前刻意回避过我？"

"有过两回，因为当时和双双还没正式确立关系，不敢冒昧打扰。"

两回无疑是保守说法，真要细数，该说有一回算一回。

任珂想起来一回："双双做手术那天，你去病房看过她？"

"是。"

"后面几天你也去了？"

还是肯定的答案。

"是你陪她去医院做检查的？"

这份功黎肆行敢积极地邀，他诚恳地点头。

做母亲的没关心到的地方，他能够周到地补上，单是这件事，就足够任珂态度软化一些。

不过事情没那么简单，他们之间要解决的问题太多。

"黎家的根基在首都，你迟早要回去，到时候你打算怎么办？"

"我以后都会留在宁陵。"

任珂不太信："你现在说得容易，你家里会让你撒手吗？"

"任阿姨，我很爱元双。"

黎肆行尚未正式和元双言爱，在她妈妈面前说这话是端出态度。

爱意固深固真，可难免有空谈之嫌，他用事实补充："相信您也有过了解，我家里尚有父兄主持大局，我留在宁陵也非退而求其次，声鸣有相当一部分的业务重心在宁陵,我在这里无碍实现我的价值。根基所在,关键是人。"

黎肆行话说得周全漂亮。元双昨晚写在纸上的关于她妈妈可能反对的点,重点有两条,一是对他家里的顾虑,怕元双受委屈;二是担心他们的感情不对等,元双付出太多陷得太深。

黎肆行决心留在宁陵这件事,几乎是一举两得地解决了这两点。

在距离上,他们远离首都黎家的中心,可以过自己的日子而不必担心门户的差距时时压下来。

他虽说无碍实现价值,可任珂也曾蹚过黎家的水,清楚地知道他放弃了多少,而这一切的付出都是为了她女儿,任珂很难不动容。

她端起自己面前的杯子喝了口水,气场里的敌对态度已悄然消失,她对黎肆行说:"你多喝点水。"

黎肆行心里也有个进度条,名为"说服元双妈妈",目前已经走到百分之八十。

他不紧不慢地接着推进:"我曾经问过元双一个问题,如果我和您同时掉进水里,她会救谁。"

"是吗?"任珂倒意外他这样的人会纠结这种稍显无理取闹的事,不过也好奇,"她怎么说?"

"她很为难,一直逃避,但我知道她会选择先救您。"

虽然是假设的问题,这答案任珂总归爱听。

进度条接着涨。

"任阿姨,我从来不想让这种假想的二选一问题在现实中出现,我知道,您比我更不愿意让她陷入两难。"

任珂忽然被他戴上一顶不太好摘的高帽,"嗯"了一声。

"我知道您未必能立刻接受我,但我想我应该值得一个考察的机会。"

自始至终,任珂都不认为黎肆行是什么差劲的人,相反,他的条件放在哪儿都是数一数二的。她当初反对是觉得他和她女儿不合适,如今有所转变,也是因为黎肆行向她证明了那份不合适其实并不客观。

"好了,我知道你的态度了,双双是我女儿,只要她好,我什么都能让步,有什么话晚上让她跟我说。"

任珂起身准备走了,又折到厨房关心元双的早饭怎么解决:"她还不知道几点起，哎呀，我在家包的小馄饨忘给她带来了。"

黎肆行走过来指着保温状态的蒸箱："任阿姨，我给她留了早饭。"

"哦，那不错。"

说一千道一万，再多的话总归要落实到细节上，任珂顿时有了放心的踏实感。这一早上严肃认真地谈过，她脸上终于有了点看开的笑。

她看着黎肆行一身正装明显也是准备出门的状态，主动问："小黎，你跟我一起下去？"

黎肆行听到这个称呼知道大势已成，进度条正式拉满。

"好，谢谢阿姨。"

周六上午，黎肆行正式登门见家长。

电梯上行很快，到了门口还没进去，元双忽然长出护短的意志，信誓旦旦地跟黎肆行保证："你放心，我一定不会让你受委屈的。"

黎肆行觉得窝心又好笑。他十分配合地当她的小弟："好，今天全靠元又又罩我。"

黎肆行一应礼数得体周到，跟元双打听了任珂的喜好，拜访之前也问了他妈妈作为长辈的意见。

任珂一直有户外登山的爱好，于是，他投其所好准备了一套专业的登山装备，外加一条不会出错的奢侈品牌的丝巾以及若干保养品。

既有诚意，又不显得压人一头的强势。

任珂态度转变以后，对黎肆行这次登门相当重视。

任珂提前问了元双他的忌口，知道他对坚果过敏，把家里一切有关的食物都锁进顶层柜子里，生怕一不小心被误食。

再有闻不了烟味这件事，家里虽没人抽烟，她依然提前开了空气净化器，确保元双说的"一丁点"都不存在。

客套的话开场："小黎，来就来了，还带什么东西。"

黎肆行有礼有节地回："任阿姨，初次登门，做晚辈的浅备薄礼，希望能合您的心意。"

流程第一步走对，接下来就一切顺利。

元双殷勤地挽着妈妈的手臂，展示黎肆行带过来的东西："妈妈，我买了同款的登山鞋，以后跟你一起爬山去。"

"你省省吧，去给我当小拖油瓶。"任珂嫌弃地拍自己女儿的手，招呼黎肆行的笑容放大几分，显然对这份礼是极满意的。

黎肆行对许多户外运动都在行，冲浪、登山、攀岩都有丰富的经验，和元双妈妈聊起宁陵有哪些适合爬的山，两人可以说趣味相投。

"小黎，以后有机会跟阿姨一起去登山。"

黎肆行当然说好。

饭菜做好正式上桌，任珂照顾黎肆行的口味，菜都是清淡咸鲜类型的。

元双故意挑剔："妈妈，我想吃点辣的。"

"你的嗓子还敢给我吃辣！"任珂这一回训得严肃，"小黎，你看好她了，以后不要让她吃辣的。"

黎肆行点头，先把自己择干净："她平时不听我的，就等您这道旨意了。"

元双总算认清了，黎肆行说不让她担心时她就该安心睡大觉，他赢得长辈的心真是一把好手。

任珂是学新闻出身，对时政多有关注，见识广而深，和黎肆行什么都能聊，大到目前的国际局势会如何发展，小到葱油烧鸡该用什么葱。

说别的方面元双也有见解，轮到下厨就两眼一抹黑，她在一旁嘀咕："这有什么区别呀？"

收到她妈妈一声斥责："你当然不懂，就知道吃！"

元双拍着手当小马屁精："不管用什么葱，妈妈做出来的都超好吃。"

任珂招呼黎肆行多吃点："双双还跟我说你挑食，我看也挺好养的。"

"任阿姨，是您厨艺高，做的菜都很合我的胃口。"

"那以后常来，双双那个味觉一点都不灵敏，给她吃什么都吃不出差别，搞得我一点成就感都没有。"

"妈妈，我那是好养，他真的很挑的。"元双开始飘了，揭黎肆行的短也不怕她妈妈有意见。

"以为都跟你似的，一点追求都没有。"

黎肆行从容地当起调解员："是阿姨对我好，愿意满足我的挑剔。"

元双很不服："妈妈怎么不满足我的挑剔？"

"吃你的饭！"

玩笑嬉闹过后，任珂还有不少要操心的事。

"双双,下周你带小黎去你爷爷那边,要是碰到你爸爸,别管他说什么,他那个人只关心他自己。小黎,你听到不好的话也别上心,双双这里一切由我做主。"

两人应声。

对于她爸爸那边,元双确实不怎么担心,自始至终她最在意的都是她妈妈的看法。

她爸爸接受,皆大欢喜,不接受她也不会劳心去说服他。

"首都那边,你们打算什么时候过去?"

黎肆行跟元双早就商量过,搞定了她家里这边,等中秋的时候会带她回首都一趟。

"小黎,双双不能在你家里受委屈。你跟我都知道,她太懂事了,有什么委屈都不往外说的,我把她交给你,你得护好她。"

元双轻轻叫了一声:"妈妈。"

"您放心,我家里除了父亲都见过双双,无不喜欢她。双双天生就招人疼,我跟您保证,有我在,她不会受一点委屈。"

"你决定留在宁陵,你家里肯定会有人反对,我不希望压力都落在双双身上。"

任珂眼神里全是为女儿撑腰的坚定,她真的为元双考虑到了所有的后顾之忧。

元双嘴巴一撇,有点想哭。

黎肆行在桌底下握住她的手,拿出十足郑重的态度:"阿姨,我来宁陵之初就和家里交代过,这全然是我个人的决定。且不说他们都是支持的态度,就算他们反对,也不会撼动我的决定,更不会有一丝一毫的压力转嫁到双双身上。我这不是说大话哄您,日后您和我家里见面,也会知道我今天所言非虚。"

任珂这才算真正地放心。

第十六章 ♥ ♥ ♥
- 祛 疤 术 -

　　暑热过后,九月、十月正值各种大型会议旺季,元双到了一年最忙的时候,几乎每周都要出一趟差,最近一次更是快半个月没着家。
　　晚间和黎肆行日常通话,收到他好生气的控诉:"元双,我好像被你骗了。"
　　元双这次的出差地点在南部一个海岛上,刚结束一天的工作,累得在酒店的床上躺尸。
　　今天一个国外著名的篮球明星来岛上参加活动,元双是他的翻译,这一天行程满满,早上七点她就去待命,光下午的媒体采访就持续了三个多小时。
　　球星语速超快而且一说话就忘了时间,七八分钟不带停的,对翻译无疑是高难度挑战,元双脑子里的弦紧绷,完成得很出色,等到结束,疲乏涌上来,一动也不想动。
　　耳朵吸收黎肆行的声音缓解疲累,元双闭上眼睛,嗓音很无辜:"我从来没有骗你呀。"
　　隔着听筒的声音磁性加倍:"是哪个小没良心的把我从首都骗到宁陵,自己却不回家了?"
　　"谁呀?"小没良心的装傻,"我去给你讨回公道。"
　　"我不用你,我自己去,明天我也有靠山,你完蛋了元双。"
　　后天是中秋节,黎肆行明天的航班回首都,元双也特意把这两天空出来,明天和他在首都会合。
　　真真到了他的地盘,他要收拾她,她叫天天不应,叫地地不灵。
　　"明天我去接你好不好?"元双卖乖,诚意不太够,明明两人的航班前后脚到达。

黎肆行没说好不好，而是问她："吃饭了吗？"

元双改装可怜："还没有。"

"我订了餐，一会儿有人给你送到房间。"

效果显著，他照单全收，元双隔着电话发动撒娇攻势："你怎么这么好呀，我爱死你了。"

又夸张又真诚，两句话就把黎肆行收服。

岛上仍是盛夏，海风湿润，从车窗灌进来倒不嫌热。

后排的黎肆行戴着蓝牙耳机，通话间手上拿着一个平板快速翻着照片。

滑过一张，他又回头看，照片上是一群穿着校服的高中生在篮球场看比赛，数不清的人头，放大右下角的人物看清楚，一个扎着马尾的女生在欢呼。

照片被保存到"元双"类目中，数量显示为"24"。

"元双，你高中还挺爱往篮球场跑的。"

"你怎么知道？"

"我在看你高中时的照片。"

"哪里来的？"元双惊得从床上弹起来，对这个问题迫切的好奇压倒一切疲乏。

高中时期，尤其是高二以后，除了集体照，元双几乎没拍过个人照片。她自己都没有的东西，黎肆行是从哪里弄来的？

他卖关子："你猜。"

"难道你也偷偷拍过我的照片？"

"也"字的前因，是元双手机里那些偷偷拍下并保存数年的照片都给黎肆行看过了。

但这个"也"无法成立。

黎肆行是直球选手，向来主动出击。他也曾想过，如果自己高中时就认识元双，那么肯定没有她暗恋这件事，蝴蝶翅膀扇动过后，他甚至未必会转学回首都。

拜访元双妈妈那天，黎肆行解锁了元双第一次见到他的场景。

元双家里离附中不远，晚饭后，她突发奇想要去看看母校，两人也没开车，就骑她当年上下学的那辆自行车过去。

/ 253

过了这么多年，车身已然显旧，不过被她保存得很好，性能上没有一点毛病。

黎肆行载着元双，她搂着他的腰，晚风拂面，心情太好。

她问黎肆行有没有觉得这辆自行车眼熟。

他确实有印象。

宁大那个温度不稳定的春天，元双教卫冉骑自行车，卫冉撞到树闹了好大的笑话，元双的车龙头被撞歪，还是他推到修车摊帮她修好的。

元双却说不是这次，她靠在他的背上，很眷恋："我给你讲个故事好不好？"

悲伤哭泣的女孩、陡然崩坏的链条、沾满黑色机油的手、淋雨生锈的锁头、事了拂衣去的少年。

她不愧是文科尖子生，局外人似的娓娓道来，轻易把局内人的回忆唤醒。

是的，有这样一天，有这样一个女孩。

高三开学第一天，他和闻钟被老师留下来训话，他不记得是因为什么了，不是他牵连闻钟，就是闻钟牵连他，总之他们在老师口里"狼狈为奸""消停不了一天"。

被赦免时整个学校几乎走空，没想到会在车棚里遇到一个哭得好伤心的女孩。

只是他从来没想过，当年偶然间的善意之举，命运馈赠给他的是一生的爱人。

迟则迟矣，变故也有，人一直是对的。

后面元双天南海北地出差不在他身边的半个多月，他做过几次关于这场初遇的梦，可是怎么都看不清元双的脸。

他在梦中感觉抓不住的时候惊醒，失眠的脑子里忽然想到，或许他能找到记录这个场面的照片。

关键人就是画面里的第三方，闻钟。

闻钟高一时就是摄影发烧友，在他的相机里，附中几乎所有人都出过镜。

按闻钟当年的宝贝程度，黎肆行相信那些照片还在电子世界里存活。

他去找闻钟要照片，闻钟简直活腻了似的，逗他："确定照片还在，确定我不记得内存卡扔哪儿了。"

黎肆行差点把他发配到他住过的所有地方去找，闻钟才说还有办法。

照片他都上传到一个网盘账号里了，但是好久没用，手机号都换过几轮，早不记得账号和密码了。

被黎肆行按着头威逼利诱，闻钟磨磨蹭蹭地终于把账号找回来，前天才交到他手里："都在里面，按时间排序，你爱找什么自己找。"

如今手机软件功能发展到可以识别照片里不同的人物，同一张脸直接分类到一起。

黎肆行非要用肉眼一张张看。

算法识别未必百分之百准确，他不想落下任何一张。

该感叹闻钟取景之杂，附中的每个角落、每个角度都在他的相机中有过定格时刻。

黎肆行带着回忆和期待看，并不会觉得累。

上万张照片，他从头到尾翻了三遍，最终在海量的照片中总共找到二十四张含元双的。

他最初想找的那个画面刚好有两张，都是难得的近景特写。闻钟拍人是有两把刷子的，画面里人物脸上有几点红——眼睛、鼻头、嘴巴——抓住了我见犹怜的精髓。

除了这两张特写，其余的照片中她都在背景里，焦点并未落在她身上，稍不留神就会忽略她的存在。

电话那端传来别人的声音："小黎总，到了。"

元双听声音认出不是常跟他的司机陈叔，随口问道："你去哪里了？"

黎肆行下车，富丽堂皇的酒店大厅里大堂经理迎了出来，恭敬地递给他一张房卡，还未说什么就被黎肆行示意缄口。

"你猜。"他乘电梯上楼，"猜对了有奖励。"

门铃隔着手机和空气同时传过来，元双的奖励就到了。

元双还不知道他那些照片是从哪里来的，黎肆行把平板拿出来给她解惑："闻钟高中时拍了一堆照片，里面有你。"

她点开来才知道他口中的"一堆"是多么庞大的数量，惊疑道："你一张张翻到的吗？"

他说是，在她感动之前把她的情绪拦住："我翻几张照片又不费力。"

/ 255

元双说怎么会，他能想到去找这些照片就足够证明一切。

"万一这些照片里没有我呢？"

"没有我就去找闻钟算账。"他仍然在收她的情绪。

元双忽然把筷子和平板都放下，杏眼流露出和话语里同等的爱意："可是我觉得你好爱我。"

"元双，我当然爱你。"

收不住了，连同他那份。

他很少言明爱意，只不过行动从来不少，这样直白地来一句，冲击力会把元双的心房震塌，重塑的方式是如他一样直白地回应："黎肆行，我也好爱好爱你。"

在海景房里透过落地窗往外看，明调的蓝和暗调的橘相接，落日被大海托住，在彻底沉坠以前，他们来到海边。

黎肆行来岛上只待一晚，行装简便，身上还是今天去公司穿的西装。

元双说要入乡随俗，买了一身好花的衣服让他换上。

亮色印花的沙滩裤和花衬衫穿在他身上一点也不俗气，他那张脸能驾驭各种风格的服装，墨镜一戴，随性公子哥气质招招摇摇。

元双穿着同色系的吊带碎花裙，挽着他的胳膊，活泼靓丽迷他眼。

两人在海滩走过一遍，回头率百分之百。

岸上不远有一个远近闻名的夜市，是当地的招牌景点，游客几乎都会去打卡。

夜市上有许多卖小饰品的，元双路过一个摊子，案上摆着各种设计新颖的梳子、手串和发簪之类的物品。

摊主一眼瞧出她有兴趣，立马热情招呼："美女喜欢哪个？随便试，在我这里买过的都说好。"

元双看中了一支银杏枝造型的簪子，拿到手上又犹豫："可是我不会用这个盘发。"

"不会我教，包教包会。"摊主直接用自己的头发做示范，最容易上手的一种，大概教过很多人，要领所在讲得明明白白。

只不过摊主演示以右手为主，元双惯用左手，绕法要反着来，第一遍就没成功。

想尝试右手的时候，黎肆行接过发簪："我来。"

他把她的头发都拢在脑后，按照摊主刚才的手法，一气呵成地将簪子稳稳地插进她的发间，既没扯疼她，又牢固得很。

"帅哥真聪明，我很少见男的学一遍就会的，"摊主的夸赞绝不缺席，"美女不会也没关系，以后都让你男朋友帮你绾头发。"

元双晃晃脑袋，头发完全不会散，转过头问黎肆行："好看吗？"

黎肆行看着她，似在晃神，未发一言。

"怎么了，不好看是不是？"她伸手想把簪子取下来，黎肆行却按着她的手不让。

摊主势必要把这单生意做成，及时接话："帅哥，你看你女朋友，是不是诗里说的什么'寒玉簪秋水，轻纱卷碧烟'？美死了。"

摊主为做生意，专门学了两句诗来夸人，一看两人就是贵气十足的文化人，此刻便用上了。

这两句意思是合的，也美得很，可元双想到调名是《女冠子》又不大乐意，小声对黎肆行说："可我不是女道士。"

当然不是女道士。

她是女神仙，是女妖，人世间走一遭，专门来降他的。

刚才问他好看吗，她怎样都是好看的。

夜市上熙熙攘攘人头攒动，不同摊位的各种色调的灯光调得很不均匀，斑斓热闹的世界里，他专心给她绾发。

短短十来秒时间内滋生出一个清晰的意识——不如这一辈子她的头发都交给他来绾吧。

第二天早上的飞机回首都，元双像个人形挂件似的黏在黎肆行身上，登机后在头等舱里睡了一路。

她的眼镜昨晚光荣牺牲了，被他摘下来随手一扔，再经过不经意的一次踩踏，惨淡地横尸于那张吊床下。

一下飞机，黎肆行便带她去医院看了眼科。

等待配镜时，黎肆行接到他妈妈的电话，提及付语嫣昨晚胃疼，就在这家医院，估计大哥黎以山也在。

消化内科和眼科在同一层，环形大厅一绕，正好碰上黎以山。付语嫣情况不严重，没有住院，只是在门诊的病房观察。

/ 257

见到黎肆行带着元双来，付语嫣了然地跟他们说了一句恭喜。

她笑问："黎四，你不会是你们家第一个结婚的吧？"

黎肆行选择拉他大哥一把："那要看你对老大的态度了。"

结果惨淡。

付语嫣说："跟我没关系。"

元双对付语嫣并不熟悉，可依然能感受到她巨大的变化。她以前是要风得风的女王，如今好像什么都不想要了。

一旁伫立的黎以山听到付语嫣这句话，冷淡地下逐客令。

付语嫣最后叫住元双，说了一句话："姓黎的哪个都跟我没关系。"

元双明白，这里的黎特指黎肆行，所谓关系，更多的是指曾经未辨明的感情。

她点点头，两个女孩会意一笑。

启程回黎家老宅，元双在车上仍为黎以山和付语嫣的事唏嘘。

变故横生之后，衍生的伤痕太多，她和黎肆行尚有机会转圜，而有些人、有些伤或许永远都消不掉了。

元双把黎肆行的左手拉到眼前，他手背上的那道据说与付语嫣有关的疤仍然清晰可见。

当年分手前她没有关心过，重新在一起后，她其实仍刻意回避。

此时此刻，她准备好了解来龙去脉了。

她的手指一遍遍描着这道细长的新生肌肤，跟黎肆行说："跟我讲讲，这道疤是怎么来的好不好？"

疤痕的直接原因，确如传言，和付语嫣有关，究其根本，却还要落在黎以山头上。

当年婚约取消，黎以山生死难料，付语嫣留下再不和他相见的话，一个人离开首都，去了哪里谁也不知道。

再次出现在众人视线里，是她奶奶过世，她回来奔丧。黎肆行去付家吊唁，才看到付语嫣。

老太太八十八岁寿终正寝算喜丧，付家人情绪都还稳定，迎来送往得体有礼。

不稳定的只有一个付语嫣。

付语嫣和付家老太太并不亲,付家祖辈在宁陵,近两代才在首都扎根,祖孙分隔两地,感情不笃。

付语嫣在灵堂里看花圈上的悼词,大同小异的内容对她释放巨大的能量,入她眼一句,便激起一行泪。

谁劝也没用。

黎肆行出现的时候,她才愣怔地止住。

以往类似场合,代表黎家出席的都是黎以山。

她离开这么久,第一次具体地感受到,黎以山是会被取代的。

可是为什么黎肆行没能取代她心里的黎以山?

黎以山纵容她摇摆的那些年,有没有想过她真的偏心于他弟弟?

付语嫣擦掉泪,克制中隐着无措,跟黎肆行说生死。

黎以山的生死。

"人都要死的,黎以山也会死吗?"

"黎以山死了,我要怎么办?"

"黎以山觉得自己死了就可以不要我,不如我真的死一下试试,我也不要他了。"

娇生惯养、作天作地如付语嫣,从来说不出"我去死"这样厌世的话。

她的精神状态已经很不对劲了。

黎肆行转身找个人的工夫,提醒付城屿多注意她的话还没说完,回头就看到她手上拿了一把锋利的瑞士军刀。

很熟悉的一把刀,他大哥送的。她在国外被抢劫过,黎以山后来就教她些擒拿格斗,还有这把精巧的刀让她一直带着防身。

她划伤自己的手腕时似乎感觉不到疼,血珠争先恐后地涌出来,暗调的红渗入黑色的大衣里,很快就看不见。

黎肆行当下必须夺她的刀。

求死之人蛮力陡生,竟然挣脱了他的控制,刀尖划伤又一处皮肤的时候,她终于被属于黎肆行的温热血液激回了理智。

姓黎的一个要死了,另一个总不能在她手上被干掉吧。

刀子掉地,"当啷"一声,和灵堂格格不入的鲜血红得乍眼,付家人迅速反应过来,手忙脚乱地送两个伤患去医院。

这不是付语嫣最后一次做伤害自己的事情。

这一次的代价是她和黎肆行手上永远祛不掉的疤。

黎肆行当初没和元双说，是因为记得答应过她"不要生病"。

他受这样的伤，让她知道会担心死。他那时给她当男朋友已经够失败了，不能再发生一件说到却没做到的事。

分手那天，她看到疤痕却一直没问，也让他知道她下定决心放弃他了。

元双听完，执起黎肆行的手，在伤疤处轻轻吻了一下，明明早就愈合，却怕他仍在疼。

"真的消不掉了吗？你的手那么好看，好可惜。"

"有办法吧。"

他一脸正经，元双以为他说真的："什么办法？"

"像你刚才那样，早晚各亲三次，三个月见效。"

时隔几年的心疼一朝爆发，这样胡说的话元双也愿意照做，甚至主动加大剂量。

"见义勇为，可以破例，以后不要有了好不好？"

黎肆行反握住她的手："我答应你的事，终身有效。"

黎家老宅的大在元双的想象之外。

车从正门开到主楼，道路两侧是两片密林，有常绿的松树，也有于秋季大放异彩的金桂和红枫。

这一段秋意浓浓的自然风光，是完全属于黎家的。

居住区域是一栋主楼加四栋副楼，错落开来。

虽叫副楼，但每栋也是三层起步的别墅，使用面积不会少于一千平方米。

主楼是黎肆行爷爷在住，老爷子年纪大了，一个人住在归园谁也不放心，半年前又搬回来了。

连带着黄阿昏也跟来享福，这里不比归园在山里的环境差，撒欢儿也有足够广阔的地儿。

管家阿姨引他们进门："黎老在书房听广播，先生和太太中午也在主楼用饭，肆行，你跟元小姐要不也在这儿吃？"

黎肆行问元双的意见："暂时不习惯我们就在后头吃，老头跟我爸妈都不是摆谱的人。"

长辈都在他们却单独开小灶，哪能那么任性？

元双连忙应下就在这里吃。

这时候也就黎肆行敢去书房打扰，门一敲老爷子就知道是谁来了，广播音调小，让他们进来。

几年不见，老爷子头发几乎都白了，精气神看起来挺足，声音更是浑厚有力："小元丫头来了。"

元双乖巧又恭敬地问好："黎爷爷好。"

黎肆行随后："爷爷。"

"哟，这不是我们家少爷吗？"老爷子从窗边走来，把老花镜戴上，低着脖子觑人，"稀奇，知道回家了。"

"怎么着，您老想我想得吃不下饭了？"

黎肆行的态度称得上浑，老爷子手上拐杖一甩要打人，元双条件反射地往前拦："黎爷爷，您别打他。"

知道迟早有这一遭，黎肆行留在宁陵不是简单一句话的事。寻常人家尚有顾虑，更何况他这种家大业大的。他主意再大再坚定，都得受些阻力。

元双不会自作主张拆他的台，更不会辜负他的心意，只有尽力和他共同面对。

拐杖在半空停住，老爷子问元双："我打他你心疼？"

元双拼命点头。

"你心疼他就行，"拐杖收到手里，老爷子实际没反对，儿孙自有儿孙福，他看得太透，他孙子要是摇摆不定他才看不上，刚才的架势也只是要元双一个态度，"他爱在哪儿在哪儿，我眼不见为净。"

黎肆行完全不懂见好就收，龇着牙："爷爷，现在交通那么方便，您要实在想我，找我爸或者我大哥，把私人飞机给您安排上，想什么时候出发都行，两个小时到宁陵，我一准儿去接您。"

"你个混账！"

混账话说过，黎肆行该认真也不含糊，他走过去把广播关掉，站到他爷爷跟前微微颔首："爷爷，我知道您舍不得我，双双家里也舍不得她，我们有认真考虑过，会尽力兼顾两边的家。首都和宁陵真的不远，我爸在海外还能三天两头飞回来呢。"

老爷子没好气："谁舍不得你了？"

"明白了，跟您不适合煽情。"

元双也要表明自己的态度，她不能真把人家孙子拐到宁陵就不顾首都的家人了。

她和黎肆行并排站着："黎爷爷，我工作会隔三岔五往首都来的，他不来看您，我肯定会常来的，只要您不嫌弃。"她先开了个玩笑，然后转入正题，"我妈妈跟我说过，黎肆行为我做了这么多，我们应该互相体谅。这话说得可能有点早，但我会把他的家人当成自己的家人一样放在心上。"

"爷爷，您瞧双双家里是多么开明的态度。"

"是吗？小元丫头，你爸他也是这么想的？"老爷子年纪大可不糊涂，当初元业立给他打的那个电话他从来没忘。

黎肆行顺杆儿爬："爷爷，元双的爸爸对我还有意见，您看要不要帮您孙子解决了？"

"你本事大得很，谁敢对你有意见？"

"也不是对我，元叔是对我们家有意见，也不知道您当年怎么亏待他的，报应到我身上了。"

元双都听不下去了，在背后掐黎肆行的腰："黎爷爷，他瞎说的，我爸爸从没说您亏待过他。"

她用那点劲儿根本不疼，黎肆行反倒享受，接着说："要不然我把您接到宁陵住两个月，那儿气候比首都好，对您身体也好。"

他算盘打得响，把老爷子接去是镇元业立的。

有老爷子保驾护航，元业立再怎么跟任珂唱反调，也掀不出什么大浪来。

老爷子送他四个字："异想天开。"

书房门又被敲响，管家阿姨端了水果和点心来，后面跟着黄阿昏。

"阿昏可能是闻到你们的气味了，非要上来。"

黄阿昏一见元双，没等爷爷允许它进来，就如脱缰的野马直接扑到她身上。元双险些被它兴奋的劲儿撞倒，可是抱住它的时候几乎要哭出来。

这样一条生命居然一直记得她，经过这么多年仍然毫不吝啬地对她释放热烈的喜欢。

黎肆行抱着胳膊在旁边啐一声，就差伸脚朝黄阿昏屁股踹一下了："当什么狗子,进化成小白眼儿狼得了,没见你看到我这么激动。"

元双摸着黄阿昏的脑袋为它平反:"哪有?我们黄阿昏是天底下最好的狗狗。"

黄阿昏"汪汪"称是。

老爷子看这状况提前警告:"阿昏你们不能给我带走。"

黎肆行:"我才不乐意带它。"

元双当然不能让它再经历一次和主人分离,又生怕狗子听懂黎肆行的话:"黄阿昏,我们不理他,我以后会常来看你的。"

正午开饭,主楼餐厅长条桌上坐了三代五个人。

元双第一次见黎肆行的爸爸,完全没有她预料中的紧张。

黎父看起来一点都不关心自己的儿子,一颗心全系在自己老婆身上。

元双也终于明白黎肆行爱给她起各种昵称的源头,皆是来自他父母的言传身教。

仅仅一餐饭的时间,她听到他们夫妻间数不清的"sweetie(亲爱的)""honey(亲爱的,宝贝)""baby""老公""老婆",连老爷子对此都习以为常。

这是太好的示范,元双会期待且相信,几十年以后,她和黎肆行也能做到如此亲密相爱。

黎家父母对于小儿子去哪个城市生活完全没有意见。他们夫妇本身就常驻海外,是常年不着家不管孩子的典型。儿子愿意留在首都当然最好,想去宁陵也不是多委屈的事儿。

黎父早就在妻子和儿子口中了解过元双,两人都跟他打包票,说他一定会满意,一见面果然比他们形容得更招他喜欢。

他这辈子要说遗憾,就是想要一个女儿却未能如愿。元双简直完美契合他想象中女儿的形象,又乖又漂亮惹人疼,软软地叫他一声"叔叔"简直要甜化他的心,他还担心她跟他儿子在一起会受委屈。

这样轻松舒适的家庭氛围轻易瓦解了元双爸爸曾经对她的"忠告"。

豪门世家看起来再怎么高不可攀,最终还是落到具体的人身上。黎家的门庭虽高,可门庭里的人没有一个以居高临下的姿态待她。

她有心就能感受到,他们并不是故意做样子,黎肆行个性和人格的养成就是最好的证明。

如果有机会,她真的愿意常常和他家里人相聚。

中秋当晚,黎家远近几支的亲人齐聚老宅。

子嗣兴旺的大家族,光是这几支就来了几十号人。元双认亲戚已经昏了头,姑奶奶、舅爷、表叔、表姑、表姐、表弟,她叫完一遍再回头就对不上人。

黎肆行全程陪着,宽她的心让她不必多虑,大多数的亲戚一年也就见两回,记不得就记不得。

元双从善如流,放松心情。

老宅设有专门的宴会厅,足够容纳这许多的人。

当家做主的黎老爷子已经表过态,因此谁也没对元双有意见,就算有也不会当面说出来扫兴。

席间算得上其乐融融,连黎肆行那位一向不怀好意的姑父都把表面功夫做足。

宴席散后,黎肆行带元双去后院的一片高地上看月亮。

黎家范围内灯火通明,他们待的高地是光线最弱的一处。

今日天气晴好,圆月高悬,银辉洒下,已经够美满了。

至于满则亏,不必现在去考虑。何况不论圆缺,月亮始终是那轮月亮。

千里共婵娟,元双想到给远在宁陵的妈妈打个电话。

任珂逢年过节会去敬老院做义工,元双不在她也不孤单。电话里任珂关心自己的女儿在黎家有没有受委屈。

元双靠在黎肆行的怀里说没有:"妈妈,因为黎肆行对我爱护,所以他的家人都对我很好。"

"那就好。"

任珂放心,又叮嘱她要懂得礼数,黎肆行接话:"任阿姨,您别担心,双双一直做得很好,我爸妈还有爷爷都偏心她。"

电话那头笑说:"等你们回宁陵我也偏心小黎。"

元双嚷嚷着不行:"妈妈也得偏心我。"

黎肆行挠她痒说真贪心,她踮脚在他耳侧小声说:"我偏心你。"

被她的气息勾得心痒痒,黎肆行想,行吧,他要的不就是她的偏心吗。

闲聊几句挂断,夜深露重,气温降下来,他怕她冷又带她回室内。

"不看月亮了吗?"

"我不是你的月亮吗?"

她在那支深藏心意的录音笔中称他为四号,以月作喻。

他如今全部知晓。

元双拉住他缱绻地凝望,怎么也看不够的样子,在这样一切皆美满的时刻生出掉眼泪的冲动。

对啊,她得到她的月亮了。

光明正大、独家占有。

进入十月,宁陵反常地降了半个月的雨水,雨势不大,可是断断续续保持着阴沉沉的致郁氛围。

元双一不喜欢冷天,二不喜欢雨天,心情肉眼可见地变差。

这个月接的工作大部分在宁陵本地,有心逃离雨天也没机会。

不过今天开心一点,因为她和黎肆行的工作地点重合。

宁大和声鸣联合成立的数学实验室落成,黎肆行出席揭牌仪式。

经济学院邀请了国外一位诺奖得主教授来开讲座,元双给教授做耳语同传。

时间同步,都是上午半天的活动。

大学毕业后,元双还没回宁大看过,早上准备出发时,心底升起浅浅一层近乡情怯。

她十几年求学生涯中,最开心和最难过的时候都是在这所学校,两者皆和她身边的黎肆行有关。

驱车前往学校的路上,黎肆行的秘书打来电话:"您要的东西已经安排人送到湖区的别墅,管家收到了。"

元双的注意力被这句话吸引。宁大校外的别墅离市中心的声鸣大厦太远,他们几乎不在这边住了,为什么还有东西专门送过去?

黎肆行挂断电话,她按捺不住好奇,问:"什么东西送到别墅了?"

"惊喜。"

"我又没有突然想要什么东西。"

"你生日。"

元双摸出手机看日期，差点忘了，明天是她生日。

他唯一一次陪她过生日，是十九岁那年，他风尘仆仆地从首都赶回宁陵，给她送来了最大的惊喜。

后来都是错过。

"你一直记得吗？"

"我一直记得。"

车先开到了图书馆副楼的报告厅，现实中的景致楼宇和记忆里的一一对上，元双消除了最初的一点紧张，看到图书馆正中匾额上的题字，像回到家里一样安心。

黎肆行下车撑伞，送元双进去。

通往报告厅的台阶上站满了排队等待入场的学生，他们靠左侧向上走，元双看到涌动的人潮和五颜六色的伞面，脑子里浮现出一个相似的场景。

"我还记得，在宁大第一次遇见你那天也在下雨，你撑了一把好独特的伞。"她挽着黎肆行的胳膊，声音浸在雨里，是很软的声调。

黎肆行关于他们在宁大初遇的记忆没有雨天和伞。

鲜活跳动的关键词，是她被冻红的手、他给出去的那条围巾，还有最重要的"一元复始的元，好事成双的双"。

他以为又是他不知道的事情。

"是哪一天？"

"就是我们认识的那天啊。"

"那天下雨了吗？"

"下了呀，上午下的，我就是先看到你的伞才看到你的，你的伞面上印了3.1415926，绕了一圈一圈的，"元双边说边用手画圈，"把我绕到你身边。"

她的情绪是向上的，听起来对那把伞很有好感，甚至压过了对雨天的讨厌。

黎肆行记起来有这么一把伞，是他在国外交换时学院发的纪念品，也是少数几样被他带回国的东西之一。

"你喜欢那把伞？"得她青睐，那把伞就不枉漂洋过海万里迢迢走一遭，黎肆行想了想，"应该在别墅的储物间里，我让人找找。"

"没有很喜欢伞,是喜欢你。"

就像我不喜欢雨天,可是如果你在某个雨天出现,那我会破例喜欢这个雨天。

经济学院的讲座顺利进行,元双工作的同时也在吸收知识。

中场休息的时候,她和教授聊天,意外发现一个共同点,他们目前从事的专业都和当初学习的方向大相径庭,教授作为一个经济学领域的专家,最初是学艺术出身。

元双能感受出来,教授对审美是很有追求的,报告的行文用词下过功夫,讲出来有一种简洁有力的美感,和这样的人交流是很享受的事。

两个小时后顺利收工,元双给黎肆行发消息,他那边还没结束,司机接上她开到数学楼。

毕业不久回母校必然会遇到老同学,黎肆行之前的室友于之乐在宁大读博,在忙碌的科研中特意挤出时间约见一面。

元双正好去他的办公室等黎肆行。

老熟人聊天许久,说起彼此有多久没见。

当初她和黎肆行分手后,有刻意回避过他们共同认识的朋友,只是因为卫冉和傅云北的关系,再加上黎肆行几乎不在学校,她有幸没和这些朋友疏远。

她和于之乐没单独约出来过,不过见面的机会也不少,校友聚会还有学术会议常能遇到,最近一次是六月份,一起去山城参加卫冉和傅云北的订婚宴。

"说起来倒是我和黎四很久没见了,他满打满算就在宁大待了一年,后面全搭国外去了。"于之乐扒着年份数,"有三四年了吧,得亏现在通信发达,否则谁还搭理谁——哎,不对,是两年,两年多以前,他来过学校。"

"两年前?参加校庆吗?"

这个时间点有些许奇怪,两年前黎肆行正在国外读研,回来干什么?

"我差点忘了,看来你还不知道,今天我正好当个丘比特。"

元双没听懂于之乐的哑谜。

他椅子一滑,把桌面上的手机拿过来,翻了好一会儿找到一条朋友圈:"你看,不是校庆,是你们那一届毕业的时候。"

他的文案是：毕业季，有散有聚。

配了四张图，前两张是在体育馆里，毕业典礼现场，外国语学院在镜头内，元双细看甚至能分辨出哪个是自己；后两张则是于之乐和黎肆行在篮球场打球的画面。

元双仔细回想："我怎么对这条朋友圈一点印象都没有？"

"没有就对了，黎四特意让我屏蔽你的，否则根本不给发。"

不必再问为什么。

黎肆行在她不知道的时候，来参加她的毕业礼。

丘比特迟来的一箭兜兜转转还是射中了她。

他常说她把喜欢藏得很深，他对她又有多少不为人知的心意呢。

和他在一起唯一经历过的那个六月，他们一言为定，说会陪彼此参加人生中最重要的一次毕业礼。

拉钩的时候谁也没想过食言，食言的时候也是真的做不到。

可是原来只有她食言了吗？

"哎，元双你别哭呀，黎四待会儿看到要骂人。"

元双吸吸鼻子："没有，我只是突然……觉得你们打球也不带我。"

"你那水平……"于之乐笑了，"算了，我把权限打开，你好好看。"

他设置好，扫了眼微信群里的消息，跟元双说："我估计黎四一时半会儿出不来了。"

"怎么了？"

"校长和院长齐上阵，老吴都把脸搭上了，中午这顿饭他跑不了。"

揭牌仪式有新媒体学院的同学全程跟拍，一手消息很快传出来。老吴是曾经教过黎肆行的数学分析课的老师，黎肆行念着曾经的师生情不会再推辞。

果然没一会儿黎肆行就给她发消息，说和校方的餐叙他还是要参加，问她想不想一起来。

元双没去，黎肆行把司机和车留给她。

和于之乐在学校食堂吃完午饭，司机先送她回校外的别墅。

雨慢慢停了，天光亮了不少，天气有转晴的迹象。

房门密码没换，她顺利打开，进门第一眼是久违的熟悉，里面的陈设始终没变过。

管家阿姨正在客厅整理东西,其中最醒目的就是那把印着 π 的伞。

黎肆行真的高效,说让人找,她现在就看到了。

管家阿姨见元双回来,很是惊喜:"元小姐,我就知道,小黎公子重新回来住肯定是跟你一起。你吃饭了没?我去给你做点。"

"吴阿姨,我吃过了。"元双走过去把伞撑开,笑道,"在屋里打伞是不是会变矮?"

"长那么高怕什么。"

元双把伞撑在头顶转了好几圈,虽然雨已经停了,可她还想赞美这把伞。

她玩够了又问:"吴阿姨,上午是不是有人送了个东西过来?"

"对,就柜子上这个盒子,我消过毒了。"

元双拿着盒子去了二楼的书房,打算先验收黎肆行的惊喜。

外面的包装纸拆掉,内部印着的 logo 元双很熟悉,一个知名的电子设备品牌,一层层打开来,里面躺着一支录音笔。

正是她分手时留给他的那支。

他找人修好了吗?

元双按了开机,录音笔果然是正常工作状态。

最新的一个录音文件命名是"No.4",看起来是他录的,元双心中隐隐有预感,按键的手被这种说不清的预感支配,轻轻颤了一下。

窄小屏幕上的波形好长一段时间都是直线状,没有人声播放出来。

元双的耐心无限足,不用快进功能,直到半分钟以后第一个波动出现,耳朵里响起黎肆行的声音:

"元双,我是黎肆行,我来认领四号。"

元双立即按下暂停键,后面的波形显示还有内容,她忽然不敢听下去。

把录音笔留给他的时候,她没有期望他会发现其中的内容,可她低估他了,他不仅发现了,还把录音笔修好了,现在更是送回她手上。

留存在电子世界里的 No.4 被现实世界里的正主认领了。

他来弥补她十六岁的遗憾了。

元双又长出勇气,她应该替十六岁的自己好好接受的。

"你好奇我的球衣为什么是四号,其实没有特殊意义,我的名字里有肆,从小到大和这个数字有些缘分。

"一千米很好跑，以后带着你继续练，有进步我给你发奖状。"

"篮球赛我们赢了，应该要仰仗你的卖力加油，我说真的，这一场闻钟的相机拍到你了，高马尾白皮肤，最显眼的那一个。"

....

"转学回首都不是小道消息，我真的要走了。"

"如果我认识你，我不会走。"

"新年快乐，见不到我也要快乐。"

"别伤心，很快你就会见到我。我会去宁大读书，会很快交换回国，会在正式认识你的那天就想要得到你。"

"我得到你了。"

"元双，我现在是你的，未来的每分每秒，都是你的。"

又是一段空白，似乎是算好了给她情绪缓冲，也是给他自己的缓冲，再开口，声音里的情绪比刚才的每一句都厚重：

"元双，我很爱你。"

录音止，书房的门被悄然打开，声音的主人出现在门口。

他们看着对方，空气中是一段新的空白。

接上空白的还是黎肆行的声音："元双，别哭。"

元双攥着录音笔走向他，力道大得几乎能让录音笔再坏一遍，可她自己毫无察觉。

拼命压住胸腔里涌动的情绪，他不想让她哭，她一定听话。

她说："我没有要哭，你的惊喜我好喜欢的。"

黎肆行抬手用指腹抹掉她脸上的泪珠，又握住她的手让她放松："刚修好，再坏我可没办法了。"

她听他说了好多话，现在也有好多话要说。

"你好厉害，我以为修不好了。

"你什么时候录的这些话，我一点都不知道。

"你去看我的毕业典礼我也不知道，你说过会把喜欢都告诉我的。

"我喜欢这个生日礼物，我想以后的每个生日都跟你一起过。"

黎肆行把元双拥在怀里，她整个人连同所有的情绪都被稳妥地接住。

雨停后，日光很快登场，主持明媚的大局。

在她喜欢的天气里，在她喜欢的人身边。

他向前弥补她的遗憾,向后承诺他们的余生。

其他话都不必说。

四目相接,传递的只有属于彼此的纯粹爱意。

第十七章 ♥♥♥
- 我 愿 意 -

元双生日当天,两人难得同步休息,睡了个懒觉。

早午饭是黎肆行亲手做的长寿面,他从和面开始做,元双在一旁边看边学,非常有信心:"等你过生日,我也给你做一碗长寿面!"

黎肆行看她把面粉蹭得哪儿都是,不抱太大希望。

他揪下一小块面团给她玩,元双下厨没什么天赋,捏东西倒传神,手上的面团被整成一个惟妙惟肖的小兔子,有鼻子有眼又有耳朵的。

她当成得意大作送他:"这个一起煮了吧,给你吃。"

"行。"

黎肆行没打击她,这东西现在看着漂亮,一下锅恐怕就没形了。

面煮好,按她的饭量满满盛了一碗,她边吃边竖起大拇指夸他:"好好吃哦,你怎么这么厉害。"

她只顾着夸人,把她的小兔子都忘了。

黎肆行吃到一小块形状不明的面团,算了,忘了就忘了吧。

吃完饭,两个人一起出门,黎肆行开着车,元双连目的地都没问,反正全听他安排。

上了高架往机场方向走,她才觉得不对:"是要去外地吗?可是我连证件都没带。"

黎肆行说:"不是,我们去接人。"

"谁呀?"

他先卖关子,半个小时后,黎肆行接上乘私人飞机过来的黎家爷爷,还有被一起带来的黄阿昏。

元双震惊得无以复加,黎家爷爷见到她的第一句话是:"小元丫头,你今天过生日,想要什么礼物?"

怎么好像专程来给她过生日的?

元双诚惶诚恐外加恭恭敬敬:"黎爷爷,您是长辈,我不用什么礼物的。"

"你是嫌我眼光老土?"

"没有没有。"

她哪敢!

黎肆行把行李放进后备厢,回到车上直接跟元双讲:"中午爷爷跟元叔吃个饭。"

元双顿时明白,他爷爷是给他们撑腰来了。

中秋在首都黎家老宅,黎肆行半开玩笑地说让他爷爷来解决元业立的不满,老爷子嘴上骂他,可到底过来了。

三人一狗都坐好,老爷子又问起了元双妈妈:"有空让她也一起见个面。"

元双赶忙联系她妈妈,任珂原本学校有课,听女儿说是黎家老爷子来了,临时请了半天假。

元双有点担心:"妈妈,我爸也在。"

电话那头,任珂满不在乎:"他在就在,我难道怕他?"

一路畅通开到了黎肆行提前订好的餐厅,正是元双和他常光顾的以汤闻名的那家。

还没到约定的午饭时间,但元业立早早就到了,他显然重视极了,站在包厢门口踱着步,看到他们来,连忙迎上去。

故人相见,激动不假。

元业立对这位老领导一向敬重,在首都那些年,曾多得提携和照顾。

后来决定跟任珂回宁陵,老爷子开口挽留过,但最终还是尊重他们的决定。

他后来事业蒸蒸日上,亦不能否定那段履历起到的作用。

元业立的情绪不用酝酿便满,开口时声音都发紧:"黎老!"

老爷子拄着拐杖,仔细看看他,曾经意气风发的青年变成了稳重深沉的中年人,五官还是记忆中的模样,熟悉又有点陌生。

老爷子拍拍他的肩:"业立,这么些年没见,你还好?"

"托您的福，都还好。"元业立对黎老并不全是下属的客气，也有些亲近的私人关心在，"倒是您，没想到头发白了这么多。"

"年纪大了，不服老不行。"

黎肆行拉开包厢门："爷爷，元叔，进去聊吧。"

元双把黄阿昏暂时交给餐厅的服务生看管，回包厢时正好碰上匆匆赶来的任珂。

大家简单寒暄后落座，菜早就准备好了。

菜是黎肆行点的，他想得周到，各人喜欢的菜色都有，元双面前依旧摆了她喜欢喝的汤，小盅装的几份，一看就是特别关照过的。

任珂察觉到黎肆行对她女儿的细心照顾，心里更加满意和放心。

菜上齐开餐，黎肆行开了瓶白酒，给老爷子和元业立倒上，其他人只喝茶水。

一桌人先碰了个杯，老爷子呷一口酒，有话要讲："今天我来，是给小元丫头过生日的。"

开宗明义的一句话，直接奠定了这餐饭的基调，这句话是真实目的也好，不经意的由头也罢，足以在元双父母面前表现出他对元双的认可和重视。

在这个状况下，这份情元双承不起也得应："黎爷爷，谢谢您特意从首都来宁陵，我今天生日很开心。"

任珂补足敬意和礼数："双双是小辈，本不该劳您大驾远来，您费心了。"

"不费心，我也好久没来了，趁现在腿脚还便利多走动走动，跟你们也是见一面少一面了。"

"爷爷，您且有七八十年好活呢，这话说的。"

"再活七八十年成老妖物了我！"

有黎肆行在其间对他爷爷"不敬"，气氛还算松快。

黎老爷子问了一句元双父母分开的旧事，元业立到底理亏没开口，任珂不想在这样的场合说些难堪的话，维持体面地说了一句："都不重要了，您老别操心，现在一切都好。"

老爷子一双精明的眼立刻看明白，回忆往昔的话题便不带上他们当初的感情。

元双的父母看在老爷子的面子上都暂时放下怨怼，偶尔也能心平气和地跟对方交流两句。

但这餐饭集合了这些互有关系又立场不同的人,不可能那么快达到皆大欢喜的局面。

黎老再开口,就是主题所在:"业立,我听说你对肆行不满意。你觉得他哪里不好,我让他改。"

这话客气得很,元业立一时没接住:"黎老,这……"

凭元业立的脑子,怎么会不明白这顿饭的真正目的,他接到电话那一刻就知道,这个问题他迟早得交代。

黎家老爷子最后敲打:"你们是当父母的,我不能怀疑你们对小元丫头的用心。但是你们分开年头也不短了,不管有多少怨恨,都不用再折磨彼此,更不能因此为难孩子。"

元业立被这见血的一针扎疼:"您说得是。"

黎肆行纵观全局,知道今天这顿饭已经达到了预想的目的。

这一天还没过完,长辈们体贴,放元双和黎肆行单独出去庆祝。

天色渐深,夜场热闹起来,FU House 在宁陵的生意仍旧很火,黎肆行带元双过来的时候碰到不少熟人。

演出的乐队元双和黎肆行都没听过,单纯享受放松的氛围,不知不觉酒都喝了不少。

元双低头发消息的时候没注意到黎肆行离开了,她回过神找人,看到台上的乐队撤下了,正中央只剩一个抱着吉他的人,不是她男朋友又是谁。

元双简直要和她周围的陌生人一起感叹:天哪,他垂眸试音的样子未免太帅了!

是光太会打还是他太会长?哪怕低着头五官里只有鼻子最突出,优越的线条也轻易让人相信,能配上这样的鼻梁,其他部位绝对也是极品。

休闲的冷蓝色衬衫,袖子卷到小臂。

长指、腕骨、白肤。

想魂穿他手上的那把吉他。

元双知道黎肆行会些乐器,不管在首都还是宁陵,他的住处都有架钢琴在,以前附中各种文艺演出他都能出压轴节目,但他们在一起之后她没见他玩过,今天这是要——

/ 275

台上的黎肆行拍了拍话筒:"今天我女朋友过生日,送首歌给她。"
他说话时眼神全在元双身上,周围人立刻锁定这对情侣。
"这是极品,长得帅还会哄女朋友的男的请赐我一个。"
"我要求不高,长这么帅就行。"
"过生日给女朋友献唱哎,要不要这么会。"
"我要有这么漂亮的女朋友,我也能。"

吉他旋律一出,都听出来他要唱哪首歌了,有人精辟总结,这不是送首歌给女朋友,是把自己送给女朋友。

黎肆行的嗓音提升了额外的性感,台下尖叫连连,比刚才乐队演出时的气氛还躁。

> …………
> Before the cool done run out(在我的冲动尚未冷却之前)
> I'll be giving it my bestest(我会拼尽全力)
> …………
> It cannot wait(一刻也不能再等)
> I'm yours(我会是你的)
> …………

台上台下两个人始终保持四目相接,元双的世界里只有黎肆行和他的歌声。

唯一的感受——她会一次又一次地爱上他。

生日限定歌手,她永不陨落的巨星。

歌曲最后的词是循环的"I'm yours",黎肆行借这词一遍又一遍地向她表白。

吉他音渐止,整个空间只余他清亮的声音:"Happy birthday,baby girl.(生日快乐,宝贝。)"

这句祝福他今天说了好多遍,元双愿意再听一万遍。

她走到台前,手臂伸高,黎肆行默契地知道她想干什么,抓着她的手拉她上台。

酒意催化她暗涌的情绪,又被属于他的无边爱意托住,如今没什么是她不敢做的。

元双两只手揽着黎肆行的脖颈，高高地仰起头，当着所有人的面主动亲上他。

太高兴的时候亦禁不住流泪，黎肆行帮她拭掉："Babe 喜欢吗？"

"好喜欢，"元双紧紧地抱着他，"You're mine.Forever.（你是我的。永远。）"

今年冬天气温偏暖，宁陵迟迟没落下第一场雪，一直到年关，落下了零星雪粒。

元双年前最后一项工作是一个交传会议，结束后，黎肆行的车接上她，她还在研究天气预报，未来十五天的都看一遍，一眼下来，全是暖黄耀眼的小太阳。

"今年会不会真的没有雪了？"

黎肆行把冰凉的手机抽走，温暖干燥的大手包裹住她的两只手焐着："周六我开始休假，我们去别的地方。"

"什么地方什么地方？"

"一定会下雪的地方。"

元双皱着眉："要待到你生日那天吗？可是我们想要领证的话只能在宁陵和首都。"

"先求了再结。"

在外面吃了饭，回家路上，黎肆行照例让司机停在了一间花店门口。

他每天送花的习惯不变，圆周率已经送到两百多位，今天逢零，按往常的送法，会直接送十朵。

他问元双看中了哪些花，元双却让他选："可是我今天想送你花。"

"嗯？为什么？"

"你马上过生日了嘛，我想……"元双一时没找到合适的词，过了两秒才接上，还生怕被旁人听到似的探到黎肆行耳边，"想宠一宠你。"

黎肆行自己都没料到会被她说的这几个字击中。他心里酥酥麻麻。

这辈子第一次有人跟他说想宠他，他孩童体弱多病时期都没听过自己亲爸亲妈讲这样的话。

/ 277

从小到大，他接收到的爱绝对不少，可好像都够不到宠的含义。

元双说要宠他。

他还挺想受宠的，可他不是小孩了，怎么办？

黎肆行下巴微抬，有些不自然地端起架子："只有过生日才有这样的待遇？"

"不是，随时都可以有的，一辈子我都会宠你。"元双越说越坚定。

他的架子悄然抖落，光明正大地提新要求："光送花还不太够。"

"那你还想要什么？我统统满足。"

花店老板旁观了一场养眼的爱情戏，给他们推荐合适的花："姑娘，你们喜欢的话可以拿一束我们店里的白玫瑰。白玫瑰代表纯洁、天真，我看很适合你们，不管谁送谁都适合。"

元双征求黎肆行的意见："你喜欢吗？"

他十分矜持："可以。"

被宠的人是不是都会变成小朋友？元双真想捧着他的脸夸一句"你好可爱"。

他从听到那句话开始，就好像分到糖的幸福小孩。他从小到大也不缺糖，怎么会这么"受宠若惊"？

"那你想要几朵？今天应该排到零了……"元双转头跟花店老板说，"老板，就白玫瑰好了，麻烦帮我包十朵——啊不，四十二朵吧。"

黎肆行这回矜持不下去了："怎么这么多？"

元双发射爱心："宠你啊。"

他被射中，整个人定在原地，忽然有种飘飘然的感觉，嘴角的笑也飘起来了。

元双过去选花，白玫瑰果真纯洁又高贵，送到黎肆行手上也是配他的。

四十二朵全部挑完，元双又亲手去包，并让黎肆行帮忙："也不能完全不劳而获对吧？"

黎肆行听她指挥，指到哪里他剪哪里，原本稍显凌乱的花枝被修得干净漂亮。

店里提供各色清新的包装纸，元双挑了两张纯白的雪梨纸，外层用的是和枝叶呼应的浅绿色，四十二朵花错落有致，形成一个漂亮的整体。

她在这方面有很好的审美，老板在一旁看得连连夸奖："姑娘你这手艺不简单，以前是不是学过？"

"没有，是他每天都送我花，看久了被熏陶出来的。"

这束花的能量太大，不仅让收到花的黎肆行高兴，头一次送花的元双也幸福得不得了，脱口对花店老板说的话，全都是直白的爱与被爱。

结完账，元双捧着一大束花送到黎肆行怀里，忽闪的眼睛里爱意都扑出来："送给你啦。"

四十二朵花体量不小，抱在他手上却不显笨重。他着正装打领带，外套是深黑色的大衣，今天还戴着眼镜，修长利落中，透露出他故意营造的生人勿近和威势，可是被洁白的鲜花一衬，加上他脸上的笑，整个人简直可以用纯真来形容。

元双看着这样的黎肆行，又被狠狠迷了一道。

他绝对不是第一次收到花，光是元双知道的，高中各种文艺会演结束，他总能收到数量不俗的花束，其中有学校安排的，不过更多的是女同学个人的爱心。

可他现在抱着花，成人装束全不作数，面部表情说明一切，浑然一个情窦初开的大男孩。

元双挽上黎肆行的手臂往花店外走，装出三分矫情："白玫瑰这么有魅力吗？你是不是可喜欢你的花了。"

他停下脚步，给自己和她同时正名："我喜欢送我花的人。"

"哦。"元双也装不下去了，和他一样嘴角挂起高高的笑，"带着你的人和花回家吧。"

周六，元双和黎肆行按照他规划好的流程，来到了一座靠海的北方城市。

冬日游人少，海上浪头打得很高，波澜壮阔似要吞噬一切。

海岸上搭建的栈道铺了厚厚一层洁白，踩着雪行走其间，远眺巨浪，萧萧声中我自安稳无虞。

元双身上穿戴全是白色毛茸茸款，和茫茫雪景自然融为一体。

她为雪景开心兴奋，黎肆行只因她在身边而觉得万物可爱。

元双抬手接着天上落下来的雪花，包裹得严严实实的身上只露出一双狡黠的眼睛，手捧到黎肆行眼前，说："送给你，这是今天的花，很特别吧，

/ 279

是雪花。"

黎肆行觉得好笑又嫌弃，没好气地一吹，她手上的雪花就散落，掉在地上。

"元又又，你也太敷衍了。"

她灵机一动，把手套摘下，从栏杆上抓了两团雪整在一起，一双手冻得通红，却十足地灵巧，修修整整很快捏出玫瑰花的轮廓来。

黎肆行看在眼里，也不过分担心，总之她当下实在开心。

雪花做成的玫瑰被她托在掌心，送得珍之又重："新品种雪花玫瑰，绝对不是敷衍，你喜欢吗？"

何止是不敷衍。

精巧的心意配上绝妙的手艺，这才当得起她刚才说的特别。

黎肆行接到手上："我的了。"

沿着栈道走到尽头，室外气温终究太低，玩一会儿满足兴奋劲儿，黎肆行带着元双折返。

她恋恋不舍，走到一片空地从路边拣了一根树枝，在平整的雪面上画了一个巨大的爱心，然后把他们两个的名字写进去，中间又点缀了几颗小心心。

"你要不要写？"

元双把树枝递给黎肆行。

原本她写的两个名字被他加上两个字和一个标点，连成一句话：元双是黎肆行的。

还真是简单又直白。

"你怎么不写你是我的。"

"你的名字在前面，我只能这么写。"

"那也可以写：元双拥有黎肆行。"

黎肆行又把树枝还给她："你来写。"

元双果真去补上这句话，继而真诚又热切地许愿："希望雪花和大海共同见证，这两句话有效期一万年。"

黎肆行握着她的手新添一笔：

FOREVER.

这几天元双实现了赏雪和玩雪自由，各种形状的雪人堆了好几个，白天又去雪场滑雪。

白天玩到筋疲力尽，晚上回去修整。

挑高客厅有一面巨大的落地窗，元双喜欢靠在黎肆行怀里，围着壁炉隔窗看大雪纷飞。

元双给黎肆行讲了好多故事，她当年去交换的国家也常常下雪，她喜欢在假期坐着列车欣赏沿途的雪景。

"会觉得是在童话世界。只不过童话世界也有遗憾，那时候你不在我身边。"

黎肆行说："此时此刻没有遗憾了。"

元双在他怀里点头，她在拥有他的现实世界里，实现了圆满的幸福。

壁炉上方复古的壁挂钟敲到零点，属于黎肆行的生日篇章正式开启。

元双从他怀里站起来，急匆匆地说了一句"生日快乐"后就跑开："等我一下，就一下。"

估计是觉得刚刚那句生日快乐不够郑重，她跑到半路又折回，留了一个吻给他："马上就好。"

他一头雾水，却耐心等候。

元双回到楼上房间，这次出来玩带的都是厚实温暖的冬装，藏在行李箱底部有一条纤薄的旗袍，所幸面料不容易皱，她昨天还偷偷熨了一遍。

元双找出来抓紧时间换上，对着镜子反复确认平整合身，自己先觉得满意了。

她又从行李箱里找出两件小物品来，没过五分钟，黎肆行就等到她下楼了。

这是黎肆行第一次见元双穿旗袍。

月牙白高洁亮眼，她披着头发赤着脚，也掩不住其中的端庄温柔，反而添其灵动，像初下凡的仙女，懵懵懂懂，清清丽丽。

黎肆行盯着她走过来："Babe……"

元双被他直白的眼神盯得有些害羞，又为自己马上要做的事感到紧张，她缓缓转了一圈给他看清楚："怎么样，我穿旗袍好不好看？"

"特意做的吗？很好看，特别好看。"

"嗯，三个月才做好，我本来以为没机会穿了，这个季节哪里都好冷，但是正好在室内穿给你看。"元双说完对上他的眼神。

元双两只手都背在身后，左手这时候伸出来，掌心里是黎肆行亲手为她做的一支发簪。

"你帮我戴上好不好？"

她转过身去，黎肆行拢着她的头发，动作细致地给她绾好。

虽然她看不到，但也觉得一定是好看的。

"好看吗？"

她无数次向他确认答案，他会无数次回以她肯定。

"很配，我的元双，穿旗袍绾发簪，是很古典的美人。"

元双稍微后退两步，和他拉开一个正式的距离，叫黎肆行知道，她是有很重要的话要说。

"生日快乐，黎肆行。"

黎肆行自动靠近她："这几天得你宠爱，我很快乐。"

"我知道你安排好了求婚，虽然我到现在都不知道是什么样的场景，但我知道一定是让我很惊喜的那种。可我在接受这一切之前，仍然想先跟你求一遍婚。"

黎肆行无法拒绝。

哪怕他认为该由他来求婚，可这件事哪有绝对。她有一颗十足的真心要给他，他一定会虔诚地接下。

元双稍微酝酿了一下，她没有准备具体的台词，一切都靠现场发挥。

黎肆行托着她两只手腕，两人面对面站着，也不讲究什么求婚姿态。

元双缓缓开口："我没有额外的惊喜，我只有我自己，啊，不对，我买了戒指的。"

她右手拿的丝绒盒里面，装的两枚戒指就是当初在法国定制的，款式简洁的素戒，内圈分别刻上他们的姓名首字母缩写，属于他的那枚额外刻上了 No.4 字样。

"戒指也很简单，但我觉得你会喜欢的，因为是我送的。

"你一直说想要跟我结婚，其实每一遍我都在心里答应了。我想留到今天这个日子，是因为我觉得宇宙时空，没有哪一刻比你出现在这个世界更有意义，我想在你最重要的人生时刻留下属于我的痕迹。

"我真的好幸运能遇到你,也真的,好爱好爱你。"

元双眼睛里的泪水已经装不下,啪嗒啪嗒落进黎肆行的掌心里。

"Babe,别哭。"

"呜呜,求婚真的好难,"她于哭中又破出笑,"你千万不能不答应我。"

黎肆行也被她的话弄笑:"怎么会。"

"我很不勇敢,十六岁时遇见你就好喜欢好喜欢,可是我没有勇气向你多走一步。好在我十九岁时被眷顾,终于正式跟你认识,更幸运的是和你在一起了。后来……后来还有好多的不勇敢,我一点都不想跟你分开的,但你太好了,你怎么这么好,你又来宁陵找我,你在我不勇敢的时候给我好多好多勇气。

"现在,现在就是我一生中最勇敢的时候——在我面前的黎肆行先生,请问你愿意和我携手走完这一生吗?"

全世界分量最重的一句话落在黎肆行心上,有一瞬间,他甚至怕自己接不好。

面前这个泪流满面的人啊,这辈子他最爱的人啊。

他比任何时候都郑重、虔诚,字字清晰有力:"我愿意,元双,我愿意。"

元双一点也不想哭的,可她根本控制不住自己翻涌的情绪:"我就知道你愿意的,你那么好,你现在正式是我的了。"

黎肆行紧紧拥抱她,他们的心跳彼此可闻,是同频的默契,是没有隔阂的共生相依。

这一刻拥抱的意义无可替代。

深冬雪夜,万籁俱寂,一个有关一生的承诺正式缔结。

第二天早上,雪已经停了,连带着风的怒号也止住,晴空下白茫茫一片,整个世界耀眼炫目。

早饭,元双做掌勺大厨,和面时,黎肆行用一小块面整出了一个戒指给她"演习一下,Babe, will you marry me?(宝贝,你愿意嫁给我吗?)"

元双高高兴兴戴上:"Yes!(愿意!)"

戴上这枚面团戒指,元双如得"面神"帮助,发挥出做饭的天赋,不负所望地做出一碗没翻车的长寿面。

这方面不擅长,她又在别的东西上补足心意。

将胡萝卜切成厚薄适中的长片，她在厨房里挑了把趁手的刀，在胡萝卜上刻出了花体的"HAPPY BIRTHDAY"。

这东西是装饰用的，黎肆行本也不爱吃胡萝卜，但是他很给面子地全吃干净了。

黎肆行吃完她的面，说自己活到九十九绝对没问题。

午饭吃完，他们的东西都装好，车子一路驶到码头，上了游轮她才反应过来："冬天出海吗？"

这确实是她未设想过的场景。

天气太冷的话，在船上的乐趣会少一些。

比起海风湿润的夏天，冬日看海明显不是最佳选择。

不过他们今天乘的这艘游轮堪称豪华，室内娱乐项目充足，舞厅、影院、棋牌室，甚至儿童游乐场都有。

也不用担心会无聊。

搭电梯上了顶层的VIP套房，临海一面装了巨大的落地窗。

元双喜欢所有的落地窗。

冬日天色黑得早，光线一暗，海面显得更加深沉幽邃，呼啸的海风掀起波涛，在茫然无际和涌动的力量之间，有成群的海鸥在海面掠过。

这一刻很难定义宏大和渺小。

晚餐去了七层一家西餐厅，元双看桌上的每一道菜品都带着怀疑的目光："我会不会吃着吃着吃到一枚钻戒？"

黎肆行让她放宽心大胆吃："戒指在我口袋里。我保证，你最先接触到这枚戒指的部位，一定是你的无名指。"

"那我要不要先把手上这枚摘下来？戴两个不太好看。"

"等我求的时候你再摘。"

元双作为"过来人"跟他交流心得："你现在有没有紧张？我昨天晚上一想到心就扑通扑通跳。"

黎肆行说："我还在等一个时机，如果今晚等不到，我可能要紧张。"

"什么时机？"

元双真不懂，天时地利人和，还差什么？

284 /

他当然不说。

用完餐，他的时机显然还没到。

他取了桌上一张餐巾纸，三五下折成了一枚戒指："演习，Babe, will you marry me？"

元双把自己的右手递过去，第 N 次对他的演习说 Yes。

"你看，无论任何时机，只要是你，我都会答应的。"

黎肆行带元双上了顶层甲板，大概时间晚了天气又冷，没什么人再出来，这一层的灯光都灭掉，只余几盏边缘的光亮。

元双和黎肆行面对面拥抱，她的两只手被他握着置于他的口袋里，于凛冽风中亦有热源不断。

她在口袋里没感受到戒指盒的存在："我的戒指呢？是鸽子蛋吗？"

"不是鸽子蛋你不要？"

元双在风中吸着鼻子笑："不是鸽子蛋我要多考虑一下。"

"演习，Babe, will you marry me？"

"Yes！"

换黎肆行开始笑，这一次演习连假戒指都没有，也没见她多犹豫一秒。

元双始终不放弃猜测他的时机。

"是要等船开到什么位置吗？"

"是要等天上哪颗星星亮起来吗？"

"还是等到日落或日出之类的？"

黎肆行统统否认："这些都跟你的愿望没关系。"

"我的愿望？"元双自己都不记得什么时候许的愿望，"可是万一你没有等到呢？"

黎肆行俯身亲她："小小乌鸦嘴先闭上。"

元双："哦，我错了，时机先生。"

甲板上忽然有了点不一样的感觉，点点白色的雪粒飘了下来，刚开始还零星不可察，以为是错觉，接着越下越大，越下越急，强势地闯入元双的视线。

"这是下雪了吗？"

元双有些不敢相信，她从黎肆行的口袋里伸出一只手来，雪花落到掌心才有实感。

/ 285

夜色里身处茫茫无际的海域中,分不清时间几何,也不知归途在哪儿,风雪肆无忌惮的呼号声可以轻易激发出心底的恐惧。

元双却意外地陶醉于这样的场景。

这是大自然的神来一笔,无可复制的独家浪漫。

更重要的是,黎肆行在她身边,和她亲密相拥。

"哇,我第一次在海上见到下雪,感觉好神奇。"

雪线连续不断,被甲板上几盏圆形的光笼住,是比白天的冰冻泡泡更像水晶球的存在。

黎肆行问:"你喜欢吗?"

"喜欢,比我这几天看到的雪加起来都喜欢。"

黎肆行把落在她发上的雪拂掉:"元双,这一回不是演习了。"

白天一直担心海上的雪下不起来,那他的惊喜要大打折扣。

元双还没从见到雪花的兴奋中回过神来,这一天演习了好多遍,她以为自己已经做好充分准备,来真的也大差不差,可听他这么说,心脏跳动忽然不受控制,她开始紧张了。

"不演习了吗?要不再来一遍。"

"我等的时机到了。"

天地大海,她和他,和刚才唯一的区别——下雪了。

元双终于反应过来他的时机为什么这么难等,这完全是老天爷说了算。

而他真的等到了。

甲板上的灯光顷刻间全部亮起,继而不知是谁带头,响起了一片掌声。

元双这才注意到,他的惊喜并不完全寄托在这场可能下不来的雪。

从甲板另一边走来的人群,皆是他们的亲朋好友。

更重要的是,元双看到了自己的妈妈。

这些人口风好紧啊,没一个人跟她透露过。她妈妈早上还打电话关心他们什么时候回家,都是在演戏呀。

元双跑过去跟妈妈拥抱了一下:"妈妈,连你也不跟我说。"

"我们都答应小黎的,我女儿人生中这么重要的时刻,妈妈一定会在。"任珂把自己手上的花送给女儿,"双双,你开心吗?"

元双忍着鼻腔里的酸:"我开心,妈妈,见到你们真的很开心。"

她回到黎肆行身边:"你是怎么收买这么多人的?"

"已经收买了,接下来全看你了,不能让我白白收买是吧。"黎肆行手抚上她的脸颊,"Babe,先答应我别掉眼泪好吗?"

"我今晚要答应的事情好多,我尽量好不好?"

黎肆行在她额头落下吻。

甲板上原本空旷的场地,转瞬间被人工安排上各种浪漫的道具。

靠近栏杆处摆放了一圈的烟花箱,等待绽放的时刻。

来见证的所有人被安排好座位,椅子上全部贴上2&4模样的花字。

娇艳的花组成了一片有色的海,填充于所有人之间,鲜嫩的生气对冲掉深色海面的可怖,只剩安稳和温馨。

人群正前方,黎肆行牵着元双的左手单膝跪了下来,于飘扬的雪花中开启他所有安排的唯一重点。

"Babe,辛苦你的手在寒风中冷一会儿。

"那天海边,你在雪地上写字,许愿雪花和大海共同见证。

"那就让雪花和大海共同见证。

"之前每一次说想跟你结婚,都不是玩笑。但这一次,理应最认真、最郑重,所以我请来了我们的亲人、朋友。我想你不会抗拒在亲近的人面前接受我的爱意。"

元双小幅度摇着脑袋,告诉他没有。

"昨天晚上你说,很幸运能遇到我。我想该说幸运的是我。

"你是全天下最好的元双,是天底下只有一个的元双,而你毫无保留地爱我。

"你让我的人生有了更深层次的意义,这辈子除了和你在一起,我找不到其他更值得我付出心力的事情。"

黎肆行从外套内侧的口袋里拿出戒指盒,盖子打开,他仰头,眼底的郑重足够托起整片海域——

"Babe,will you marry me?"

"Yes!Yes!黎肆行,我愿意,自始至终都愿意。"

元双没有哭,人生的幸福时刻,如此浪漫唯美的环境中,她在摄影师的相机中留下了状态最好的自己。

黎肆行取出戒指,缓缓圈进元双的无名指,他选的钻戒绝对奢华贵重,

/ 287

最压得住当众求婚这样的场子。

耀眼的粉钻，分量感足够体现价值。

元双的手指戴上后，举世无双的漂亮。

浪漫的雪中，亲朋的欢呼声中，欢快的曲声中，漫天的烟火中。

元双和黎肆行紧紧相拥，他们亲吻相爱，从此双方正式约定好一生一世。

春节之前，两家人正式见了面。席间商讨婚事，各位长辈都秉持开明的态度，一切以元双和黎肆行的想法为主。

开春以后，一个风和日丽的晴天，元双和黎肆行去领了结婚证。

他们没有特意选日子，只是早起拉开窗帘，觉得天气好好，元双给黎肆行打领带，对他说："忽然感觉，今天很适合结婚。"

黎肆行便说："那就今天去结婚。"

日光明媚，空气里充满喜悦的因子，树上的鸟鸣都是欢快的节奏。

在民政局里拍照，元双的头发被黎肆行用那支月牙簪绾在脑后，黎肆行脱下外套后着白衬衫，腰侧绣着的"肆"字若隐若现。

摄影师直呼难得见到这么养眼的新婚夫妻，连动作指导都不需要，他们自然而然向对方靠近，脸上的笑容让人相信这是世间最纯粹真挚的爱情。

钢印烙在照片上，一人一本新鲜的结婚证到手。

出来不远有个花店，花丛不间断地送，数字轮到六，他们各自买了六枝玫瑰送给对方。

"新婚快乐，我的太太。"

"新婚快乐，我的先生。"

两人的婚礼一切从简，于盛夏时节办在一座海岛上，只邀请了亲近的家人和朋友。

元双的婚纱是黎肆行送她的新一重惊喜。

柔顺亮丽的缎面，端庄又不厚重的裙摆，轻盈简洁的线条，设计师发来第一稿就狠狠击中元双的喜好。

量身定做的婚纱，元双试穿时，便恰到好处地完美。

黎肆行拥抱她，如她所愿，无碍两人亲密贴近。

"我的新娘好漂亮。婚纱喜欢吗？"

元双在他怀里点头："喜欢，我喜欢穿着婚纱抱你。"

"Babe,are you gonna cry?（宝贝，你会哭吗？）"

元双说不会，反问黎肆行："你会哭吗？我好像都没见过你流眼泪。"

他斩钉截铁地说："我当然不会。"

晚风落日，他们携手走上礼台，黎家老爷子做主婚人，两个独立的个体在仪式中缔结成一体的夫妻。

全世界最争气懂事的狗狗黄阿昏，背着装有婚戒的包包，没出半点差错地将戒指送到台上。

元双和黎肆行为彼此戴上戒指，没人掉眼泪，可他们的眼圈分明都红了。他们抚上对方的脸颊，安慰亲吻，在灿烂的晚霞中定格人生的灿烂时刻。

- 正文完 -

黎肆行高中视角番外
- 梦与爱 -

因父母工作调动，黎肆行高二下学期时转到宁大附中读书。

事发突然，开学三天后，各种手续才办好。就读新学校第一天，黎父黎母特意去送孩子，没承想起得太早，学校还没开门。

附中建校早，老校区处在寸土寸金的市中心，面积不大，胜在底蕴浓厚。

正门门头上印着鎏金样式的校名，气派十足，黎父认出是上世纪某教育家的笔墨。倒是门卫室外墙挂着的裱框，里头那幅字也是校名，看落款是高一的学生写的。

黎父很是欣赏："这字还真不像十几岁孩子的水平。"

黎母赞同："比你小儿子强多了。"

黎肆行原先的学校也有类似的传统，让会书法的学生写校名，轮流挂出来。

但他在书法方面实在欠缺耐性，多次被爷爷说"太过浮躁"，以及"千万别说是我教的"。他自认心虚，自然不会把字挂出去丢他爷爷的人。

一提起这茬，黎肆行知道自己少不了被念叨，于是麻溜闪人。

黎父黎母还在赞叹，看落款的小字都津津有味，因为字如其人，连带着对写字的人印象颇好："叫元双，挺少见的姓。"

"我记得，以前爸手底下一个翻译就是这姓，也写得一笔好字。"

"不会那么巧吧？"

"说不准，我印象里他辞职是因为他爱人回了宁陵。"

"那问问爸，好歹一个学校的也有个照应，我们肆行人生地不熟的，是吧……"黎母一抬头，不知道什么时候校门开了，她那需要人照应的小儿子已经轻车熟路地窜到教学楼了。

几乎不需要什么适应期，黎肆行顺利地融入了新班级。他成绩好，长得好，个性更是直率大方，交到一堆朋友，是自然又简单的事情。

关系越来越铁的，要属他同桌闻钟。

班主任原想让新来的同学多熏陶熏陶班里这位不服管教的皮猴，没想到黎肆行表面一副三好学生样，在不守纪律方面，跟闻钟不相上下。

两人结下了深厚的共患难情谊，就算后面被调开座位，在班主任的眼里，仍是"狼狈为奸"。

学期结束，最后一天，黎肆行跟闻钟一起迟到，在校门口刚好遇到每周一次的更换校名环节。

两个女生在操作，裱框的玻璃盖打开，旧的取下来，新的换进去，流程很简单。

黎肆行匆忙中瞥过一眼，新的那幅字，分明跟他刚转来那天看到的出自同一人之手。

集百家之长，又没埋没自己的风格，沉稳大气，没练个十年八年写不出来。

他随口一问："今天这字儿以前挂过吧。"

"可以啊你，这都看出来了。"

"附中这么缺会写字的人？那我勉为其难也能上。"

"不是我打击你，论写字你还真排不上号。"闻钟初中就在附中读，各种消息门儿清，"人家是我们学校出了名的才女，书法在全市都拔尖儿。这不马上放假，校长钦点，假期就挂她的字，也不用每周换了，门面！"

黎肆行心想确实当得起。

"听说那学妹还是个左撇子，全左手写的。"

黎肆行下意识地回头想看看那两个女生中谁是左撇子，急促的下课铃声却陡然在耳畔响起。

他被闻钟拉着跑远："快快快！第一节都下课了……"

暑假两个月，黎肆行忙于参加各种竞赛集训和夏令营。

新学期便是高三，开学第一天，黎肆行和闻钟就被老师留下来训话，结束时，学校都走空了。

出了校门，黎肆行注意到，裱框里的校名仍是暑假前那幅。两个月的

/ 291

日晒风吹并未侵染其分毫，附中的精气神都在其中。

闻钟调侃他："你对学妹的字挺感兴趣啊。"

黎肆行知道闻钟憋不出好话，没理他，径直去车棚找自己的车。

"都说字如其人，我琢磨着这写字的人应该也漂亮。"

"确实，要不然你怎么一手的狗爬字。"

闻钟被他一句话噎死。

两人走到自己的车前，黎肆行弯腰开了锁，长腿一跨，骑车走人。

四下空旷，闻钟的嚷嚷声犹在身后。黎肆行刚拐出车棚，意外捕捉到一丝细碎的啜泣声。

音量不大，断断续续，听起来伤心极了。

他回过神时，右手已经捏住了刹车，视线循着声源望去，车棚第二排最里面，果然有一个女生正蹲在地上埋头哭泣。

她双臂环膝，紧紧抱着自己，黑色的长发散落，宛如一道严密的屏障，包裹着受伤的她。看肩膀抖动的程度，大概已经哭了很久不能自已。

这么长时间，怎么会没有人管她呢？

黎肆行下车走过去。

女生哭得投入，连有人靠近都没察觉。

"同学，你怎么了？车被偷了？"

哭泣短暂地止住，但她没有应声。

黎肆行思考自己贸然的关心是否有冒犯之嫌，或许人家只想痛快地哭一场。只是天色将晚，校外车棚偶有偷车事件发生，对一个心理状态脆弱的女生来说，这环境实在不算安全。

他既然遇见了，就没法置之不理。

黎肆行反手拉开书包的侧袋，摸出一包纸巾，蹲下来递给女生："擦擦。"

女生终于抬头，五官被悲痛浸染，一双红肿的眼睛搭配着满面泪痕，再铁石心肠的人看了都得心疼。

黎肆行和她对视的刹那，几乎被带进她的情绪里。

闻钟推着车跟来，瞧见这场面，也关心地问怎么回事。

但女生显然不会跟陌生人分享。

她用纸巾擦擦眼泪，把头发理好，礼貌地说谢谢，声音里还有明显的哭腔，反倒让黎肆行觉得受之有愧。

这一排只剩一辆墨绿色的自行车，女生走过去。

既不是车被偷，他们便不再多问。

黎肆行骑上自己的车，离开之前回头确认一眼。

没想到女生又遇到问题，费了好大力气都没打开车锁，他简直要怀疑，她是不是因为眼睛哭花而认错车或拿错钥匙。

好在没等他提出帮忙，车锁被打开了，但她刚骑出去没两步，车链子居然掉了。

眼看着她再度陷入崩溃，黎肆行出声："往东走第二条巷子，有修车摊。"

他收获第二声沉闷的谢谢。

女生推着车，链条耷拉在地上，摩擦发出连续的响声。

像是陡然插入的背景音乐，衬得眼前的情景"惨"上一层楼。

黎肆行终究没忍心，决定送佛送到西。

"算了，同学——"他走过去，抓住女生的车把手，"我帮你修。"

给车上链条没什么难度，闻钟也没干看着，一起帮忙，就是狡猾得很，只转车轮不碰链条，上面的机油全沾黎肆行手上了。

女生及时递来湿纸巾，黎肆行没要，总之一时半会儿也擦不干净。

"闻钟，把锁给她吧。"

闻钟照办，把黎肆行的车锁放进女生的车篮里。

走到这一步，该帮的他们都尽力了，女生的状态明显稳定下来。否极泰来，老天爷也该放过她了。

黎肆行把自己的车交给闻钟推着，打算先找个地方把手洗干净。

身后传来女孩的追问，黎肆行第一次听到她说"谢谢"之外的话，低哑的声线中混入一丝不明显的生动："这个锁我要怎么还你？"

萍水相逢，一把锁而已，送就送了，他不指望收回。

这本应是脱口而出的回答，黎肆行自己都意外，脚步停顿的片刻，他在犹豫。

锁当然无所谓，有所谓的是一借一还后的你来我往。

他差点因为这点虚无缥缈的"来往"改变想法。

闻钟凑热闹准备抢答，被黎肆行制止。

最终，黎肆行向后挥手，给出答案："不用还。"

黎肆行去门卫那儿把手上的机油洗掉，跟闻钟找了家馆子解决晚饭。

两人聊到竞赛保送，九月中旬联赛，十一月底决赛，时间快得很。

闻钟操闲心："黎四，你要是保送了，算我们学校还是你原来学校的？"

"你觉得呢？"黎肆行的学籍始终留在首都，不管初赛还是半个月以后的联赛，都是原高中给他报的名。

不出意外的话，年底他父母的工作结束会调回首都，他必然一起回去。

"闻钟，最后一学期了，好好珍惜哥在的日子吧。"

"你还没保送呢，怎么就最后一学期了？"闻钟以为他在嘚瑟。

黎肆行跟他讲明白，正经的语气和内容让闻钟傻眼。

"啊……"他半天说不出话，"你怎么跟个渣男一样？"

说来就来，说走就走。

出了餐馆，天色已经黑透。

闻钟闷闷不乐，嘀咕了一句："怪不得。"

"又什么毛病？"

"自行车。"闻钟下巴一抬，示意黎肆行看过去。

他们先前在学校车棚遇到的女生，正推着车在前面的路口等红绿灯。

只是靠背影他们未必能认出来，但那辆墨绿色的自行车实在让人印象深刻。

闻钟一通分析，头头是道："以前也没见你好人好事做到这个地步，还是对不认识的女同学，我就寻思肯定有点不一样。结果人家主动问了，你又不接招。"

他一语点破："敢情你是知道自己在这儿待不长久。"

黎肆行并不认同他的说法，张口想反驳，脑海中的逻辑忽然崩坏，理不出头绪。

闻钟添了把火："现在追上去，还有机会。"

红灯倒计时十五秒，足够跑到路口的斑马线。

黎肆行静静等到绿灯亮起，看着女生推车离开。

"别乱来。"他对闻钟道，"我说认真的。"

十一月，数学竞赛决赛的结果出来，黎肆行意料之中拿到了保送资格。

他在首都考完试，还是决定回宁大附中读完最后的半个学期。

校门口墙上挂着的校名仍然保持每周一换，黎肆行路过的时候，偶尔会疑惑,那位校长钦点的"门面"呢?好久没看到她的字了。

他在附中不到一年时间,能让他产生深刻印象的事物不多,这位书法高手的字算其中一件。

也许她转学了,也许她期末冲刺,业余爱好都停了。

黎肆行猜到这儿,好奇心也就止住。

总之不久后他就会离开,不管印象深还是印象浅,都要说再见了。

新年伊始,附中举办一年一度的元旦晚会,压轴节目是黎肆行的钢琴独奏。

他选的曲子是 *auld lang syne*。

友谊地久天长。

跟过去一年告别,也跟他的朋友们告别。

闻钟开玩笑:"你一走,我们学校不知道多少女生要伤心。"

黎肆行无端想起那个在车棚里哭泣的女孩,他平生所见,伤心到极致也不过如此了。

青春正盛的女孩,不该承受那样的打击。

演奏顺利结束,观众掌声一片,黎肆行在台上鞠躬,不经意间瞥向台下的一眼,跟前排一个女生对上视线。

他不认识人,却对那双红通通的眼睛很有熟悉感。

是她吧。

难道又要哭?

回到后台,大概是这几天彩排太晚太累,黎肆行坐在椅子上睡着了。

不知过了多久,他猛地惊醒,混沌一片的脑海里,闪着一个清晰又强烈的念头——去找她。

他不知道是哪个"她",也不知道自己要干什么。

意识带动着他的脚步从后台回到礼堂。

晚会刚结束,学生正在散场,熙熙攘攘,人声鼎沸。

黎肆行在人流中快速穿梭,一个个确认是不是"她",可所有的面孔在他眼中都是模糊的。

他陷入无尽的迷茫中,只有凭本能大声地喊。

开口的瞬间,终于知道他要找的人是谁:"元双——元双——"

"我在呀。"

温柔清丽的一道女声，像是来自时空之外，让黎肆行定在原地。

穿着校服的元双站在他面前。

礼堂顷刻间归于平静，其他人全部消失无影，偌大的空间只剩他们两个人。

熟悉的面庞，熟悉的通红双眼，他们的视线交缠。

黎肆行抓住她的手腕，向前一步，好担心地说："你别哭好吗？元双，怎么会有事让你那么伤心呢？"

"可是你要转学了。"

"我……"

外头传来新年倒计时的钟声，零点时分，烟花燃放升空，礼堂被映亮。

黎肆行拉着她的手走到窗边："新年愿望，对着烟花许，会实现的。"

"你知道我要许什么愿望吗？"

"知道，我好久以前就知道。"

"黎肆行，不管你在哪里，祝你无病少忧。"声音的质感变了，像是离他很远很远。

"不是这个！"黎肆行着急地喊，他感觉自己处在时空的旋涡中，留给他跟她说话的时间不多了。

他们马上就会被不同的时空撕扯开，而唯一的解决办法是她开口说需要他。

烟花再度炸响，女孩眼睛里的泪意转化成笑，许下一个新的愿望："黎肆行可以不转学吗？"

"可以！当然可以。"黎肆行紧紧拥住她，心中涌上劫后余生的庆幸。

他一遍一遍地喊着她的名字，确认她一直在。

可怀里的触感越来越不真实，他们消失在虚空里。

不行，他必须重新找到她。

"元双——元双——"

深夜里，罕见的惊呼声惊醒了熟睡的人。元双拧开床头灯，察觉到黎肆行的不对劲。他在半梦半醒中，呼吸很重，双手用力攥紧了拳，像在挣扎。

她伸手探上他的额头，果然有细密的一层汗。

黎肆行睁眼的瞬间，猛地抓住了她的手。

"怎么了？做噩梦了？"

低柔的嗓音自带安抚效应，触摸带来的真实感让黎肆行清醒过来。

刚刚只是一个梦。

元双一直在他身边。

他坐起来，深呼吸两下，向她讲述梦的可怕之处："梦到你突然不见了。"

"梦里的我太不好了。"元双帮着他批评自己，"有没有梦到好的我啊？"

"你全是好的，元双。我梦到，高三那年的元旦，你的新年愿望是让我不要转学。我就真的没转学。"

元双觉得这个梦很窝心，她转身抽了张纸，给他擦擦汗："可是，那时你都不认识我呀。"

"我应该认识的。"

梦境是日有所思的强化。

他们现在的生活已经足够圆满，可他偶尔也会遗憾，当初不该因为要转学的顾虑而放弃认识她。

那他梦里的情境就会在现实中发生，他一定会留在宁陵。

他会给元双选一辆新的自行车，爱掉链子的车必须淘汰。

他会提前跟爷爷炫耀："虽然您看不上我写的字，但我们元双的书法水平您肯定得高看一眼，人家还是用左手写的！"

他会了解元双经历的重大变故，坚定地支持她做任何选择。

最重要的，他的元双不会再哭。

"你没有转学，爸爸妈妈陪你留在宁陵吗？"元双要关心一些细枝末节，哪怕是梦里，也不愿他受委屈。

"没有，他们扔下我不管了。"

梦里当然没这一出，黎肆行抱住元双，双臂拥得很紧，下巴搭在她肩上，两个人的脸颊亲密相贴。

"所以你得管我，老婆。"

元双摸摸他的脑袋，享受他这样的依赖。

"黎肆行，梦里的事其实已经发生了，我没有遗憾的。"

/ 297

为了她而留在宁陵,这件事他高中没干,在他们结婚之际果断地干了。她爱的黎肆行,会为她做任何事。

万籁俱寂的深夜里,他们抱在一起好久。

"元双。"他喊道。

"嗯,"她永远会回应他,"我一直在。"

— 番外完 —